짜
물
게
자

파문제자 8

한성수 新무협 판타지 소설

초판 1쇄 찍은 날 § 2003년 11월 10일
초판 1쇄 펴낸 날 § 2003년 11월 20일

지은이 § 한성수
펴낸이 § 서경석

편집장 § 문혜영
편집책임 § 장상수
편집 § 권민정 · 유경화 · 김민정
마케팅 § 정필 · 강양원 · 이선구 · 김규진 · 홍현경
펴낸곳 § 도서출판 청어람
등록번호 § 제1081-1-89호
등록일자 § 1999. 5. 31
어람번호 § 제2-0281호

주소 § 경기도 부천시 원미구 심곡1동 350-1 남성B/D 3F (우) 420-011
전화 § 032-656-4452 팩스 § 032-656-4453
http://www.chungeoram.com
E-mail § eoram99@chollian.net

ⓒ 한성수, 2002

값 8,000원

ISBN 89-5505-881-0 04810
ISBN 89-5505-563-3 (SET)

한성수 新무협 판타지 소설

파문제자

破門弟子

8
완결
산인의 파문제자

도서출판

청어람

목
차

제85장 눈물은 가슴속에 묻고

생각해 보면 사랑은 아니었던 것 같다. 처음부터 남들이 말하는 가슴 떨림 같은 건 없었다. 그냥 만나게 됐고, 싸웠고, 친해졌을 뿐이었다.

사실 사랑을 말한다는 것도 우스웠다. 십 년이 넘는 나이 차이에 자라온 환경이나 성격이나 비슷한 점 하나 없었다. 절대 사랑은 아니었다.

그래서 쉽게 보냈고, 다시 만났을 때도 그냥 그렇게 웃어 보일 수 있었다. 그랬었다. 그때부터 내 옆을 한시도 떠나지 않았던 소녀를 그냥 말없이 지켜보기만 했다. 가슴 떨림 같은 건 없어도 그냥 옆에 두기만 해도 즐거웠다.

그래, 그게 전부였다.

'분명 그랬었는데…….'

영속될 것만 같은 순간, 마경화의 새하얗게 질린 얼굴을 넋 잃고 바라보던 담우소는 우직 하는 소리를 들었다. 허리가 끊어지는 듯 아파왔다. 암습을 당한 것이다.

울컥!

천지가 빙글거리며 도는 걸 느낀 담우소는 앞으로 주저앉았다. 어느새 입에서 꾸역꾸역 핏덩이가 역류하고 있었다. 내상은 심각했다.

게다가 어느새 주변을 에워싼 흑의복면인들에게 강개와 전충 등은 저항 한번 못하고 제압당하기 시작했다. 평소 맹호와 같이 전장을 누벼왔던 풍뢰영의 조장들을 흑의복면인들은 너무도 손쉽게 제압했다.

담우소는 이제 혼자였다.

'하지만 차라리 그게 낫다!'

생사지간, 이를 악문 담우소는 굳이 고개를 돌려 암습자를 확인하려하지 않았다. 그는 오히려 앞으로 몸을 굴렸다. 어째선진 몰라도 암습을 당하고도 죽지 않은 만큼 다가올 이격을 피해내야만 했다.

그때 귓전을 스치는 날카로운 바람!

거의 무의식적으로 신형을 옆으로 제낀 담우소의 눈에서 불똥이 튀었다. 어느새 신형을 일으켜 세운 그의 앞에는 마경화의 피로 손을 붉게 물들인 진영화가 서 있었다.

"항복하세요."

평소와 전혀 달라진 게 없는 목소리였다. 마치 아무런 일도 없었다는 듯 항복을 권유하는 전영화를 향해 담우소는 이를 갈았다. 마음속 깊은 곳에서 증오심이 끓어올랐다.

그러나 상황은 최악이었다. 뒤에는 천하의 고수인 엄정하가 버티고서 있었고, 주변에는 흑의복면인 천지였다. 적어도 보이는 자들만 해도 백 명은 족히 넘을 듯 보였다. 설혹 부상을 당하기 전이라 해도 이런 상황에서 담우소가 할 수 있는 일이라곤 도망이 전부일 터였다.

잠시 핏물 속에 쓰러져 있는 마경화의 창백한 주검을 일별한 담우소가 굳센 표정으로 말했다.

"항복하면?"

"예?"

"항복하면 날 살려줄 텐가?"

"그건……."

전영화의 얼굴에 처음으로 동요의 기색이 떠올랐다. 그녀가 마경화를 일수에 죽인 건 담우소를 동요시켜 엄정하의 손에 죽게 하려는 의도였다. 그동안 그녀가 지켜본 담우소는 매우 치밀한 성격의 소유자였기에 만약 이번에 죽지 않는다면 후환이 남으리란 판단이었다.

'그런데 놀랍게도 광명소주의 일권을 맞고도 멀쩡할 뿐더러, 저렇게 평온한 얼굴을 보일 줄이야!'

전영화는 온몸에 소름이 돋는 기분이었다. 자신이 앞을 가로막으면 미친 황소처럼 달려들 줄 알았던 담우소의 얼굴이 빠르게 냉정을 회복한다 느낀 것이다. 마경화가 죽는 순간 터져 나온 절규를 생각하면 온몸이 벌벌 떨릴 정도의 모습이었다.

그때였다. 마치 전영화의 대답이 없는 것에 화를 내듯 담우소가 바람처럼 그녀를 덮쳐 갔다.

휘익!

바람을 가르는 소리는 움직임을 따라잡지 못했다. 미처 전영화가 어떤 반응을 보이기도 전에 담우소의 권각은 그녀의 전신대혈을 노리며 파고들었다. 여인의 가장 부끄러운 곳을 포함한 공격이었다.

파파팍!

전영화는 순간적으로 대여섯 걸음이나 뒤로 물러서야만 했다. 그녀가 펼친 건 성명절학인 마환십팔장(魔環十八掌)으로 충분히 내력을 끌어올리고 있었음에도 담우소의 벼락같은 권각을 막기엔 역부족이었다. 일장 일각을 막을 때마다 그녀는 기혈이 미친 듯 끓어오르는 걸 느꼈다.

그러나 담우소는 단숨에 승기를 잡고도 더 이상 전영화를 몰아붙이지 않았다. 그녀가 뒤로 물러서자마자 벼락같이 땅바닥을 구른 담우소의 주변으로 일진의 황풍(黃風)이 불었다. 지당문의 역행권을 펼치는 동시에 오행토기를 일으킨 것이다. 그야말로 지룡권 구대승이 혀를 내두를 만한 역행권이었고, 전대 풍뢰문주가 눈물을 흘릴 만한 지뢰오행경이었다.

"아!"

몰아쳐 오는 흙먼지를 보고 신음을 터뜨린 전영화가 한 방향을 정해 달려들었다. 마경화가 쓰러져 있는 방향이었다. 필시 담우소가 마경화의 사체를 거두리란 판단이었다.

그때 승천하는 황룡마냥 몰아치던 와선풍을 날려 버리는 광풍이 있었다. 엄정하가 호신강기를 폭발시켜 흙먼지를 단숨에 잠재워 버린 것이다.

"…경화 매를 버리고 갔어."

자신과 똑같은 생각을 한 듯 마경화의 사체 앞에 먼저 도착해 있던 엄정하를 바라보며 전영화는 얼굴이 창백해졌다. 그리고 마경화의 사체를 확인하자마자 재빨리 주변을 둘러본 그녀는 담우소와 함께 사라진 한 사람의 존재를 눈치 챘다. 이곳에 있던 사람 모두를 포함한 것보다 귀중한 존재, 담우소가 마경화를 포기하고 데려간 사람은 철혈거상 막문위였다.

담우소는 달렸다. 막문위를 등에 업은 채 그는 흙먼지를 일으키며 자신이 얼마 전 천신만고 끝에 뚫고 온 불길 속으로 몸을 던졌다. 뒤에서 사신(死神)이 쫓아오고 있었다. 지옥의 겁화가 앞을 가로막고 있다 한들 발길을 멈출 순 없었다.

신형을 날릴 때마다 담우소는 연신 기침을 터뜨렸다. 피가래가 섞인 기침이었다. 사방에서 몰려드는 화염은 오행화기를 일으켜 막을 수 있다손 쳐도 폐부를 찌르듯 파고드는 연기까지 막을 순 없었다.

갈수록 끊기는 정도가 심해지고 있는 진기를 억지로 끌어올릴 때마다 담우소는 지옥을 넘나드는 고통을 느꼈다. 등에 짊어지고 있는 막문위의 가녀린 몸이 천근만근처럼 무거워지고 있었다.

'무겁다!'

당장이라도 주변에 넘실대고 있는 불길 속에 막문위를 집어 던지고 싶은 욕망을 담우소는 이를 악물고 참았다. 그녀는 그가 엄정하와 전영화에게 복수할 수 있는 유일무이한 무기였고 독이었다. 일시의 고통을 못 참고 이런 곳에서 포기할 순 없었다.

그렇게 한참을 달리다 보니 어느새 내리막길이 서서히 평지로 변해 갔다. 오를 때완 달리 불길의 한가운데를 통과한 덕분에 생각보다 빨리 사천북고원의 초입을 벗어나는 데 성공한 것이다. 용케도 추격대에 따라잡히지 않았으니 그야말로 천우신조라 할 수 있었다.

그러나 담우소의 시련은 거기서 끝난 것이 아니었다. 산불로 인해 온통 잿빛으로 변했던 하늘로 어느새 먹장구름이 몰려들었다. 아니,

먹장구름은 이미 오래전부터 몰려들고 있었던 게 분명했다.

후드득!

문득 하늘로 고개를 들어 올렸던 담우소의 얼굴로 뜨거운 빗방울이 점점이 떨어져 왔다.

'빗방울이… 굵다.'

흡사 자신을 대신해 울어주는 듯한 하늘을 담우소는 노려봤다. 그는 곧 빗방울이 폭우로 변할 것임을 알 수 있었다. 이로써 사신이 된 엄정하와 철혈대의 추격대로부터 자신의 도주로를 충실히 막아주고 있던 불의 장벽이 걷히리란 점도.

"쿨럭!"

기다렸다는 듯 터져 나온 기침과 함께 시커먼 핏덩이를 토해낸 담우소의 신형이 한차례 휘청거렸다. 방금 전보다 훨씬 더 막문위가 무겁게 느껴졌다. 떨어져 내리는 빗방울이 굵어지는 것과 동시에 그의 마음은 사정없이 흔들리고 있었다.

그때 담우소의 귀가 가벼운 움직임을 보였다.

'이 소리는?'

이미 사방은 떨어져 내린 빗줄기와 반응한 불꽃 덕분에 더욱 심해진 연기로 가득했다. 아무리 시력을 집중해 봤자 한 치 앞도 보이지 않았다. 도망자나 추격자나 하늘을 원망할 상황이었다.

그런데 담우소는 눈에 힘을 실었고, 곧 입가로 비틀린 웃음을 떠올렸다. 대지를 울리는 격렬한 진동과 함께 귀에 익은 말발굽 소리가 뒤가 아닌 앞쪽에서 울려 퍼지고 있었다. 조극충의 철기군과 당한수의 암전대가 사천북고원을 가로질러 이미 코앞까지 다가온 게 분명했다.

'그렇다면 추격대가 내 뒤를 바짝 뒤쫓지 않은 게 산불 때문만은 아니란 거로군. 한마디로 뒤에는 사신, 앞에는 주인을 잃은 맹호와 집요한 사냥개를 둔 셈이 된 건가?

엄정하나 조극충은 몰라도 당한수가 들었다면 불같이 노했을 생각과 함께 담우소는 막문위를 얼른 추어 올렸다. 그저 한차례 움직임을 보였을 뿐인데, 등뼈를 타고 지독한 통증이 느껴졌다. 일시 숨이 막혀와 몇 차례 가쁜 숨을 내뱉었지만 담우소는 자신의 등뼈가 부러지지 않은 것만 해도 용하다 생각했다. 그가 맞은 건 마교의 호교 육대신공 중 하나인 천붕이었고, 그것을 전개한 건 당대의 고수인 엄정하였기 때문이다.

으득!

한 점 티없이 맑고 아름다운 미소와 함께 자신을 암습한 엄정하의 얼굴을 떠올린 순간, 이빨을 살짝 악문 담우소는 문득 자신의 가슴을 더듬었다.

두 차례에 걸쳐 불길을 통과하느라 누더기로 변한 장포 사이로 만져지는 게 있었다. 흑백쌍검귀로부터 뺏어온 시슬 갑옷이었다. 처음 백색 도기를 막아냈던 시슬 갑옷이 이번엔 엄정하의 천붕으로부터 담우소를 구해낸 셈이었다.

그는 무공이 가장 떨어지는 소여영과 마경화에게 시슬 갑옷을 줬던 일을 생각했다. 선물을 받은 아이처럼 좋아라 시슬 갑옷을 챙겼던 소여영과 달리 마경화는 자신의 갑옷을 억지로 담우소가 입게 만들었던 것이다. 적의 화살은 항상 우두머리를 향하기 마련이라며.

'경화야……'

담우소는 눈물을 흘리지 않았다. 값싼 눈물 따위로 마경화의 죽음을 애도할 순 없었다. 대신 그는 다시 막문위를 추슬러 올렸다. 물기에 젖어 축 늘어진 여체를 단단히 몸에 옭아맨 것이다. 그리고 다음 순간 그의 신형이 다시 앞으로 질주하기 시작했다. 갈수록 가까이 다가오고 있는 말발굽 소리 쪽이 아니라 완전히 엉뚱한 방향을 향해서.

＊　　　＊　　　＊

"전황은?"

"사천북고원 중턱부터 진을 치고 있던 본 가의 다섯 분가에서 차출된 병력 삼백오십 명 중 사상자가 이백 명이 넘습니다."

"그렇다는 건 천라지망은 완전히 깨졌다는 것이겠군?"

"예, 그렇다고 사료됩니다."

"으음."

척후를 나갔다 돌아온 암전대원의 보고를 받던 당한수는 이빨을 가볍게 사려 물었다. 눈앞에서 화광이 충천하는 광경을 보자마자 노호와 같이 철기군을 이끌고 달려간 조극충과 달리 그는 잠시 사태를 관망하는 편을 택했다. 아무리 뒤에서 기습을 당했다곤 하나 분가 쪽에서 모아온 병력의 숫자를 믿었고, 아직은 마교와 전면전을 벌일 수 없다는 판단이었다.

'하지만 아무리 고수의 숫자가 적고 평소 전문적인 천라지망을 펼치는 훈련이 안 된 분가의 병력이라곤 하나 이렇게 순식간에 괴멸적인 피해를 입힐 줄이야!'

당한수는 차분히 자신의 암전대와 엄청난 박력을 보이던 조극충의 철기군을 떠올렸다. 서로 일장일단이 있겠으나 둘 다 적어도 두 배 이상의 병력과 싸워도 절대 밀리지 않을 자신이 있는 강병들이었다. 둘 중 하나만 가져도 이백 이상의 적들과 맞서 싸울 수 있다는 뜻이다.

'그러나 그건 기마병의 위력을 극대화시킬 수 있는 평원에서나 가능한 일이다. 사방이 트인 평원이라면 이백이 아니라 삼, 사백의 정병이라도 해볼 만하지만 말을 끌고 올라갈 수 없는 산간 지대라면 얘기가 달라진다. 그것도 삼백이 넘는 병력을 반 시진도 안 되는 새 괴멸시킬 정도의 암습을 펼치는 자들이 상대라면. 게다가 본 가는 눈앞의 마교에만 신경 쓸 수도 없는 입장이다. 벌써 그들이 낌새를 눈치 채고 움직였을 터인데…….'

고심하던 당한수의 표정이 변했다. 조극충의 철기군과 헤어진 후 바로 보냈던 척후들 중 다른 자들이 말을 달려 돌아오고 있었다. 목적지까지의 거리로 미뤄 아직 돌아올 때가 아님에도 불구하고.

'이건 이상하다!'

평소와 달리 급한 표정이 된 당한수가 말에 박차를 가했다. 그리고 단숨에 척후와 조우한 그가 먼저 말했다.

"어째서 이렇게 빨리 돌아오는 것이냐?"

돌아온 두 명의 척후 중 하나가 얼른 군례를 해 보이며 말했다.

"이미 백 리 밖에 점창파와 아미파의 병력이 집결해 있었습니다."

으득!

드물게도 당한수는 이를 갈았다. 이번 대마교파멸지계의 중심에 서 있던 건 어디까지나 금산상회와 당가였다. 느닷없이 황실의 천외천에서 고수들이 나타나고 사파연합의 전 맹주인 석검 노야가 모습을 드러내긴 했지만, 세력이나 지형의 이점으로 볼 때 두 세력만이 선두를 다툴 수 있었다. 나머지 각대문파나 정파고수들은 떨거지나 다름없었고, 사천회합이 있기 전 이미 힘의 우열과 거래는 끝난 것이나 마찬가지였기 때문이다.

'그런데 금산상회의 철혈거상이 납치당하자마자 점창과 아미가 움직였다는 건, 처음부터 그들에게 다른 마음이 있었다는 뜻이 아니고 무언가? 가주나 나나 너무 안이했다. 말이 좋아 사천삼세이지 그동안 본가에 짓눌려 있던 그들이 이번 기회를 놓치지 않으리라는 걸 뻔히 알면서도 마교 녀석들한테 당해 끼어들 빌미를 제공했으니……'

당한수는 원망스럽다는 듯 불타오르는 사천북고원을 바라봤다. 일이 이렇게 되고 보니 자신의 추격을 갖은 수법으로 피해 달아난 담우소와 전격적으로 공세를 펼쳐 온 마교에 대한 분노가 더욱 치솟아올랐다.

그러나 이미 때늦은 후회였다. 점창과 아미가 움직였다면 다른 각대문파라고 움직이지 않았을 리 만무했다. 막문위를 탈취하거나 죽여 대마교파멸지계로 재편될 정파연합 내에서 당가 홀로 독주 체제를 구축하려던 계획은 물 건너갔다는 뜻이다.

당가의 이인자인 당한수로선 더 이상 사천을 발칵 뒤집어놓은 사천대탈주의 주인공들에게 신경 쓸 겨를이 없었다.

푸르륵!

단숨에 수중의 고삐를 잡아당겨 말 머리를 돌린 당한수가 뒤에 도열해 있던 암전대원들을 향해 소리쳤다.

"일단 암전대는 신속히 뒤로 물러선다!"

부장인 당기호가 다가들었다.

"사천북고원을 넘으면 바로 청해성이긴 하나 어디까지나 이곳은 본 가의 영역인 사천입니다. 눈앞에 마교 녀석들이 넘어와 분탕질을 쳤는데, 이대로 물러서는 건 암전대의 명예를 땅에 떨어뜨리는 행동입니다.”

당한수의 눈이 붉게 달아올랐다.

“분가의 병력이라곤 하나 이백이 넘는 정영이 당했다. 내 마음이 편하리라 생각하는 것이냐?”

“대주께도 필경 복안이 있으시겠지만…….”

“그런 줄 알면 됐다!”

손을 들어 당기호의 말을 끊은 당한수가 말했다.

“이미 마교 녀석들에겐 망신을 당할 만큼 당했고, 근처에는 금산상회의 철기군은 물론이거니와 점창과 아미의 병력이 집결해 있다. 괜히 당가가 나서서 창칼받이가 될 필요는 없다.”

“그렇지만…….”

“아직 가주의 명령이 도착하진 않았으나 그분의 뜻도 나와 많이 다르진 않을 것이다.”

가주란 말에 당기호는 침묵했다. 아무리 현 상황이 불만스럽다 해도 가주까지 언급된 상황에 그가 당한수의 명령을 따르지 않을 순 없었다.

“존명!”

패기를 억누르느라 표정이 군은 당기호의 어깨를 한차례 두드려 준 당한수가 직접 암전대원에게 퇴각을 명령했다. 잔뜩 찌푸려 있던 하늘에서 빗방울이 떨어지기 시작한 것과 동시에 벌어진 일이었다.

후두둑!

빗방울이 떨어지자 조극충은 잠시 질주하던 말의 고삐를 잡아당겼다. 단숨에 십수 리를 주파한 말의 입에선 콧기운이 연신 뿜어져 나오고 있었다. 평소와 달리 속도를 조절하지 않고 전력으로 달렸으니 당연하다면 당연하겠다.

한참이나 뒤처져 따라오던 철기군의 부장이 다가왔다.

"동창의 대영반이 정신을 차렸습니다."

"채경환이?"

"예, 군장님과의 면담을 요구했습니다."

조극충의 이맛살이 가볍게 찌푸려졌다. 이곳으로 향하던 중 발견한 채경환은 반쯤 인사불성인 상태였다. 혈도를 제압당하거나 무공이 전폐된 건 아닌데, 이상할 정도로 음기가 찬 상태로 길가에 버려져 있었다. 만약 바쁜 와중임에도 조극충이 거두지 않았다면 들짐승들의 먹이가 되었을 게 분명했다. 그런데 지금처럼 급박한 상황에서 면담을 요구한다니, 눈살이 찌푸려지는 건 당연했다.

대뜸 고개를 가로저으려다 잠시 딴생각이 든 조극충이 말했다.

"이리로 데려와라."

"존명."

부장은 능숙하게 말 머리를 돌려 철기군의 후미로 향했다가 돌아왔다. 그의 뒤에는 네 명의 철기군이 대충 막사용 천막에 나무를 덧대 만든 들것을 들고 따라왔다. 그 위에 누워 연신 앓는 소리를 내고 있던 채경환이 미약한 목소리로 조극충에게 소리쳤다.

"조 대장군! 그놈을, 그놈을 붙잡았소?"

조극충은 천천히 고개를 가로저었다. 그리고 묵직한 목소리로 물었다.

"그놈이란 건 뇌운이라 불리는 자가 분명하오?"

"뇌, 뇌운?"

"담우소란 자가 사천 영웅대회에서 얻은 외호요."

"뇌운이라……."

채경환의 청기 가득한 얼굴이 푸들거리며 떨렸다. 그의 잔뜩 치켜떠진 눈에선 분노의 광망이 번뜩였다. 중오를 넘어 광기에 가까운 표정이 된 그가 씹어뱉듯 말했다.

"놀랍게도 그 녀석이 사천 영웅대회에까지 출전했었군. 마교의 무도한 반역도배 녀석이……."

조극충이 말을 끊었다.

"그래서 말인데, 채 영반은 지금까지 그자와 함께했으니, 그가 사천을 어떤 방법으로 탈출하려 했는지 아는 게 있겠지요?"

"그, 그건……."

"설마 아는 게 아무것도 없다는 뜻이오?"

채경환의 얼굴이 일그러졌다.

"그 반역도배 녀석은 어느 날은 동쪽으로 가는가 하면, 다음날은 서쪽으로 달리고, 왔던 길을 도로 돌아가기도 했소. 중간에 길을 바꾸는 건 다반사고 결코 자신의 내심을 내뱉지 않았으니 어찌 내가 아는 게 있겠소?"

"그렇소이까?"

조극충의 표정이 변하는 것을 보며 입술을 짓씹던 채경환의 얼굴에 화색이 돌았다.

"아! 그자는 그대가 모시고 있는 금산상회의 막 소저를 데리고 있었소."

"거상께서는 무탈하셨소이까?"

"흥! 그 입심이나 성정은 여전하더구려. 만약 내가 미리 막 소저의 신분을 알지 못했다면, 그 마교의 반역도당 녀석들과 한 패거리라고 착각할 만큼."

채경환의 입가에 깃든 냉소를 바라보며 조극충은 내심 한숨을 내쉬었다. 익히 막문위의 성정을 알고 있는 그로선 그녀가 채경환의 존재를 눈치 챈 후 보였을 반응을 대강이나마 짐작할 수 있었던 것이다.

'어쨌든 아직 거상께서 건재하다는 건 확인된 셈이로군. 하긴 사천 전역으로 풀어놨던 밀정들에게 중간중간 암호를 남긴 걸 보면 당연한 일이겠지만.'

조극충이 내심 염두를 굴리는 동안 빗방울은 점점 더 굵어지고 있었다. 눈앞으로 보이는 사천북고원의 초입을 불태우는 불길의 생명은 얼마 남지 않았음이 분명했다. 가장 크게 우려했던 장애물 하나가 사라진 셈이었다.

채경환에게 몇 마디 위로의 말을 던지고 돌아선 조극충은 내공을 일으켜 청력을 돋웠다. 철기군 특유의 돌격 전술을 극대화하기 위해 최후의 돌격 전 잠시 숨을 돌리게 한 말들의 호흡을 느끼기 위함이었다.

'됐다! 이만하면 사천북고원의 초입까지 단숨에 치달을 수 있다. 마교 녀석들하고 한바탕 벌이는 거다! 그 담우소란 녀석을 포함해서.'

욱씬 하고 왼쪽 어깨로 파고드는 통증과 더불어 조극충은 한쪽 얼굴에 파문을 일으켰다. 평생 만난 적수 중 최고의 난적인 담우소를 생각하자 저절로 호승심이 치솟아올랐다. 오직 그만이 해소시켜 줄 수 있는 갈증도 함께였다.

"하압!"

조극충의 입을 뚫고 나온 기합은 작았으나 결의에 차 있었다. 다른 누구도 아닌 자기 자신에게 바치는 결의였다.

그 뒤 더욱 단호해진 표정으로 손을 들어 올려 철기군 일제 돌격을 명하려던 그의 안색이 순간 대변했다. 지금까지 떨어지는 빗줄기와 함께 거친 말의 투레질 소리만이 가득하던 주변의 공기가 갑자기 바뀐 걸 눈치 챈 것이다.

'이건?'

조극충은 후끈한 열풍을 느꼈다. 온몸을 촉촉이 적시던 물 기운을 밀어버릴 정도의 열풍이었다.

그때 순간적으로 떨어져 내리는 빗줄기에 힘을 잃고 꺼져 가던 사천 북고원의 불 기운이 두 배로 치솟아올랐다.

히힝! 히히힝!

말들이 일제히 광란을 일으켰다. 바로 코앞까지 밀어닥친 불기둥의 열기에 영향을 받은 것이다. 그러나 조극충은 일시 미쳐 날뛰는 말을 진정시키지 못했다.

이때 평소 감정을 전혀 드러내지 않던 그의 얼굴은 잔뜩 일그러져 있었다. 어느새 철기군의 병마들을 놀라게 만든 불기둥을 헤치며 사천 북고원으로부터 수백이 넘는 기마병이 출몰하고 있었다. 손에 손에단순무식한 필치의 '열화' 란 이름이 수놓아진 깃발과 창검을 앞세운 채.

"저, 저건 열화기? 드디어 마교의 오행기가 침묵을 깬 것인가!"

부스럭거리는 소리와 함께 터져 나온 목소리의 주인공은 철기군의 최후방에 죽은 듯 누워 있던 채경환이었다. 떠듬거리는 목소리처럼 그의 얼굴은 경악으로 일그러져 있었다. 황실 최고의 정보 집단인 동창의 책임자답게 그는 치솟는 불꽃과 깃발의 출몰만으로 현 상황을 파악한 것이리라.

그러나 이때 평소 같으면 군율을 동요시키는 채경환의 말과 행동을 나무랐을 조극충은 온몸을 가볍게 떨 뿐이었다. 평생 전장을 누벼왔던 황실 제일고수인 그에게도 느닷없는 열화기와의 조우는 전율 그 자체였다. 전격적인 돌격전을 감행하려던 그의 철기군이 오히려 산 위에서 아래로 쏟아져 내려오는 마교 최정예 기마군의 예봉 앞에 발가벗겨지고 만 것이다.

＊　　　　＊　　　　＊

삼 년간 무명산에서 보낸 세월이 도주하는 담우소에겐 가장 큰 힘이 되었다. 점차 기력이 떨어져 가는 와중에도 산의 지형을 꼼꼼히 살펴 그는 눈에 잘 띄지 않는 동굴 하나를 발견해 냈다. 들어서자마자 들짐 승 특유의 노린내가 짙게 풍기는 게 빈 굴은 아닌 듯했으나 지금 그런 걸 가릴 처지는 아니었다.

동굴 안에 들어서자마자 달려든 불곰 두 마리를 일격에 죽인 후 한 쪽에 가부좌를 틀고 앉은 담우소는 얼른 운기에 들어갔다. 이곳까지 도주하는 동안 적어도 대여섯 차례나 핏덩이를 게워냈으니 하단전의 풍뢰경이 제대로 움직일 리 만무했다.

몇 차례 호흡을 해본 후 마음을 고쳐먹은 그는 중단전의 지뢰오행경 을 움직이기 시작했다. 비를 흠뻑 맞고 왔으니 오행수기가 먼저 움직였 고, 뒤이어 산불을 뚫고 오느라 몸의 겉가죽을 휘감았던 오행화기가 움 직였다. 이미 대성의 경지를 얼마 안 남긴 지뢰오행경인지라 풍뢰경을 움직일 때완 달리 빠르게 체내의 경락들을 어루만지며 퍼져 갔다.

앞서 운기하자마자 직접적으로 내상 부위로 향했다. 곧 가로막혔던 풍뢰경의 진기와 달리 지뢰오행경의 오행지기들은 꾸준히 내상 주변을 감싸 안았다.

처음엔 끝없이 부드러운 오행수기가 뒤틀리고 부서진 혈맥을 어루

만졌고, 그 뒤엔 굳건한 오행금기와 끈질긴 오행목기가 생명력을 북돋았다. 그 뒤 오행목기에 반응한 오행화기가 힘차고 정열적인 힘으로 허(虛)해진 원기를 되살리자 끝으로 오행토기가 중구난방으로 일어났던 뭇 기운들을 침착하게 가라앉혔다.

평상시 따로 움직이기만 할 뿐 서로 융합하려 하지 않던 다섯 기운은 이때 상극(相剋)을 벗어난 상생(相生)으로 돌아서고 있었다. 따로따로 대성에 가까웠던 오행지기가 하단전의 풍뢰경이 가로막혀 내력 자체가 사라진 상황이 되자 비로소 서로서로 북돋아 하나가 되는 큰 흐름을 이루고 있었다. 담우소로선 오랫동안 기대고 의지해 왔던 풍뢰경의 내력이 일시 유명무실해진 것이 오히려 큰 득이 되어 돌아왔다 할 수 있었다.

'무명신공 하편에서 봤던 이해할 수 없는 도형들이 뜻한 건 바로 이것을 의미했던 것인가?'

몰아의 경지 중 담우소는 가벼운 전율을 느꼈다. 상생하기 시작한 지뢰오행경의 기운을 느끼며 자신도 모르게 기억 저편에 묻어뒀던 무명신공 하편 중에 포함됐던 무수히 많은 도형 중 일부분이 자연스레 떠올랐기 때문이다.

물론 이때 담우소의 머리 속에서 빠르게 떠올랐다 사라지기를 반복하고 있는 도형들 중 대부분은 여전히 전혀 이해할 수 없는 것들이었다. 억지로 기억했을 뿐 전혀 알 수 없고 이해할 수도 없었던 처음과 마찬가지였다.

하지만 중간중간 떠오르는 깨달음 비슷한 것들이 있었다. 주로 지뢰오행경과 풍천외가경에 관한 것들이었다. 처음 풍뢰문의 이대심법을 동시에 연마했을 때부터 계속 고민해 왔으나 도저히 풀 수 없었던 구

결들이 술술 풀려지고 있었다. 인간이 만들어낸 수수께끼란 아무리 대단한 것이라도 작은 단서만 주어지면 언제든 풀리게 마련인 것이나 마찬가지의 이치였다.

부르르!

깨달음의 최후로 이르는 단계에서 담우소는 어깨를 가볍게 떨었다. 그의 정신은 이때 황홀경에 사로잡혀 있었다. 그의 온몸을 감싸듯 일어난 오행의 다섯 기운이 연신 주변을 찬연히 물들이는 것과 무관하지 않은 변화였다. 생명의 위험을 넘어 그는 또 다른 무학의 경지에 도달한 것이다.

"후우!"

시간이 얼마나 지났을까? 가벼운 한숨과 함께 눈을 뗀 담우소는 시간의 흐름을 인식할 수 없었다. 한순간 그를 황홀경으로 이끌었던 오색의 오행지기는 모습을 감춘 지 오래였고, 더 이상의 기변은 일어나지 않았다. 그의 모습은 전혀 변한 곳이 없었다.

'어느새 밤이군.'

동굴 안은 어두웠다. 바로 코앞도 보이지 않을 정도였다. 만약 내력을 일으킨다면 어느 정도 앞을 분간할 수 있을 테지만, 담우소는 그러지 않았다. 그는 오히려 '어둡다!' 란 생각과 동시에 자연스레 유동하려던 하단전의 풍뢰경을 기경팔맥(奇經八脈)으로 흩어버렸다. 한순간의 깨달음으로 지뢰오행경과 풍천외가경을 대성한 그에게 전혀 다른 형태의 진기 운용이란 독이 될 뿐 득이 되지 않음이었다.

스윽!

가부좌를 풀고 자리에서 일어선 담우소는 어둠 속을 걸어 막문위가 쓰러져 있는 곳으로 갔다. 주변은 여전히 어두웠으나 이미 담우소에겐 아무런 문제가 되지 않았다. 눈으로 사물을 파악하는 게 아니라 동굴 안의 대기에 포함되어 있는 오행지기의 흐름으로 아는 것이다.

'혈도가 짚인 지 적어도 세 시진은 넘었으니, 더 이상 지나면 몸에 무리가 올 것이다.

마음이 움직이자 담우소의 몸에서 붉고 푸른 기운이 일어나 막문위의 혈도를 건드렸다. 무학에서 말하는 무형지기가 실체화되어 나타난 모습이었다.

"으음!"

정신이 돌아오자마자 몇 차례 눈을 깜빡이던 막문위의 얼굴이 살짝 일그러졌다. 동굴을 채운 노린내와 더불어 마치 두들겨 맞은 듯한 통증이 몸 이곳저곳에서 느껴진 것이다. 온몸이 벌벌 떨릴 정도의 한기와 더불어.

"정신이 드나?"

'이 목소리는?

막문위는 일시 대답하지 않고 몇 차례 더 눈을 깜빡거렸다. 보이지 않는 것을 보려는 노력이었다. 그러다 자신의 시도가 헛된 것임을 금세 자각한 그녀의 목소리가 새되게 흘러나왔다.

"내가 잠든 사이에 꽤나 많은 일이 있었던 모양이군요."

어둠 중에서 담우소가 고개를 끄떡였다.

"그래, 참 많은 일이 있었지."

막문위가 이맛살을 찌푸렸다.

"당신은 쫓기고 있는 건가요? 아니, 내 몸에 생채기가 난 걸 보면 쫓기는 건 당신과 나 둘 다인가? 그래서 이렇게 지독한 곳에서 숨을 수밖에 없는 것이고. 그렇다면 조 군장이나 당가의 추격은 실패했다는 뜻이겠고, 다른 사람들이 없는 것 같으니⋯⋯."

담우소에게 질문하다 혼잣말을 중얼거리기 시작한 막문위의 목소리가 점차 작아졌다. 그녀의 목소리에는 작은 떨림이 섞여 있었다. 전혀 무공을 익히지 않은 그녀에게 흠뻑 젖은 몸으로 동굴의 한기를 견딘다는 건 가혹한 일이었던 것이다.

보지 않고도 치밀어 오르는 한기를 참기 위해 막문위가 아랫입술을 깨물었다는 걸 눈치 챈 담우소가 손을 움직였다. 그의 손은 마치 눈이라도 달린 듯 움직여 막문위의 손을 거머쥐었다. 흠칫 놀라 손을 잡아 빼려는 그녀에게 담우소가 말했다.

"그대로 있으면 병이 난다."

"그러면 처음부터⋯⋯."

"지금부터는 입 다물어라!"

담우소의 손에서 한 가닥 열기가 일어났다. 하단전이 아니라 중단전에서부터 시작되어 온몸을 떠돌고 있던 지뢰오행경으로부터 뻗어 나온 기운이었다.

'따, 따뜻해!'

담우소에게 무례하다고 한마디 꾸짖으려던 막문위의 안색이 봄날 햇살을 맞은 듯 사르르 풀렸다. 얼었던 몸이 열기에 녹자 온몸 가득 노곤함이 밀려들었고, 잔뜩 긴장해 있던 마음도 조금쯤 느슨해졌다. 겨울 언 땅을 봄 햇살이 녹이는 것과 같은 이치이고 변화였다.

그런데 잠시 후 막문위를 노곤하게 만들다 못해 불에 녹아내리는 촛농처럼 만들던 열기가 뚝 그쳤다. 그 대신 휘릭 하는 소리와 함께 한줄기 바람이 막문위의 얼굴을 스쳤다. 어느새 그녀의 손을 놓은 담우소의 몸에서 일어난 풍천외가경의 기파였다.

'빛이다!'

막문위는 노곤한 중에 다시 눈을 깜빡였다. 아예 별무소용이던 처음과 달리 몇 차례 깜빡이는 동안 그녀는 어슴푸레하게나마 주변이 밝아오는 걸 느꼈다. 그리고 음습한 동굴의 내부가 모습을 드러내는 것과 동시에 빛의 근원을 향해 신형을 날려가는 담우소의 그림자가 보였다.

파앗!

와선과 같은 회오리바람과 함께 신형을 날린 담우소의 온몸에서 몇 개나 되는 돌풍이 쏟아져 나왔다. 흐릿한 불빛에도 불구하고 형체가 보일 정도로 강력한 회오리바람이었다.

그러나 담우소의 몸을 떠난 회오리바람은 빛의 근원에 이르러 곧 힘을 잃었다. 마치 불꽃을 향해 날아드는 불나방처럼 회오리바람들은 빛의 근원인 야명주로 달려들기만 할 뿐 아무런 힘을 발휘하지 못했다. 야명주를 들고 모습을 드러낸 여인의 손에서 일어난 백색 광채가 회오리바람들을 모조리 막아버렸기 때문이다.

게다가 여인의 수장이 한차례 뒤집히자 백색 광채는 더욱 강렬해졌고, 담우소는 재빨리 뒤로 물러서야만 했다. 그의 몸에서 자연스레 뿜어져 나온 청홍의 기운에 놀란 여인이 뒤로 신형을 뽑아낸 것과 거의 동시에 벌어진 일이었다.

"네가 어떻게 이곳을 찾아낸 것이냐?"

담우소의 목소리에는 고요한 분노가 담겨져 있었다. 밖으로 드러나지 않기에 더욱 무섭고 두려운, 야명주와 함께 모습을 드러낸 여인이 엄정하의 동생인 엄소옥인 것과 무관하지 않은 분노였다.

제86장 천하를 양 어깨에

흔들리는 야명주, 빛의 편린이 여인의 얼굴에 음영을 만들었다. 천하에 다시없을 아름다운 얼굴에 한 점 그늘이 드리워져 보였다.

하지만 담우소는 예전처럼 가슴이 두근거린다거나 낯을 붉히지 않았다. 그를 매혹시켰던 엄소옥의 미모는 예전과 다름없었으나 담우소 자신이 달라져 있었다.

'무섭도록 차가운 눈빛이구나.'

자신을 밀어낸 청홍의 기운 때문일까, 아니면 자신을 바라보는 담우소의 눈빛 때문일까. 조금쯤 놀란 표정이 됐던 엄소옥이 진홍빛 입술에 부드러운 미소를 매달았다.

"산은 불타고 앞뒤로 대군을 만난 상황에서 절정고수가 취할 도리는 뭘까요?"

담우소는 대답하지 않았다. 그는 단지 엄소옥을 노려볼 뿐이었다.

처음부터 대답 따윈 바라지 않았던 듯 엄소옥이 스스로 답을 말했다.

"만약 자존심이 있는 자라면 정면 돌파를 선택할 테고, 비굴한 사람이라면 항복해서 생명을 구하고자 할 거예요. 그 결과 첫 번째 사람은 만용을 부린 대가로 십중팔구 죽을 테고 두 번째 사람은 목숨은 구할지 모르지만 이름을 더럽힐 테니, 아무리 무공이 뛰어나다 해도 써먹을 수 없는 사람이에요. 아버님이나 오라버니가 특별히 신경 쓸 필요가 없는 사람들이란 뜻이지요."

오라버니란 말에 담우소는 얼굴을 딱딱하게 굳혔다. 그의 몸에서 광풍이 미친 듯 휘몰아쳐 나왔다. 마음의 격랑에 따라 풍천외가경이 미쳐 날뛰기 시작한 것이다.

그런 담우소의 변화를 지그시 바라보며 잠시 말을 멈췄던 엄소옥이 말을 이었다.

"그래서 나는 빗물로 불이 몽땅 꺼진 뒤에 산속 구석구석을 찾아다녔어요. 그 상황에서 오라버니로부터 달아난 것으로 당신은 앞서 말한 두 가지 경우에 속하지 않는 사람임을 증명한 셈이고, 지옥과도 같은 불길 속에서도 반드시 살아남을 방도를 강구할 것이라 믿었으니까요."

엄소옥은 그렇지 않냐는 듯 담우소를 바라봤다. 말하는 내용과 태도가 사뭇 다른 모습이었다. 전후의 사정을 미뤄보자면 담우소를 잡으러 온 것이 분명한데 말투나 태도는 과거와 다름없었다. 어찌 보면 헤어졌던 친우나 애인을 만난 듯 스스럼없이 그녀는 담우소를 대하고 있었다.

'역시 마교의 요녀다!'

내심 고개를 흔든 담우소가 차갑게 말했다.

"첫 번째 질문에 대한 대답은 충분히 들었으니 두 번째 질문을 하겠다. 너는 어째서 날 찾아온 것이냐? 광명소주의 명을 받아 날 죽이고 철혈거상을 잡아가기 위함이냐?"

어쩌면 너무나 뻔한 질문이었다. 처음부터 그러한 확신이 없었다면 선제공격을 하지도 않았을 테니까. 하지만 엄소옥은 놀랍게도 고개를 흔들었다.

"만약 그런 의도를 가졌다면 내가 위험을 무릅쓰고 상처 입은 사자와 같은 당신이 숨어 있는 굴속을 홀로 찾지는 않았을 테지요."

"나도 그 점이 의심스러워 공세를 멈춘 것이다. 분명 이 근방 이십여 장 안에는 너 말고 다른 사람의 기척이 들리지 않았으니까."

"그 말은 나 정도는 당신 혼자 감당할 수 있다는 건가요?"

"지난번 만났을 때보다 내 무공은 진보했다."

엄소옥이 살며시 고개를 끄떡여 보였다.

"확실히 당신이 내뿜은 기파와 괴이한 기운은 과거와 비교할 바가 아니더군요. 오라버니의 천붕에 중상을 당했다고 들었는데, 그사이 기연이라도 만났나 보지요?"

"우연히 가지고 있는 걸 버려야 한다는 걸 깨달았을 뿐이다."

"가지고 있는 걸 버린다?"

가만히 담우소가 한 말을 중얼거린 엄소옥이 다시 한 차례 고개를 끄떡이곤 말했다.

"당신은 비로소 공(空)의 도리를 깨우쳤군요. 훌륭해요. 하지만 그래 봤자 나 정도를 상대할 수 있을 뿐, 아버님은 물론이고 오라버니 역시 상대할 수 없어요."

"그 말은 설마……."

"예. 아버님, 아니, 신교의 위대한 지배자이자 영원한 성화의 수호자이신 명존께서는 당신이 사천으로 떠나고 얼마 안 있어 광명정에서 폐관을 깨고 나오셨어요. 그리고 단 한 달여 만에 분열됐던 신교의 삼천이지를 모조리 통합하셨어요. 무자비한 살육과 압도적인 무위로."

엄소옥은 잠시 말을 멈췄다. 담우소를 바라보는 그녀의 얼굴에 언뜻 비애에 가까운 서글픈 감정이 떠올랐다 사라졌다. 언제나 자신만만하고 재기가 넘치는 그녀에게선 전혀 볼 수 없던 표정이었다.

순간적으로 딱딱하게 얼어붙었던 마음 한 켠에 금이 가는 걸 느끼며 담우소가 문득 말했다.

"그렇다면 광명소주가 날 암습한 건 명존의 명령을 받은 것이라는 뜻이냐?"

엄소옥이 고개를 가로저었다.

"오라버니는, 오라버니는 자신의 수하를 배신할 사람이 아니에요. 그건 직접 경험해 본 당신이 더욱 잘 알 텐데요? 당신이란 사람은 아무리 강압을 받았다 해도 쉽사리 누군가의 밑에 들어갈 사람이 아니니까요."

"하지만 내가 얻어맞았던 건 네가 말했다시피 분명 천붕이었다. 설마 날 암습했던 자가 광명소주가 아니라 말하고 싶은 건 아니겠지?"

이때 담우소는 어금니를 지그시 깨물고 있었다. 잠시 풀리려던 마음이 다시 꽁꽁 얼어붙고 있었다. 엄정하를 떠올리자 자연스레 피에 젖은 마경화의 죽음 역시 생각난 것이다.

그의 변화를 지켜보던 엄소옥이 말했다.

"당신은 의심할 필요 없어요. 확실히 그때 당신을 암습한 건 오라버니가 맞으니까요. 다만 오라버니는 자신의 의지로 당신과 풍뢰영을 습격한 건 아니에요."

"그건 또 무슨 뜻이냐?"

"오라버니는……."

엄소옥의 목소리가 잦아들었다. 그녀의 목소리엔 가는 흐느낌이 배어 나왔다.

흑백이 또렷한 그녀의 눈동자에 물기가 어렸다고 느낀 순간, 담우소의 신형이 크게 흔들렸다.

"엇!"

번쩍!

담우소의 입에서 신음이 흘러나온 것과 동시였다. 매혹적인 엄소옥의 눈에서 금빛 광채가 일어났다. 화심인을 발동시키는 금안공을 발휘한 것이다. 잠시 담우소의 긴장이 풀어진 틈을 타서.

"으!"

담우소는 주춤거리며 연신 뒤로 물러섰다. 엄소옥의 눈을 떠난 금빛 광채가 이미 그의 체내를 온통 뒤집으며 지독한 짓을 하고 있었다. 낙인처럼 덧씌워졌던 화심인의 발동이었다. 그러나 이대로 순순히 당하고만 있을 그가 아니었다.

뒤로 물러서는 것과 동시에 담우소의 몸에서는 청홍의 기류가 일어나 엄소옥을 덮쳐 갔고, 더불어 맹렬한 광풍이 휘몰아치기 시작했다. 그리 좁지 않은 동굴 내부가 지진을 만난 듯 뒤흔들릴 정도로 격한 바람과 기류였다. 마치 엄소옥의 공격을 기다렸다는 듯 그는 어느새 반격에 나선 것이다.

하지만 아마도 분심이용의 절기를 익힌 것이리라. 금안공을 풀지 않은 채 재빨리 뒤로 물러선 엄소옥은 곧 옥빛 수장을 몇 차례나 휘저어 자신을 덮치던 청홍의 기류를 막아냈다. 마음을 둘로 나눈 상태임에도 더할 나위 없이 빠르고 깨끗한 수법이었다. 그녀 역시 단번에 담우소를 제압할 수 있으리라곤 생각지 않았던 것이 분명했다.

그러자 다급해진 건 담우소였다. 비록 어느 정도 대비를 하고 있었다곤 하나 엄소옥이 금안공을 펼친 건 뜻밖이었다. 금안공은 다른 광명신교의 육대신공과 달리 화심인과 한 쌍을 이루는 신공이었다. 명존과 그의 후계자만이 익힐 수 있는 신공이라 알려졌으니, 그로선 엄소옥이 금안공을 발휘하리라곤 상상조차 할 수 없는 일이었다.

'…실수했다!'

재빨리 눈을 감고 풍천외가경의 기파로 풍벽(風壁)을 쳤으나 이미 발동한 화심인을 막기엔 역부족이었다. 발바닥의 용천혈로부터 시작되어 머리의 천령혈까지 치닫는 극한의 고통에 담우소는 치를 떨었다. 기경팔맥에 흩어났던 풍뢰경의 진기가 미친 듯 들끓어오르더니, 난마처럼 전신 혈맥을 타고 달리기 시작했다. 어떤 것으로도 막을 방도가 없었다.

"으득!"

좀 전과는 다른 이유로 이를 악문 채 엄소옥을 공격하던 지뢰오행경을 흩어버린 담우소는 감고 있던 눈을 떴다. 이미 화심인이 발동한 이상 눈을 감고 있을 필요가 없었고, 더 이상 엄소옥을 공격할 힘을 짜낼 수도 없었기 때문이다.

그때 금빛으로 빛나던 엄소옥의 눈빛이 평소대로 돌아왔다. 흑백이 또렷하면서도 재기가 넘치는 눈빛을 회복한 것이다. 그리고 한차례 눈을 깜빡거린 그녀가 말했다.

"화심인이 발동했는데도 쓰러지지 않았으니 대단하군요. 하지만 당신도 그저 버틸 수 있을 뿐, 이미 절정을 뛰어넘은 무위로도 화심인의 굴레를 벗어나진 못하는군요. 하긴 당신보다 무공이 높은 오라버니도 아버님의 금안공을 벗어나진 못했으니, 당연하다면 당연한 일이겠지만."

"도대체……."

"당신에게 원하는 게 뭐냐고요? 글쎄요, 내가 원하는 건 뭘까요? 어째서 나는 아버님의 금안공에 제압되어 신지를 잃어버린 오라버니에게 상처 입은 당신을 찾아 이곳까지 온 것일까요?"

"광명소주가 신지를 잃었다고?"

"아버님의 명령을 거스르고 역천의 우두머리인 만마천주 심마왕 노사의 손녀를 구하려 했거든요."

"만마천주의 손녀라면……."

"한령선자 빙예운, 예운 언니가 바로 심마왕 노사의 하나밖에 없는 손녀예요. 오라버니와 예운 언니는 생사를 함께할 만한 사이였으니, 오라버니로서도 어쩔 수 없는 선택이었을 거예요."

담우소의 안색이 가볍게 변했다.

"며, 명존이 빙 소저를 해쳤다는 거냐!"

"예운 언니뿐만 아니라 심마왕 노사와 다른 삼천이지에 속해 있던 수많은 신교의 고수들이 모두 도륙당하거나 총단의 지하 감옥에 유폐당했어요. 오라버니가 몇 번이나 말렸지만, 광명정을 나온 아버님은 이미 과거의 그분이 아니었어요. 수없이 많은 사람들이 죽었고, 덕분에 신교는 단숨에 통합됐어요."

"어떻게 그런 일이……."

"폐관을 깨고 나온 아버님께는 그럴 만한 힘이 있었어요. 이미 분열된 지 오래인 신교를 피와 공포로 통합시킬 만큼 그분의 힘은 절대적이었어요. 이번에 당신이 겪었던 일은 아무것도 아닐 정도로 무섭고 무자비한 살육이 가능할 만큼."

엄소옥은 문득 아랫입술을 가늘게 떨었다. 그녀의 말을 빌자면 이젠 천하제일마가 아니라 광마(狂魔)가 된 명존에 대한 공포 때문이었다.

그때 과거 압도적인 무위로 자신을 짓눌렀던 명존의 모습을 회상하던 담우소는 문득 마음이 움직였다. 중요한 사실이 떠오른 것이다.

재빨리 품속을 더듬어 성화령을 빼 든 담우소가 퉁명스레 말했다.

"혹시 네가 원하는 게 이거냐?"

"그건 성화령… 이군요."

"그래, 맞다. 성화령이다. 명존이 날 죽이려 한 건 성화령을 회수하기 위함일 터. 신교의 제자로서 너는 성화령 앞에 꿇어 엎드려 성화령 주인 내 말을 들어라!"

담우소는 엄포를 놓듯 소리쳤다. 과거 월아귀면을 쓰고 성화령으로 혈봉황단주 고구를 제압할 때와 비슷한 행동이고 말이었다.

하지만 그를 맞은 건 가벼운 교소였다.

"푸훗!"

잠시 놀란 표정이 됐던 엄소옥이 얼굴을 손으로 가렸다. 그녀의 얼굴엔 가벼운 웃음이 떠올라 있었다. 지금까지 성화령을 봤던 여타의 사람들과는 전혀 다른 모습이었다. 그리곤 어이없는 표정이 된 담우소에게 웃음을 거둔 그녀가 말했다.

"그렇군요. 확실히 당신이 가진 성화령은 회수해야겠어요. 당신이 죽었다는 걸 아버님께 알릴 물증이 필요하니까요. 하지만 신교에 단 두 개밖에 없는 신물을 가져가면서 그냥 입을 닦는다면 실례가 되겠지요?"

툭!

담우소의 발치에 떨어진 건 엄소옥이 등에 메고 있던 가죽 주머니였다. 그녀의 왼팔에 장식처럼 매달려 있는 야명주와 함께 일찍이 눈여겨보고 있던 터라 짐짓 눈살을 찌푸린 담우소가 묻듯 말했다.

"이거와 성화령을 교환하자고?"

"충분할 거예요. 신교 천 년의 역사 중 최고의 보물이랄 수 있는 무명신공의 상하편을 적은 죽간이니까요."

담우소의 눈빛이 크게 흔들렸다.

"여, 여기에 무명신공이 들어 있다고?"

"예, 지금부터 당신은 내 말을 똑똑히 들어야만 해요."

어느새 담우소를 바라보는 엄소옥의 얼굴은 딱딱하게 굳어 있었다. 여태 입가에 담고 있던 미소가 어색하리만치.

지난 몇 개월 뇌격봉의 철혈대는 뇌음사의 천령단과 격렬한 전투의 세월을 보내야만 했다. 처음 천여 명에 불과했던 뇌음사의 병력은 점차 증원되어 이 무렵 삼천 명에 육박하고 있었고 격전은 시간이 갈수록 격렬해지고 있었다.

뇌음사는 이번 기회에 아예 청해성 입성의 최대 걸림돌이었던 철혈대를 멸할 생각임에 분명했다. 그동안의 실패가 그의 자존심을 건드린 것이다.

그러나 빙예운의 추천으로 새롭게 철혈대의 군사에 오른 강문호는 그리 녹록한 사람이 아니었다.

그는 그동안 오직 소부대 전투만을 연마해 왔던 철혈대의 병력을 짧은 시간 안에 재편해 철저한 방어전에 들어갔다. 뇌격봉에 수백 개가 넘게 만들어놓은 참호를 거점 삼아 연신 철혈대로 밀려드는 뇌음사의 살수들을 타격하고 빠지길 반복하는 전법을 채택한 것이다.

이러한 전법의 목적은 철혈대를 빠져나간 적룡창검대와 독룡독녀대가 돌아올 때까지 병력을 보존하려는 데 있었다. 철혈대가 당면한 적은 뇌음사의 천령단뿐이 아니었기 때문이다.

과연 강문호의 전법은 효과가 있었다.

금방이라도 최후의 격전이 벌어지기 직전이던 전선은 교착됐고, 피곤에 지쳐 가던 백룡철검대와 황룡패도대의 이 개 부대원들은 숨을 돌릴 수 있었다. 그동안의 체계적이지 못한 기습의 반복이 아니라 완벽하게 분업화된 공격과 방어가 이루어진 때문이다.

오직 강문호 한 사람의 머리 속에서만 이뤄진 전투 계획이었지만, 교착된 전선의 단맛을 철혈대의 하급무사들은 충분히 맛봤다.

그대로만 간다면 전쟁에서 이기진 못해도 지지는 않을 것이고, 곧 떠나갔던 이 개 부대가 돌아와 천령단의 본대를 앞뒤로 합공도 할 수 있을 것 같았다. 여기까지는 담우소가 인정한 천재 군사 강문호의 계획대로였다.

하지만 파탄은 전혀 뜻하지 않은 곳에서 일어났다.

다양하게 운용한 전령과 전서구로 이 개 부대의 복귀가 임박했음을 알고, 전술회의에 들어간 엄정하 이하 철혈대의 수뇌진들에게 낭보가 전해져 왔다. 하루라도 앙앙불락하지 않는 일이 없던 천령단의 진중에서 극심한 혼란이 일어났다는 보고가 연달아 전해지기 시작한 것이다.

전술회의 내내 무료한 표정을 짓고 있던 강문호가 재빨리 반응했다. 그는 개인적으로 운용하고 있던 풍뢰영을 움직였고, 곧 더욱 자세한 정보를 얻을 수 있었다. 천령단의 진중에서 벌어진 혼란이 상당한 규모의 전투라는 점이었다.

그야말로 철혈대로선 물실호기(勿失好機)!

몇 차례 더 풍뢰영과 특수조들을 운용한 후 결정을 내린 엄정하와 수뇌진들은 전면적인 공격에 들어갔다. 그동안 방어만 하느라 울분이 쌓일 대로 쌓였던 패도무적 군무해의 황룡패도대가 선봉에 섰음은 물론이었다.

본래 뇌격봉과 철혈대의 방어가 주 임무인 백룡철검대와 달리 군무해의 황룡패도대는 오로지 적의 주살만이 목표인 야전 부대의 본능을 타고났던 것이다.

그러나 열화와 같은 기세로 선봉을 섰던 군무해의 황룡패도대는 기대했던 바인 피와 살이 튀는 전투를 경험할 수 없었다. 천령단의 진중에 도착했을 때 이미 그들이 할 일은 아무것도 남아 있지 않았다. 아무리 전력의 절반 이상이 빠져나갔다곤 하나 군마지 최강이던 철혈대를 밀어붙였던 천령단의 진중은 이미 풍비박산나 있었다.

삼천이 넘던 천령단의 대병력은 하나같이 처참한 주검으로 변해 있었고, 곳곳에서 역겨운 피비린내가 진동했다. 전투가 벌어졌다기보다는 일단의 도살극이 벌어졌다고밖엔 볼 수 없는 광경 앞에 군무해와 황룡패도대는 전율할 수밖에 없었다. 수없이 많은 전장과 아수라장을 헤쳐 나온 그들로서도 눈앞에 펼쳐진 광경은 쉬이 넘길 수 없는 처참함 그 자체였다.

그때 그 인세의 지옥도 한가운데를 걸어나오는 마왕(魔王)이 있었다. 드디어 삼원천신기를 합일시키고 광명정을 빠져나온 명존이었다. 출관하자마자 본산을 장악하고 있던 역천의 심마왕과 만마천의 주력을 모조리 주살한 그는 곧바로 귀천을 찾아 광명좌사 고엽풍을 굴복시키고, 혈봉황단주 고구와 더불어 뇌격봉으로 찾아와 천령단을 괴멸시킨 것이다. 공포로 일그러진 뇌음사의 머리를 군무해 앞에서 수박처럼 터뜨리는 것을 끝으로.

"하!"

담우소는 자신도 모르게 탁한 신음을 내뱉었다. 그 후 엄소옥의 입을 통해 알게 된 무지막지하다는 표현으로도 부족한 명존의 행로 때문만은 아니었다. 이미 엄소옥에게 어느 정도 언질을 들은 터였다. 명존이 얼마나 무시무시하게 변했는지 대충 짐작하는 바가 있었다.

그를 답답하게 만든 건 명존의 상상조차 할 수 없는 능력이었다. 무공의 엄청남은 이미 알고 있던 바이나 단숨에 분열된 광명신교를 장악한 능력은 도무지 짐작조차 할 수 없었다. 그가 아는 광명신교의 삼천이지 간의 골은 이미 깊어질 대로 깊어져 어떤 방법으로도 한데 봉합하기 힘들 지경이었다. 그들 각각의 추구하는 바가 다르고 욕심이 달랐기 때문이다.

그런데 엄소옥의 설명에 의하면 명존은 삼원천신기를 억지로 합일시키다 광마가 된 상태이고, 십수 년간의 폐관을 깨고 나온 지 얼마 안 됐음에도 상황 파악이 정확했다. 신교의 통합에 방해되는 자들은 철저히 주살하고, 도움이 되는 자들은 단숨에 제압하는 묘를 발휘한 것이다. 더 이상 이용 가치는 없고 신교에 부담만 되는 존재인 역천과 뇌음사의 천령단을 몰살시키고, 광명좌사의 귀천과 떨어져 나갔던 오행천은 굴복시킨 게 바로 그러한 점을 대변하는 모습이었다.

표정이 딱딱하게 군은 담우소의 모습을 살피며 엄소옥이 설명을 끝냈다.

"···현재 신교는 마도의 원로들이 일제히 도륙당하고, 요주의 인물들이 금안공에 신지를 잃은 채 빠르게 통합이 이뤄지긴 했으나 과거와 같은 마도연합이라기보다는 아버님 일인 독재의 귀역이 됐어요. 분열되기 전에도 분명 반대 세력이란 게 존재했는데, 이젠 반대자들은 모조리 숙청당하거나 본산의 지하 감옥에 갇히는 신세가 됐고, 아버님은 더욱 큰 혈풍을 준비하고 있어요."

"더욱 큰 혈풍?"

"아버님은 십여 년 전 무당파의 청우 선인 때문에 좌절됐던 일을 다시 벌이려 하고 계세요."

"그건······."

"예, 마정대전이에요. 아버님이 진정으로 바라시는 건 신교의 대병력으로 중원의 정파를 몽땅 멸살하고, 다시 황실을 쳐서 궁극적으론 만승지존의 자리에 오르는 것이에요. 그로 인해 얼마나 많은 사람이 죽던지 아랑곳 않고요. 그래서······."

엄소옥은 여직 담우소가 주워 들지 않은 가죽 주머니를 바닥에서 들어 올렸다. 그리고 그 속에서 기름종이에 쌓여 있는 두 개의 죽간을 빼낸 그녀가 말을 이었다.

"당신에게 무명신공을 가져온 거예요. 오라버니의 명을 받고서."

"오라버니? 그렇지만 광명소주는 벌써 금안공에 신지를 잃었다고 했잖아?"

"예, 오라버니는 아버님의 금안공에 신지를 잃었어요. 하지만 오라버니 역시 금안공을 익히고 있었어요. 그냥 당하고만 있진 않았던 거예요. 최후의 순간 위험을 간파한 오라버니는 재빨리 정신의 한 부분을 봉인했어요. 평상시엔 아버님의 꼭두각시로서 살아가지만, 하루 중

두 시진 정도는 본래의 정신을 되찾을 수 있게끔. 물론 그동안에도 철저히 아버님을 속이고 있어야 했지만, 어쨌든 내게 후사를 부탁할 정도는 여유를 낼 수 있었어요."

"…그렇군."

담우소는 그제야 고개를 끄떡였다. 지금까지 엄소옥의 말을 완전히 믿을 수 없었던 것은 그가 엄정하를 대단히 높이 평가하고 있었기 때문이다. 그가 아는 바 엄정하는 아무리 명존이 대단하다 해도 쉽사리 당하고만 있을 사람이 아니었던 것이다.

잠시 염두를 굴린 후 여전히 딱딱하게 굳어 있었지만 조금쯤 안색이 풀린 담우소가 문득 말했다.

"그렇지만 내게 무명신공을 맡긴다는 건 또 무슨 의도지? 마교 천 년간 무명신공의 비밀을 풀어낸 사람은 아무도 없고, 나 역시 풀 자신이 없는데. 설마 하니 어차피 세상은 곧 마교천하로 바뀔 테니, 나더러 무명신공을 가지고 산으로 들어가 그 묘나 깨우치고 있으란 뜻인가?"

"설마요? 오라버니가 당신을 꽤 높게 평가하곤 있지만, 당신에게 그런 기대를 품진 않았어요."

"그렇다면 다른 의도가 있단 뜻이군?"

설명해 보란 표정이 된 담우소에게 엄소옥이 입을 열려는 찰나, 동굴 뒤편에서 부스럭거리는 소리가 들려왔다. 두 사람이 무공을 겨룰 때부터 동굴 한쪽 편에 몸을 숨기고 있던 막문위가 몸을 일으킨 것이다.

애초부터 그녀의 존재를 알고 있던 엄소옥이 시선을 던지자 막문위가 이지적인 눈빛을 빛내며 말했다.

"흥, 광명소주를 대단히 높이 봤는데 실망이군요. 아무리 상황이 다급해졌다곤 하나 천방지축에 제멋대로인 사람한테 천하의 대사를 맡길 줄이야!"

"소저는?"

"금산상회를 맡고 있는 막문위라고 해요. 당신의 대단하신 오라버니가 날 걷어차지만 않았다면 우리는 한 가족이 될 뻔했지요."

"아아, 당대의 이름 높은 철혈거상 막 언니였군요. 이거 인사가 늦었네요."

엄소옥이 고개를 숙여 보이자 막문위는 차가운 표정으로 냉소를 터뜨렸다. 눈앞에서 논의되는 사항이 워낙 중대해 몸을 드러냈긴 하나 엄정하와 광명신교에 대한 그녀의 원망은 여전했기 때문이다.

하지만 막문위 역시 천하를 움직이는 여걸이었다. 엄소옥과 담우소의 대화를 듣는 동안 일의 중대함을 깨달은 지 오래였다. 곧 표정을 평상시대로 바꾼 그녀가 담우소와 엄소옥을 한차례씩 쳐다보곤 말했다.

"무명신공이라고요? 들어본 바 있어요. 무림 중에 떠도는 삼대마공이 있으니, 그 첫째를 무명이라 하고, 둘째를 초혼(招魂)이라 하며, 세 번째를 월광(月光)이라 하니, 그중 한 가지만 세상에 나와도 무림은 시산혈해로 뒤덮이리라! 그러나 조심하고 또 조심하라 등등…… 그저 아이들이나 중얼거리는 노래로 알았더니, 진짜 그런 굉장한 마공들이 실존하리라곤 상상도 못했네요. 하지만 내가 알기로 위의 세 가지 마공들은 하나같이 세간에 비결이 전해지지 않는 데다 지극히 익히기 힘들어 지금껏 천하에 완전히 모습을 드러낸 일이 없다고 하더군요."

문득 자신을 바라보는 막문위에게 엄소옥은 천천히 고개를 끄떡여보였다.

"맞아요. 세 가지 마공 중 월광이라 불리는 월광채음마공(月光採陰魔功)은 몇십 년 전 모습을 보인 일이 있지만, 아직까지 무명신공과 초혼

마공은 세상에 모습을 드러낸 일이 없어요.”

막문위가 다시 물었다.

“그건 비결이 없어선가요?”

엄소옥이 답했다.

“초혼마공의 경우 모습을 드러낸 일이 없어 모르겠지만, 무명신공의 경우는 그렇지 않아요. 중간에 외부로 유출된 일은 있으나 지난 천여 년간 무명신공은 계속 신교에서 보관하고 있었으니까요.”

막문위가 입가에 흐릿한 미소를 담았다.

“그렇군요. 그렇다면 내 예상대로 천여 년간 무명신공이 등장하지 않은 건 아무도 무명신공을 익힐 수 없어서겠군요. 그러니 그런 중요한 물건을 저 사내에게 맡기려는 것이고.”

엄소옥이 감탄한 듯 말했다.

“역시 막 언니는 대단하군요. 전후의 사정만을 가지고 오라버니의 내심을 예측하다니.”

“그야 무식하게 힘만 센 사내가 아니니…….”

막문위는 잠시 조소하듯 담우소를 바라봤다. 그녀의 시선에는 아직도 상황이 돌아가는 걸 모르냐는 뜻이 담겨 있었다.

담우소가 눈살을 가볍게 찌푸렸다.

“내가 익힐 수 없는 무공이기에 내게 맡긴다? 그렇다면 설마 나는 누구에게 무명신공을 전해주기 위해 선택됐다는 뜻인가?”

엄소옥과 막문위가 동시에 소리쳤다.

“맞아요!”

“아예 구제 불능은 아니군!”

담우소의 얼굴이 가볍게 일그러졌다.

"사람을 바보 취급 하는군. 하지만 도대체 누구한테 이걸 갖다 주란 거냐? 세상에 어떤 자가 있어 천 년 동안 아무도 풀지 못한 무명신공의 비결을……."

막문위가 한숨을 푹 내쉬며 고개를 가로저었다.

"역시 바보군, 여기까지 얘기를 듣고도 알아듣질 못하다니."

엄소옥이 얼른 정색하고 말했다.

"지금 폭주하는 아버님을 막을 분은 세상에 단 한 명뿐이지요. 아니, 어쩌면 그분조차도 지금의 아버님을 막을 수 있다곤 장담할 수 없어요. 그래서 무명신공을 그분께 전해 드려야만 하고요."

담우소의 딱딱하던 안색이 일순 무너졌다.

"그분이란… 무당파의 청우 선인을 말하는 것이냐?"

엄소옥이 고개를 끄떡였다.

"예, 당신은 무명신공 비급을 무당파의 청우 선인께 전달해야만 해요. 천하를 통틀어 비급만으로 무명신공의 허와 실을 깨달을 수 있는 분은 오직 그분밖엔 없으니까요."

말을 끝냄과 동시에 엄소옥은 수중의 무명신공을 다시 가죽 주머니에 넣고 담우소에게 건넸다. 옆에 서 있던 막문위가 자신도 모르게 탄성을 발할 정도로 거침없고 단호한 모습이었다.

그러자 얼떨결에 무명신공이 든 가죽 주머니를 받아 든 담우소가 느닷없이 화난 표정으로 고개를 흔들며 소리쳤다.

"그런데 내가 왜 그 일을 맡아야 하는 거야! 내가 왜 광명소주의 명령을 들어야 해! 나한텐 아무런 이득도 없는데. 내가 이 일을 하면 경화 매가 살아 돌아오는 것도 아닌데!"

그는 수중의 가죽 주머니를 하늘 높이 치켜 올렸다. 당장에 오행화기를 일으켜 불태워 버릴 기세였다. 아니, 그의 주변에선 이미 청홍의 기운이 적운(赤雲)이 되어 맹렬히 불타오르고 있었다. 마치 활활 타오르는 그의 내심을 그대로 보여주는 듯한 광경이었다. 엄소옥과 막문위의 말을 이성적으로는 이해하나 감정적으론 전혀 받아들일 수 없었던 것이다.

그러나 그런 담우소를 막문위는 차갑게 조소했고, 엄소옥은 흔들림 없는 표정으로 바라보며 타이르듯 말했다.

"당신한테는 경화 매만이 전부인가요? 오라버니를 마다하고 당신을 좋아한다고 말했던 예운 언니와 강 군사를 비롯한 풍뢰영의 무사들은 어쩔 텐가요?"

"그, 그건!"

"그리고 이성을 잃은 아버님이 주도하는 마정대전으로 인해 죽었고, 앞으로 죽어갈 많은 인명은 또 어떻고요? 당신은 그들 역시 경화 매처럼 죽길 바라나요? 정말 그런가요?"

한마디 할 때마다 엄소옥은 담우소에게 다가왔다. 담우소에게서 일어나고 있는 적운이 전혀 두렵지 않다는 표정이었다.

그래서였을까. 특별히 어떤 무공을 사용한 게 아닌데도 담우소는 지독한 압력을 느끼며 뒤로 주춤 물러섰다.

"큭!"

담우소는 결국 하늘 높이 쳐 들었던 손을 내려놓고 말았다. 이때 이미 그의 주변엔 한 점의 적기도 보이지 않았다. 과연 엄소옥이 열거한 사람들을 그는 절대 포기할 수 없었던 것이다. 과거 자신을 파문시켰던 사부와 사문인 풍뢰문을 포기할 수 없었던 것과 같이.

"잘 생각했어요. 그런데 당신 우나요?"

엄소옥의 말대로였다. 어느새 담우소의 눈엔 눈물이 번질거렸다. 그는 더 이상 무심의 가면을 쓰지 못하고 있었다. 마경화가 전영화의 손에 살해당했을 때부터 줄곧 억누르고 있던 감정이 격류가 되어 흘러나왔다.

옆에 서 있던 막문위가 혀를 차고 엄소옥이 눈앞에 있었음에도 그는 한동안 벌겋게 물든 눈을 한 채 멍하니 서 있었다. 일시 쏟아져 나온 감정은 곧 자제할 수 있었지만, 이제부터 짊어질 짐의 무게가 그를 짓눌러 왔다. 사부의 무덤 앞에서 통곡하고, 마경화의 죽음에 복수를 다짐했던 파문제자 담우소는 오늘로서 더 이상 자신만의 길을 걷지 못하게 된 것이다. 새롭게 발을 내디딘 길이 아무리 끝 모를 정도로 험하고 지독한 가시밭길이 될지라도.

"정말 나를 풀어주는 거야?"

"그러기 위해 널 구해왔다."

"하지만 나는 분명히 널 죽이겠다고 했는데?"

"그것도 나쁠 건 없지. 다만 중원으로 밀려오는 마교를 내가 그 잘 돌아가는 머리를 굴려 막은 후라면."

막문위의 눈에 이채가 떠올랐다.

"어리숙한 사낸 줄 알았더니 의외로 교활하군. 어차피 마교와 정파는 싸울 수밖에 없는 운명이 됐으니, 난 지금부터 그들과 실컷 싸우라는 거야?"

"왜? 싫은가?"

그렇다라고 말하려던 막문위는 입술을 움찔거리려다 말았다. 자신을 바라보는 담우소의 깊고 어두운 눈빛 때문이었다.

'어젯밤 그 엄소옥이란 마교 계집애를 떠나보낼 때와 똑같은 눈빛이다. 천하의 어떤 것으로도 꿈쩍하지 않을 것 같은, 그래서 절대로 건드려선 안 될 지독한 눈빛을 이 사내는 하고 있어. 굳이 나서서 성질을 돋울 필요는 없겠지?

재빨리 염두를 굴린 막문위가 고양이 같은 표정을 지어 보였다.

"어차피 너에게도 나란 존재는 커다란 짐이 되겠지. 나 역시 너같이 냄새 나는 녀석과 함께 있으면 있을수록 손해겠고. 뭐, 좋아. 천하의 운명이나 생명의 소중함 따윈 알 바 없지만, 처음부터 마교와는 한판 붙을 생각이었어. 날 놔주면 지금부터 그 광마가 됐다는 명존과 한판 멋지게 붙어줄게."

"크게 인심 쓰는 듯한 말투로군."

"왜 아니겠어? 명존은 폐관 전부터 명호가 무시무시한 천하제일마였고, 마교의 전력은 황실과 전 정파가 두려워할 정도야. 지금 와서 세력이 좀 줄었다곤 해도 이번 전쟁에 얼마나 많은 돈을 쏟아 부어야 할지 계산조차 되지 않는다고."

"여전히 돈돈돈이군."

"그럼. 세상에서 가장 확실한 우군은 돈이고 가장 믿을 수 있는 친구 역시 돈이야. 만약 돈이 필요없다면 어째서 정파나 황실에서 금산상회나 나한테 아쉬운 소리를 하겠어?"

"너 역시 돈이 되지 않는다면 이번 마정대전에 참가하지 않을 거잖아?"

"당연하지!"

지나칠 정도로 단호한 표정이고 대답이었다. 문득 이처럼 자기 확신을 가지고 사는 것도 대단한 일이란 생각이 든 담우소는 쓴웃음과 함께 발길을 돌렸다. 인정은 할 수 있지만 더 이상 막문위와 함께 있고 싶지 않았기 때문이다.

그런데 새벽바람과 함께 찬란한 햇빛이 밀려드는 동굴 밖으로 신형을 날리려던 담우소에게 막문위가 찰싹 달라붙었다. 순간적으로 몸을 날려온 것이다.

"…뭐 하는 짓이냐?"

막문위가 눈을 흘겼다.

"너야말로 뭐 하는 짓이야? 설마 하니, 날 이런 곳에 놔둔 채 혼자 떠나려는 건 아니겠지?"

담우소가 차갑게 말했다.

"널 고이 놔주는 것만도 감사해라."

막문위가 빽 소리쳤다.

"웃기지 마! 이런 곳에 놔둔 채 도망가는 자식한테 뭘 고마워해! 만약 내가 마교의 잔당들한테 발견된다거나 들짐승한테 습격이라도 당하면 어쩔 거야!"

"그건 운명이라고 봐야지."

"운명?"

갑자기 배를 잡고 웃던 막문위가 주먹으로 담우소의 가슴을 세차게 때렸다. 그녀의 얼굴엔 어느새 웃기지 말라는 표정이 완연했다. 그리고 그 표정조차 사라졌을 때 그녀가 퉁명스레 말했다.

"그러지 말고 거래하자."

"거래?"

"그래. 네가 나한테 원하는 바를 말하면 내가 그걸 들어주고, 넌 날 안전한 곳까지 데려다 주는 거래 말야."

거래란 말 때문은 아니었다. 굳이 이유를 대자면 자연스레 형성된 반탄강기 때문에 자신의 가슴을 친 주먹이 돌벽을 때린 듯 아팠을 텐데, 얼굴 하나 찡그리지 않는 막문위의 담대함 때문이었다.

마음을 돌려먹은 담우소가 말했다.

"네가 알다시피 난 풍뢰문의 제자였다."

"금산전장에 넘어간 풍뢰문의 전답을 돌려달라는 거야?"

"거기다 한 가지 더!"

막문위의 미간이 찌푸려졌다.

"유리한 위치에 섰다고 가격을 막 부르는군. 거기다 뭘 더?"

"금산상회의 조직망을 이용해서 풍뢰문을 떠난 사형제들의 행방을 알아봐 줘."

"빚 조금 졌다고 사문을 버린 폐륜아들을 아직도 사형제들이라 생각하는 거야?"

"내 조건은 거기까지다."

"좋아."

"그럼 거래 성립이다!"

담우소가 손을 내밀자 잠시 머뭇거리던 막문위가 역시 손을 내밀어 맞부딪쳤다. 흔히 강호의 사나이들이 약속할 때 하듯 세 차례에 걸쳐 손뼉을 마주친 것이다. 필사의 도망을 한 지 꼬박 하루가 지난 새벽의 쏟아지는 햇빛 아래서.

제87장 불타오르는 대지!

격렬하게 울리는 말발굽 소리. 거친 호흡성. 연신 울려 퍼지는 강철과 강철, 투지와 투지의 함성 속에 수십 기의 기마병들이 격돌하고 있었다.

온몸을 흑색 일색의 갑주로 휘감은 일단의 철갑병들이 창검을 높이 처든 채 방진을 펼치고 있다면, 대충 털가죽을 기워 만든 피풍의를 휘날리는 기마병들은 전후좌우로 움직이며 공세를 펼치고 있었다. 공격하는 편의 숫자가 수비하는 쪽의 두 배가 넘을 뿐더러 움직임도 더욱 민활해 보였다.

흑색 일색의 철갑병들은 강남제일을 자랑하는 금산상회의 철기군이었다. 평소 도망치는 적을 쫓아 박살 낼 뿐 한 번도 방어란 걸 해본 일이 없는 강병이 바로 그들이었다. 어떠한 상황에 처했다 해도 방어를 하느니 공격에 전력을 다하는 게 본능이나 지금은 도리가 없었다.

어제 쏟아져 내리는 폭우와 함께 사천북고원에서부터 돌격해 온 눈앞의 기마병들은 마교가 자랑하는 오행기였다. 각기 화수목금토를 뜻하는 깃발을 내걸고 마교의 적을 섬멸하는 다섯 군단 중 화(火)의 열화기에 속한 일군의 강병들일 뿐더러, 사천에 집결한 철기군의 두 배나 되는 병력이었다.

높은 곳에서 낮은 곳을 치는 초반 전술상의 우위를 감안하지 않는다 해도 철기군은 평소의 전술을 그대로 유지할 수 없었다. 마교의 오행기는 오로지 황실의 대군을 상대하기 위해 조직된 병력이기에 일반적인 강호방파의 무사들과 비교할 수 없을 정도로 강력했기 때문이다.

그와 같은 사실을 증명이라도 하려는 듯 지금 황실의 금의위가 부럽지 않을 정도로 완벽한 전갑과 대완마로 무장한 철기군은 연신 뒤로 밀려나느라 바빴다.

그들과는 대조적으로 각양각색의 갑주를 걸치고 말들 역시 작달막한 몽고마를 탄 열화기의 기병들은 말 위에서 자유자재로 움직였다. 그들이 묘기에 가까운 승마술과 더불어 파상적인 공세를 펼칠 때마다 철기군의 방진은 숭숭 뚫렸고, 한 명 두 명 동료를 잃어야만 했다.

만약 이곳에 있는 게 완벽에 가까운 전갑으로 무장된 정예의 철기군이 아니었다면 벌써 전멸을 당해 들판을 뒹구는 한 무더기의 고혼이 되었으리라!

그렇게 꼬박 하루 동안 밀린 끝이었다. 본래 돌입하려던 사천북고원의 초입으로부터 십여 리나 뒤로 밀려난 철기군은 꼴이 말이 아니었다. 이미 병력은 절반으로 줄어 있었고, 남은 병력 중에도 부상자가 삼 분지 일 일이 넘었다.

철기군장인 조극충이 황실 금의위 비장의 전륜연환마진(轉輪連環馬

陣)을 펼쳐 파상적인 열화기의 공세를 어찌어찌 방어하곤 있으나 전멸은 시간문제였다.

계속 방어만을 고집해 봤자 병력의 감소를 피할 수 없고, 방어전을 포기하고 전력으로 후퇴한다 해도 열화기의 추격을 피할 길이 없기 때문이다.

그러나 현 상황이 괴로운 건 조극충과 철기군만은 아니었다. 철기군이 자신들의 장점을 버리고 철저한 방어전으로 나서자 이번 사천정벌의 선봉을 맡은 열화기의 십로군(十路軍) 중 다섯 번째인 오로군(五路軍) 수뇌부 역시 적잖이 난감한 지경이었다.

처음 통렬한 일격을 가해 단숨에 철기군 병력의 삼 할을 괴멸시켰을 때만 해도 낙승이라 생각했다. 보통 단 일 격에 그 정도의 병력을 잃게 되면 군중에 공포가 확산되고 투지가 사라져 군의 통솔에 문제가 생기게 마련이었다. 인간이란 아무리 지독하게 단련됐다 해도 목숨이 위급한 상황이 되면 약한 모습을 드러내기 때문이다.

과연 눈앞에서 연달아 동료들의 몸이 갈라지고 피가 쏟아지는 광경을 목도한 철기군은 크게 흔들렸다. 창설된 후 한 번도 패배한 일이 없는 불패의 신화를 자랑하던 그들이기에 충격은 더욱 컸으리라. 이젠 더욱 거세게 밀어붙여 공포심을 확산시키기만 하면 끝날 일이었다.

그런데 그때 동요하던 철기군의 군중 가장 깊숙한 곳에서 몇 개나 되는 수급이 피를 뿌리며 하늘로 떠올랐다. 순간적으로 군율을 어기고 뒤로 말 머리를 돌렸던 자들의 목 위에 달려 있던 것들이다. 어느새 철기군의 최후방으로 이동한 조극충이 장창을 휘둘러 일벌백계(一罰百戒)를 보인 것이다.

'제길, 그때가 가장 중요한 승부처였다. 녀석들을 조금 늦게 몰아붙

이는 바람에 열화기 최정예 중 하나인 우리 오로군이 아직까지 이런 곳에서 발이 묶이게 될 줄이야.'

오로군의 대장인 백인장(白人將) 천인혈검(千人血劍)은 이를 갈았다. 오로군이 사천북고원을 넘은 것처럼 다른 경로로 사천에 도착한 다른 열화기의 십로군들이 지금쯤 질풍노도처럼 진격하고 있을 걸 생각하면 가슴이 답답해져 왔다. 같이 선봉에 나선 동료 백인장들에게 전공(戰 功)에서 밀린다는 건 그의 자존심을 크게 상하게 만드는 일임에 분명했 다.

그때 같은 백인장이자 오로군의 부대장인 상문부(喪門斧)가 공격을 독려하다 말고 천천히 말 머리를 돌려 다가왔다.

"대장, 벌써 정오가 가까워오고 있소이다. 조금만 더 지나면 저 우라 질 검댕이 녀석들과 드잡이질을 벌인 지도 꼬박 하루가 다 되오. 이렇 게 지지부진하게 시간만 보내지 말고 확 밀어버립시다!"

"앞뒤 재지 말고 확 밀어버리자고?"

"그렇시다. 검댕이 녀석들이 제법 알짱거리긴 하지만 대장과 내가 선봉을 서고, 우리 아그들을 한꺼번에 투입시키면……."

"미련한 놈!"

천인혈검의 퉁박에 상문부는 수중의 대부(大斧)를 휘휘 저어 보이며 고리눈에 힘을 줬다.

"내가 뭐가 미련하단 말이오!"

"그럼 네 녀석이 안 미련하단 말이냐?"

"그, 그야 내가 대장보다 먹물을 좀 덜 먹긴 했지만 미련하단 말은 좀 그렇잖수. 신교의 성화제전도 같이 참가한 동기 사이에……."

"애들 있는 앞에서는 말투 조심하랬지!"

"쓰벌!"

인상을 구기면서도 상문부는 입을 다물었다. 같은 백인장이지만 천인혈검이 오로군의 대장이고 자신은 부대장임을 자각한 행동이었다.

내심 피식 웃은 천인혈검이 말했다.

"나는 성질이 없어서 지금까지 저 하룻강아지 같은 녀석들을 가만 놔뒀는지 아냐? 지금이라도 당장에 내 천혈검을 빼 들고 달려가서 뒤로 꽁무니를 빼고 있는 저 검댕이들의 우두머리 녀석을 요절내고 싶은 심정이다."

상문부가 콧방귀를 뀌었다.

"훙, 그럼 지금 당장 달려드시구려. 내 하루 동안 천 명을 벴다는 천인혈검의 용맹을 두 눈 부릅뜨고 지켜볼 테니."

천인혈검은 주먹을 부르르 떨었다. 아무리 성화제전을 같이 치른 동기라곤 하나 깐죽대는 모습을 보니 주먹을 날려 안면을 함몰시키고 싶은 기분이었다.

'하지만 녀석이 비록 무식하긴 하나 타고난 용맹은 대단하다. 인정하고 싶진 않지만 나라 해도 이긴다는 보장이 없어. 끄응, 본래 수하를 잘 다루는 것도 윗사람 된 도리라 했으니……'

내심 터져 나오려던 노화를 애써 억누른 천인혈검이 말했다.

"이 미련한 녀석아, 주둥이 닥치고 저기 검댕이 녀석들이 펼치고 있는 방진을 봐라!"

"또 미련한 놈이라고……."

"쓰!"

불만을 터뜨리려던 상문부는 일시 말을 멈췄다. 천인혈검이 안색을 차갑게 굳혔기 때문이다. 아무리 천생의 신력으로 백인장에 오른 그일지라도 천인혈검의 냉정한 눈빛은 참아내기 힘들었다.

'쓰벌! 독사 같은 눈빛 하고는.'

처음과 달리 욕설을 꾹 삼킨 상문부는 군소리없이 천인혈검이 손가락으로 가리키고 있는 방향을 바라봤다. 꼬리를 내린 것이다.

그때 연신 뒤로 물러서면서도 진형을 흐트러뜨리지 않고 있는 철기군의 일군을 가리키며 천인혈검이 질문했다.

"저 검댕이 녀석들의 움직임이 어떠하냐?"

상문부의 코에서 강한 김이 뿜어져 나왔다.

"우리 아그들한테 연신 밀리면서도 방어진을 흐트러뜨리지 않고 있구만. 그것도 몸에 걸치고 있는 더럽게 비싼 갑주 덕분에 후방에서 기습적으로 날아드는 화전(火箭)의 영향을 덜 받기 때문이지만."

"단지 그뿐이냐?"

"중간중간 달려드는 아그들을 이기일조로 막아내는 게 꽤 능숙한 게 확실히 여타의 무림 잡것들이 펼칠 만한 기병술은 아닌 것 같시다."

천인혈검의 냉정한 얼굴에 흡족한 기색이 떠올랐다. 말이나 행동이 거친 것과 달리 상문부는 백인장에 어울리는 분석력을 가졌다고 판단내린 것이다.

그때 상문부가 덧붙이듯 말했다.

"그런데 사천에 저만한 기병대가 있었나? 이렇게 밀리고 있는데도 암기를 사용하지 않는 걸로 봐서 사천당가의 독사새끼들 같진 않은데?"

천인혈검의 풀렸던 얼굴이 다시 딱딱하게 굳었다.

"하루 밤낮을 싸워놓고 적의 정체조차 파악하지 못하고 있었던 거냐?"

상문부가 솥뚜껑 같은 손으로 뒤통수를 벅벅 긁었다.

"그야 광명소주가 쓸어버린 잡것들이 당가의 녀석들이니, 녀석들도 그러리라 짐작했지 뭐."

"미련한 놈!"

다시 상문부의 얼굴을 일그러지게 만든 천인혈검이 말했다.

"저 기마병진은 황실 금의위의 전륜연환마진이다. 당가 녀석들에게 기마대가 없는 건 아니지만, 녀석들이 그런 걸 다룰 수 있을 리 만무하잖느냐."

"그럼 저 시커먼 녀석들은 뭐 하는 녀석들이기에 우리 오로군의 앞을 가로막은 것이오?"

"그걸 지금부터 알아볼 생각이다."

그 말을 끝으로 천인혈검은 그의 주변을 그림자처럼 따르던 호위병들에게 명령을 내려 검정 깃발을 들어 올리게 했다. 일시 공격에 공격을 계속하던 오로군을 뒤로 물리는 명령을 내린 것이다.

적이 뒤로 물러났단 보고를 하는 부관의 목소리에는 지친 기색이 완연했다. 간밤 피로 피를 씻던 격전 중 날아온 화전에 오른쪽 눈을 잃었음을 감안하면 충분히 이해할 수 있는 일이었다. 상관인 조극충의 앞을 지키다 화살에 맞은 눈알을 뽑아 씹어 먹을 정도의 용맹을 지녔으나 삼국지에 나오는 괴물들과는 조금 다른 것이다.

그러나 얼굴의 반면을 피로 물들인 부관을 바라보는 조극충의 표정은 냉정하기만 했다. 냉면이라 불리는 그의 엄격한 얼굴은 잠시 부관의 얼굴에 머물렀을 뿐 곧 급변한 전장을 향했다. 그러자 과연 무자비할 정도로 달려들던 오로군이 분분히 뒤로 물러서고 있었다. 후방에서 흑기가 올라가자 몇 차례 호각성이 잇달았는데, 그것이 바로 후퇴 명령인 듯했다.

'역시 마교의 목적은 무림뿐이 아니라 황실에 있구나. 그렇지 않고서야 어찌 저렇게 숙련된 기마 군단을 만들었을까.'

이미 절반도 남지 않은 철기군을 생각하며 조극충은 절망을 느꼈다. 밤새 굴욕을 참으며 방어전을 펼친 건 어디까지나 뒤에 남았던 당가의 암전대에 기대한 바가 컸기 때문이다. 비록 사천북고원의 초입에 천라지망을 펴고 있던 분가 병력들이 기습을 당하며 일시적으로 맺었던 동맹은 깨진 것이나 다름없었지만, 마교의 사천 침공을 좌시할 당가가 아니다.

'하지만 암전대는 하루 밤낮이 꼬박 지나도록 오지 않았다. 당가의 실질적인 이인자인 암전대주 당한수라면 분명 철기군이 마교 열화기의 예봉을 막고 있는 동안 뒤를 쳐서 합공하리라 생각했었는데……. 내가 당한수를 잘못 봤단 말인가?

이심전심(以心傳心)이라 해야 할까? 조극충이나 당한수처럼 한 세력의 중추를 맡는 위치에 오른 사람들 간에는 통하는 바가 있었다. 범인을 뛰어넘는 직관력과 판단력, 그리고 넓은 시야가 바로 그것이었다. 무공만 높아서는 많은 수하를 거느리는 위치에 오르지 못하는 게 당연했다.

그러니 조극충이 밤새 생각했던 것은 당한수에게도 분명 고려의 대상일 터였다. 조극충이 암전대의 후방 타격을 기대하며 지금까지 펼친 방어전이 바보 같은 짓만은 아니었다는 뜻이다. 이번 마교 열화기와의 전투처럼 금산상회와 당가 양측의 이해관계가 맞물려 있는 경우라면 더 더욱.

하지만 현실은 전혀 그렇지가 못했다. 밤새 방어전을 펴느라 깎이고 깎인 철기군은 이미 병력의 절반 이상을 잃어버린 상황이었고, 하늘은 맑게 개어 있었다. 조극충이 순간적으로 내린 판단 때문에 철기군은 거센 빗줄기와 밤의 어둠을 도피처로 삼아 달아날 수도, 죽음을 각오한 반격도 할 수 없는 최악의 상황에 직면하고 있었다.

"…암전대는 오지 않는 것입니까?"

부관의 목소리는 모깃소리만큼 작았다. 그러나 조극충과 마찬가지로 전방을 살피는 그의 외눈에는 우려의 기색이 담겨 있었다. 그 역시 지금까지 조극충과 비슷한 생각으로 동료들을 독려해 왔던 것이다.

'이 녀석도 두려움을 느낀 건가?'

부관 쪽을 바라본 조극충은 내심 고개를 흔들었다. 부관이 자신과는 달리 금산전장 시절부터 막문위의 충복이었던 사내임을 아는 까닭이었다.

"그들은 오지 않을 것이다."

"역시……."

"하긴 마교에서 이 정도 병력만으로 사천을 칠 생각을 한 건 아닐 테지. 지척지간에 위치해 있던 당한수의 암전대가 지금까지 오지 않는다는 건 그들 역시 우리와 다름없는 상황이란 뜻일 것이다."

뒷말은 거의 혼잣말에 가까웠다. 예상외로 담담히 조극충의 말을 듣고 있던 부관이 다소 놀란 표정이 됐다.

"저들 말고도 다른 강병이 있다는 뜻입니까?"

"사천엔 당가 말고도 점창과 아미가 있다. 아무리 방약무도한 마교 녀석들이라 할지라도 정파무림의 장성이나 마찬가지인 사천의 삼대거파를 저들만으로 칠 생각은 없었겠지."

"그렇지만 마교는 분명 분열되었다고 들었습니다만……."

"그래, 분명 그렇게 소문이 났었지. 지금은 아닌 것 같지만."

"그렇다는 건……."

부관의 얼굴에 놀란 표정이 떠오른 것과 거의 동시였다. 계속 전방을 주시하고 있던 조극충이 슬쩍 손을 들어 보였다. 말을 멈추라는 뜻이었다.

푸륵!

아마도 고삐를 쥔 손에 힘이 들어간 것이리라. 조극충을 태우고 있던 말이 가벼운 요동을 일으켰다. 밤새 전장을 달리는 동안에도 보인 일이 없는 모습이었다.

그러나 이미 기마술이 극한에 이르러 인마일체의 경지에 이른 조극충은 일시 말의 동요를 느끼지 못했다. 뒤로 물러선 열화기의 오로군 중을 헤치며 유유히 모습을 드러낸 필마단기(匹馬單騎)의 사내 때문이었다.

"나는 대광명신교 최강의 전투 기마 부대인 열화기의 오로군 대장 천인혈검이다. 위대한 사천정벌의 선봉장이 되어 사천북고원을 넘어왔는데, 본 군의 앞을 가로막아 선 너희는 누구냐?"

필마단기라 하나 우렁찬 목소리는 포효하는 사자와 같았고 산중의 대호처럼 위세가 늠름했다. 하지만 대략 삼사십 기 정도만이 온전한 철기군의 군중이 일시 가볍게 진동한 건 천인혈검의 위세에 놀란 게 아니라 말속에 담긴 뜻 때문이었다. 무려 하루 밤낮을 피로 피를 씻으며 싸워놓고 누구냐 묻는 태도란 어이없다란 말로도 다 표현하지 못할 정도였다.

"우, 우리가 누군지도 몰랐단 말인가!"

"저 빌어먹을 마교 녀석이!"

"저런 녀석들한테!"

그때 동요하는 군중을 압도하는 묵직한 목소리가 있었다.

"진을 열어라."

철기군들의 입을 닫게 만드는 한마디였다. 그들 중 그 말의 의미와 말한 자의 위치를 모르는 이는 하나도 없었던 것이다. 때문에 잠시 상명하복이 이뤄지지 않자 부관이 엄한 목소리로 외쳤다.

"군장께서 진을 열라 하신다!"

"존명!"

이번에는 망설임이 없었다. 복명과 동시에 철통같던 철기군의 진세가 학익진(鶴翼陣)의 양 날개처럼 양쪽으로 갈라졌다. 그리고 그 안에서 모습을 드러낸 조극충이 역시 필마단기로 진세 안에서 걸어나왔다.

"나는 그대들이 마교 열화기란 건 처음부터 알고 있었다. 그런데 그대들은 지금껏 자신들의 상대가 누군지도 모른 채 창칼을 휘둘렀다 말하니, 황당하기까지 하군."

철기군 전체의 의중을 대변하는 첫마디였다. 그러나 천인혈검은 소지로 귀를 후볐고, 조극충이 두 번째로 말했다.

"하지만 우리가 누구든 그대들은 상관없는 게 아닌가?"

귀에서 빼낸 소지를 입으로 불어 날린 천인혈검이 고개를 가볍게 끄떡였다.

"그건 그렇지. 어차피 오로군의 앞을 가로막아 선 것만으로도 말발굽에 짓밟힐 죄는 충분하니까."

"그러면 더 할 말이 무언가? 사나이답게 창검을 맞대면 그만일 것을."

조극충은 옆구리에 끼고 있던 장창을 힘주어 들어 올렸다. 창인이 향한 곳은 바로 천인혈검이었다. 기마전의 오랜 전통대로 대장전을 지목하고 나선 것이다. 철기군과 오로군 양측 군중에서 소란이 일어났다.

그러나 천인혈검은 차갑게 코웃음칠 뿐이었다.

"핫! 지금과 같은 상황에서 대장전을 하자고? 전멸을 눈앞에 둔 적의 수장을 상대로?"

천인혈검의 얼굴엔 조롱기마저 다분히 떠올라 있었다. 조극충이 익히 예상하고 있었던 것처럼 일반 무림인과 같은 호승심 때문에 나온 건 아닌 듯했다.

'그렇다면 진정 단순한 호기심 때문에 나섰다는 건가?'

눈빛을 차갑게 굳힌 조극충이 왼팔을 가볍게 흔들어 보였다.

"보다시피 나는 얼마 전 왼팔을 다쳤다. 평소 연마했던 무공을 절반밖에 발휘하지 못한다는 뜻이다. 그런데도 일군의 수장인 너는 꼬리를 말려는 것이냐?"

천인혈검의 입꼬리에서 비웃음의 기색이 사라졌다.

"그건 흥미로운 이야기군. 하지만 생사대전을 앞에 두고서 일부러 자신의 약점을 내보인단 말은 들어본 일이 없는데?"

조극충의 냉면이 더욱 차갑게 굳었다.

"마교의 마졸들은 다 그러한가?"

천인혈검 역시 안색이 굳었다.

"뭐?"

조극충이 목소리를 높였다.

"지금까지 나는 군의 우두머리로서 행동했다. 하루 밤낮 동안 수하들을 방패막이 삼아 버텼다. 내가 군의 통수권자이기 때문이었다."

"그런데?"

"네가 나선 것이다. 나는 군을 움직여 싸우는 것에서 승부가 결정나지 않았으니, 무사답게 승부를 보자는 뜻으로 판단 내렸다."

"그래서 나오셨다?"

"아닌가?"

천인혈검은 아니라고 말하려 했다. 그리고 한차례 비웃음을 던지면 그뿐이었다. 이미 패색이 짙은 군의 수장이 내뱉는 어설픈 도발에 걸려들 정도로 그는 바보가 아니었다. 그러나 그때 오로군 중에서 벽력 같은 목소리가 터져 나왔다.

"이런 육시랄 놈을 봤나!"

'넌 좀 가만히 있어라!'

천인혈검의 미간이 꿈틀거렸다. 두통이 일고 있었다. 그때 목소리의 주인은 벌써 말을 몰아 천인혈검의 뒤편으로 다가서고 있었다. 양손에 거대한 쌍부를 쥐어 든 상문부였다.

천인혈검이 차갑게 외쳤다.

"군중을 지키라 했다!"

상문부가 호목에서 불을 뿜으며 소리쳤다.

"저런 말을 듣고도 참겠단 뜻입니까? 내가 상대하겠소! 열화기의 선봉인 오로군에서 저런 녀석 하나 상대할 자가 없대서야 말이 안 되잖소!"

천인혈검의 목소리가 조금 더 높아졌다.

"상문부, 당장 뒤로 물러서라!"

"하지만!"

번쩍!

더 이상 말로 하지 않겠다는 듯 독문병기인 천혈검을 뽑아 든 천인혈검이 차갑게 말했다.

"명을 안 듣는다면 베겠다!"

실제로 천혈검의 피를 빨아 먹은 듯 붉은 검신에 맺힌 요사한 검기는 상문부를 향하고 있었다. 육중한 상문부를 태우고 있던 말이 놀라 뒤로 주춤거리며 물러설 정도의 살기가 동반된 검기였다. 평소 자신과 맞먹으려 드는 상문부를 제압하기 위해선 그 정도는 해야 한다는 판단이었고, 그런 천인혈검의 판단은 옳은 것이었다.

"아, 알았수. 알았다구요. 내 물러서면 되잖소. 물러서면……."

눈앞을 어지럽히는 검기의 움직임에 질린 표정이 된 상문부가 고개를 저어 보이며 뒤로 물러섰다. 더 이상 천인혈검에게 맞서봤자 좋을 것이 없다는 판단이었다. 아무리 직급이 같다곤 하나 오로군의 최고 책임자는 천인혈검인 것이다.

'자식!'

천인혈검은 굳었던 안색을 그제야 조금 풀었다. 그리고 다시 조극충을 바라보며, 상문부 때문에 못했던 조소를 내뱉으려다 표정을 가볍게 찡그렸다.

'뭔가 달라졌다?'

그랬다. 여태껏 침착함을 유지하곤 있었으나 조극충의 표정은 암울함을 동반하고 있었다. 패군지장의 모습 그 자체였다. 처음 천인혈검이 의도했던 것처럼 몇 마디 조소만으로 마음을 동요시키고 끈질긴 저항을 포기하도록 만들기 쉬운 얼굴이었다는 뜻이다.

그런데 지금, 천인혈검을 차갑게 바라보는 조극충에게선 한줄기 강렬한 패기가 솟아오르고 있었다. 똑같은 얼굴에 똑같은 표정인데, 기세는 방금 전과 완벽하리만치 딴판이었다. 다 죽어가던 불씨에 기름이 부어진 듯 활활 타오르고 있었다.

천인혈검이 물었다.

"뭐가 바뀐 거지?"

조극충이 비웃듯 말했다.

"내가 밤새도록 무얼 기다렸다고 생각하나?"

천인혈검의 안색이 그제야 변했다. 그리고 천시지청술을 전력으로 펼친 순간, 그의 안색이 더욱 크게 변했다.

미약하지만 대지가 울부짖는 소리가 들려왔다. 끝없이 펼쳐져 있는 평원 저쪽에서 상당한 숫자의 기마병들이 달려오고 있음에 분명했다. 아직 이곳까지 도착하기엔 시간이 필요할 듯하지만, 천인혈검과 오로군으로선 생각지도 못한 난관을 만난 격이었다.

'나보다 먼저 기척을 눈치 채다니! 저 재수없는 상판대기를 한 녀석은 처음 생각했던 것처럼 강적임에 분명하다. 나로서도 승부를 자신할 수 없을 정도의. 하지만 삼로군과 팔로군이 점창과 아미를 치러 떠난 지 꽤 지났는데, 우리 오로군만 이런 곳에서 발이 묶여서야 될 일인가!'

덜그럭!

여태까지 보였던 태도나 말과 달리 천인혈검은 말에 박차를 가해 앞으로 나섰다. 이미 그의 손에 쥐어진 천혈검에선 강렬한 핏빛 검기가 줄기줄기 솟아오르고 있었다.

역시 말을 몰아 앞으로 나선 조극충이 비웃듯 말했다.

"이제야 싸울 마음이 된 것인가?"

천인혈검이 싸늘히 코웃음 쳤다.

"홍, 잔말 말고 한번 싸워보자!"

"곧 도착할 지원병은 당가의 정예인 암전대인데?"

천인혈검의 눈에 이채가 떠올랐다.

"암전대? 그 당가 유일의 기마 부대라는? 그렇다면 그들이 도착하기 전에 승부를 끝내야겠군."

조극충이 냉전 같은 눈빛에 힘을 줬다.

"대단한 자신감이군!"

천인혈검의 천혈검이 조극충을 향했다.

"대장전을 제안한 건 네 녀석이었다. 설마 이제 와서 쥐새끼처럼 뒤로 내빼려는 건 아닐 테지?"

"누가 뒤로 내뺀다는 것이냐!"

조극충이 말에 박차를 가하며 장창을 하늘 높이 치켜 올렸다. 고대로부터 내려왔던 기마전이나 무인혼의 전통과는 무관하게 오직 상대방을 죽이고, 죽이기 위한 대장전의 시작이었다.

파파팟!

서로 말을 몰아 삼 장까지 거리를 좁힌 조극충과 천인혈검은 잠시 후 숨을 고르기가 무섭게 격렬히 맞붙었다 떨어지기를 반복했다.

기마 일체가 되어 한 사람이 창으로 폭풍을 만들어내자 다른 한 사람은 일 장이 넘는 검기를 뿜어내며 이에 맞섰다.

조극충이 나아가면 천인혈검이 물러서고, 천인혈검이 나아가면 조극충이 물러섰다. 두 사람 주변은 어느새 광풍으로 뒤덮이고 있었다.

조극충의 손에서 움직이는 장창이 하늘을 넘나드는 신룡과 같은 변화를 보였다면, 천인혈검의 천혈검은 신룡이 일으키는 구름을 베는 혈룡처럼 포악을 떨었다.

하나가 똬리를 풀며 하늘로 날아오르면 다른 하나가 그 뒤를 쫓고, 구름을 불러 변화를 일으키면 그 변화를 찾아 구름을 베는 형국이랄까.

하나는 일 장에 이르는 창이고 다른 하나는 삼 척에 불과한 장검인데, 공수의 전환이 둘 다 흐르는 물과 같이 찌르고 베는 것이 서로의 허점을 찾아내지 못하고 있었다.

그야말로 용호상박(龍虎相搏)!

처음 소리를 질러대며 자기 편을 응원하던 철기군과 오로군은 시간이 갈수록 잠잠해지다, 곧 바늘 하나 떨어지는 소리까지 들릴 정도로 조용해졌다. 조극충과 천인혈검이 펼치는 무위와 살기에 그들 전체가 간단히 압도당하고 있었다.

그러나 이때 누가 보기에도 용호상박이라 할 만큼 조극충과 대결전을 펼치고 있던 천인혈검의 안색은 좋지 못했다. 그의 얼굴에는 놀람과 더불어 미미한 경악이 함께 떠올라 있었다.

직접 창검을 대본 후 그는 바로 알 수 있었다. 조극충이 처음 했던 말은 모두 진실이었다. 대장전이 시작된 후 조극충은 철저하게 왼팔 쪽을 방어하며 창술을 펼쳤고, 창술의 초식도 조금씩 미미한 허점을 드러내고 있었다.

'그런데도 백여 합이 넘도록 한 번도 우세를 점하지 못하다니, 내가 이 정도밖엔 안 됐단 말인가!'

천인혈검은 어금니를 깨물었다. 본실력의 절반밖엔 펼치지 못하는 상대를 제압하지 못한 굴욕감은 둘째 치고, 곧 몰려올 당가의 암전대를 생각하니 마음이 조급해지지 않을 수 없었다. 처음 계획대로 한시라도 빨리 조극충을 처리해야만 암전대를 맞을 준비를 할 수 있었다. 이 이상 시간을 끌어선 곤란했다.

그러나 천혈검이 매섭게 울면 울수록 그 앞을 가로막는 창의 움직임은 더욱 민활해지고 교묘해져 갔다.

초반의 다소 허점을 드러내던 초식은 시간이 갈수록 정교하고 교묘해져 천혈검의 검기를 어렵지 않게 막아내고 튕겨냈다. 의식적으로 왼쪽을 방어하려는 움직임이 없다면 벌써 천인혈검은 압도당했을 게 분명했다. 아니, 천인혈검은 이미 압도당하고 있었다.

백 합이 지나면서부터였다. 창을 휘두르면 휘두를수록 한 손으로 펼치는 창술에 익숙해진 조극충은 점차 천인혈검의 검기를 강하게 압박해 들어왔다. 종횡하는 검기를 힘으로 누르고 튕겨 옴짝달싹 못하게 묶어두더니, 점차 뒤로 밀어내는 묘를 부렸다. 조금만 더 시간이 지나 대략 이백여 합에 이르면 천인혈검으로선 더 이상 창을 받아내지 못하게 될 게 분명했다. 그만큼 두 사람 간의 실력은 분명한 차이를 보이고 있었다.

하지만 천인혈검은 그 차이를 절대 인정할 수 없었다. 지금 그가 뒤로 물러선다면 대장전을 아니 함만 못한 게 될 터였다. 기세가 죽은 오로군으론 눈앞의 흑색 기병들을 당가의 암전대가 도착하기 전에 물리칠 수 없는 것이다.

파팟!

천인혈검은 무리란 걸 알면서도 천혈검에 더욱 내력을 집중했다. 그는 평생 동안 연마해 왔던 천혈백팔파검(千血百八破劍)의 최절초인 후십팔식을 연달아 펼쳐 냈다. 어떻게든 조극충을 이겨야만 했다.

그러나 최절초를 숨기고 있던 건 천인혈검만이 아니었다. 마치 핏빛 노을처럼 자신을 파고드는 열여덟 개의 검기를 조극충은 손쉽게 창으로 흘려 버렸다. 그리곤 멋진 기마술로 말을 움직여 몇 번이나 이동하더니 장창을 벼락같이 휘둘렀다.

번쩍!

이미 전력을 다한 천인혈검으로선 막아낼 수 없는 일격이었다. 자신의 검기를 뚫고 들어오는 강력한 기운을 느낀 순간, 말을 버리고 뒤로 물러선 천인혈검의 신형이 폭풍을 만난 듯 흔들렸다. 처절한 비명과 함께 그의 애마가 땅바닥에 주저앉고 있었다. 누가 보더라도 승부는 끝난 것이나 진배없었다.

그때였다. 마치 하늘의 천장(天將)이 하계의 미물을 바라보듯 장창을 높이 들어 올린 채 조극충이 묵직하게 외쳤다.

"나는 강남 금산상회의 철기군을 맡은 조극충이다! 본래 사천의 당가와는 관련이 없으니, 마교와 사천 간의 전쟁에 끼어들 마음이 없다!"

천인혈검이 입가의 핏물을 닦으며 말했다.

"이렇게까지 해놓고 이번 싸움에서 빠지겠다는 뜻이냐?"

"나는 마교와 싸울 이유가 없다."

"네 철기군은 밤새 꽤나 많은 손실을 보았는데도?"

철기군 쪽에서 조그만 웅성거림이 일었다. 그러나 조극충은 한 치의 주저함도 없이 말했다.

"금산상회는 상인 집단이다. 손해 보는 장사를 할 턱이 없잖은가?"

"그 말은?"

"지금 우리 철기군을 놔준다면 사천당가와 마교 간의 싸움에 끼어들지 않겠다는 뜻이다."

그야말로 구미가 당기는 제안이었다. 승부에서 이긴 자가 대단히 유리한 입장에서 하는 제안이라 더욱 그랬다.

‘하지만 저 녀석의 말을 모두 믿어도 좋은 것일까?’

천인혈검은 잠시 주저했다. 그때 어느새 오로군을 움직여 철기군을 양쪽에서 압박해 놨던 상문부가 그답지 않게 신중한 표정으로 모습을 드러냈다.

“그 말은 믿을 수 없다! 그리고 아직도 당가의 암전대가 이곳에 도착하려면 꽤 시간이 남았다. 내 오로군은 네 녀석과 철기군이란 녀석들을 몽땅 쓸어버리고도 암전대를 상대하기에 충분하다.”

‘내 오로군?’

순간 어금니를 으득 깨문 천인혈검이 차갑게 쏘아보자 상문부가 가슴을 주먹으로 두드리며 외쳤다.

“대장! 염려 말고 전사하시오, 오로군은 이 상문부가 확실히 맡을 테니까.”

‘저 빌어먹을 자식을 그냥!’

천인혈검은 바로 마음을 결정했다. 조극충의 느닷없는 제안이 의심스럽긴 했으나 상문부에게 오로군을 맡길 생각은 눈곱만큼도 없었기 때문이다.

“그 제안 받아들이겠소.”

“그렇다면 서로 군을 똑같이 물립시다.”

“좋소!”

조극충의 말이 뒤로 물러서는 것과 동시였다. 신형을 날린 천인혈검은 가장 가까운 곳에 위치해 있던 수하의 말을 빼앗아 타곤 차갑게 외쳤다.

“오로군을 오 리 밖까지 뒤로 물린다!”

“존명!”

복명하는 오로군 사이로 불만이 가득한 상문부의 불퉁한 얼굴이 보였다. 물론 독사 같은 천인혈검의 눈빛과 직면하자마자 곧 얌전한 곰처럼 표정을 바꿨지만.

*　　　*　　　*

대지는 불타고 있었다. 열화기의 오로군과 헤어진 후 조극충이 일으킨 불이었다. 그는 오로군이 약속을 깨고 철기군의 후방을 공격할 것을 우려해 거대한 평원 전체를 불태워 버린 것이다.

하늘을 온통 붉게 물들일 듯 솟구치는 불길을 바라보며 묘한 표정이 된 조극충에게 부관이 다가와 말했다.

"철기군이 가지고 있던 기름을 모조리 모아 붙인 불인만큼 적어도 며칠간은 오로군의 발길을 늦출 수 있을 듯합니다."

"수고했다. 조금 더 이동한 후 휴식을 갖도록 하자."

"그렇게 전달하겠습니다."

고개를 숙이고 뒤로 물러서려던 부관이 잠시 머뭇거렸다. 무언가 할 말이 있는 모습이었다.

익히 부관의 성격을 아는 조극충이 먼저 말했다.

"암전대는 오지 않는다."

"역시 그렇습니까? 그렇다면 어떻게 해서……."

"그건 잘 모르겠다. 천인혈검이란 자와 싸우기 전 누군가 내게 전음을 날려 몇 가지 방책을 알려줬는데, 나는 그대로 따른 것뿐이다."

"예?"

"확신할 순 없지만, 막 소저께서 탈출에 성공하신 듯하다."

"……."

부관은 아무런 말도 하지 않았다. 그저 잠시 조극충을 바라보더니 곧 고개를 한차례 숙여 보이고 자신의 자리로 돌아갔다. 조극충을 완전히 신뢰한다는 걸 행동으로 보인 것이다.

'역시 막 소저는 대단하군.'

잠시 바쁘게 움직이는 부관의 뒷모습을 훔쳐본 조극충이 말에 박차를 가했다. 그가 막문위의 대변인이라 판단한 인물이 전음으로 지시한 지역까지 이동하기 위해선 좀 더 강행군을 해야 할 필요가 있었다.

철기군과 오로군이 맞붙었던 평원에서 대략 십여 리쯤 떨어진 갈대밭. 하늘에 닿을 듯 솟구치는 불길을 재밌다는 듯 지켜보는 막문위에게 다가선 담우소가 퉁명스레 말했다.

"어째서 그들과 합류하지 않았지?"

"누가 그렇게 많은 걸 요구하래요?"

"설마 그 때문에?"

막문위는 피식 웃으며 담우소에게 돌아섰다.

"상으로 해준 농담이에요."

"농담?"

"놀랍게도 당신이 저 흉포한 마교의 열화기로부터 철기군을 빼내는 재주를 부릴 줄이야! 너무 놀라서 당신 재주를 조금 인정해 주기로 한 거에요."

"그 딴 상은 필요없어. 내가 원하는 건 너와 빨리 헤어지는 거니까."

"흥, 나 같은 미인이 살갑게 대해주는데 그걸 마다하다니. 당신은 역시 멍청이로군요."

"그래, 그래, 난 멍청이야. 그러니까 어째서 저들과 합류하지 않은 건데? 저만하면 마교의 열화기는 쉽사리 저들의 뒤를 쫓지 못할 텐데."

"그렇게 나랑 빨리 헤어지고 싶나요?"

"그럼 너는 나와 줄곧 함께하고 싶은 건가?"

막문위가 단호하게 고개를 저었다.

"그럴 리가 없잖아요."

"그래, 나도 너와 똑같은 생각이야. 해야 할 일도 있고."

막문위의 표정이 진지해졌다.

"흠, 그렇군요. 당신은 얼른 무당산으로 가야 하고 나 역시 사천당가로 가서 해야 할 일이 있으니까."

담우소가 눈살을 가볍게 찌푸렸다.

"사천당가? 거기까지 데려다 달란 뜻이냐?"

"왜요? 지금쯤 사천은 난리났을 거예요. 아직 마교가 다시 명존에 의해 일통된 건 모를 테지만, 주력군인 오행기가 움직였으니 큰소리쳤던 대문파들이나 군소문파들은 맹주인 당가를 중심으로 모여들 수밖에 없어요. 사천무림맹이 생겨나는 거지요. 맹주는 과거 사파연합의 맹주였던 석검 노야께서 맡으시면 될 테고요. 그러니까……."

"너 역시 그곳으로 달려가 금산상회의 몫을 차지하겠다는 건가?"

"후후, 역시 당신하고 얘기하면 편하군요. 한마디만 하면 속뜻을 이해하니까. 하지만 당신도 한가지 간과한 게 있는데, 나뿐 아니라 당신도 사천당가에는 가봐야 해요."

"그건 어째서지?"

"석검 노야를 만나야 하잖아요."

"석검 노야를?"

"설마 하니 무작정 무당산으로 찾아갈 생각이었나요?"

"그, 그러면 안 되나?"

막문위가 한숨을 푹 하고 내쉬었다. 그리곤 설교하듯 말했다.

"천하제일 무당파라 했어요. 당금 무림에선 소림사보다도 더한 권위가 있는 곳이에요. 그리고 청우 선인은 무당파가 낳은 천하제일인이고요. 그런데 당신 같은 무명소졸에게 쉽사리 그분을 만나게 해줄 것 같나요?"

"그거야……."

"만약 당신이 알량한 재주를 믿고 무당파에 숨어들 생각을 했다면, 그건 천하제일의 멍청한 짓이에요. 무당파 장문인이라 해도 믿을 수 있는 사람의 소개장이라도 한 장 있다면 모를까."

"아!"

담우소는 자신도 모르게 탄성을 터뜨렸다. 그제야 자신이 사천당가에 가야 할 까닭을 깨달은 것이다.

그런 담우소를 도도한 표정으로 바라보며 막문위가 호령하듯 말했다.

"깨달았으면 뭐 해요? 냉큼 날 모시고 사천당가로 출발하지 않고."

"그건 확실히 그렇군."

"까악!"

막문위를 들어 냉큼 어깨 위에 올린 담우소가 바람처럼 날아올랐다. 여전히 활활 불타오르는 평원을 뒤로한 채 풍운에 휩싸인 사천당가를 향해.

제88장 사천무림맹 태동

사천을 온통 뒤흔들어 놓은 담우소의 사천대탈주는 곧 더욱 큰 사건에 묻히고 말았다. 오랫동안 분열에 분열을 거듭하던 마도의 거산(巨山) 광명신교가 느닷없는 사천 침공을 감행한 것이다. 별다른 사전 선전 포고가 없었던 것은 물론이거니와 오랫동안 금기로 묶여 있던 주력부대 오행기를 앞세운 채 이뤄진 대공세였다.

가장 먼저 타격을 입은 건 사천북고원 일대에 위치해 있던 당가의 분가들과 주변의 군소방파들이었다. 담우소 일행의 도주로를 막아섰던 그들은 제대로 된 힘 한번 써보지 못하고 오행기 중 열화기의 선봉에게 박살났다.

분가라 하나 다섯 군데의 육백여 명에 달하는 고수들이 몰살했고, 십여 개의 군소방파 역시 마찬가지였다. 과거 명조의 창업 시 원 최정예 기마 부대를 물리쳤던 열화기의 위력은 무시무시한 것이었다.

게다가 그 뒤 양군으로 나뉜 열화기의 두 부대는 각기 점창과 아미를 향해 진격해 들어갔다. 기마 부대의 특성상 대단히 빠른 진격이었고, 이번엔 점창과 아미 양 파 주변의 군소방파들이 된서리를 맞기 시작했다.

뒷배경으로 점창과 아미라는 거파를 둔 그들 군소방파들로선 열화기의 창검 앞에 무릎을 꿇을 수도 없었거니와 맞서 싸울 만한 무력도 존재하지 않았다.

대지가 활화산과 같이 불타오르고, 피의 꽃이 피다 못해 붉은 강물이 되어 하천으로 뿌려지는 사천 역사상 최악의 보름간이었다.

정작 사천무림을 장악하고 있는 당가와 점창, 아미 양 파는 커다란 피해가 없는데 중간에 낀 군소방파만이 피눈물을 뿌려야 하는 나날들이 빠르게 흘러갔다. 정파의 방벽이며 장성이라 불리던 사천무림은 이대로 처절히 추락하는 듯 보였다.

그러나 은연중에 마교 정벌의 기치를 내세운 채 당가보에 모였던 군웅들 중 정보력이 제법 있는 문파들이 발 빠르게 움직이기 시작했다.

휘하의 군소방파들이 시간을 벌어주는 틈을 타 점창과 아미 양 파는 주변의 강성문파들과 전선을 구축했고, 사천북고원 앞의 천서평원에선 당가의 정예와 암전대가 진을 쳤다.

점창과 아미 양 파에서 파견된 정예와 함께 평원의 대결전에 나선 것이다. 노도와 같은 위세의 열화기의 예봉을 막아내고자. 그래서 당가보에 모인 정파의 명숙들이 반격의 힘을 모을 수 있도록.

당가보는 더 이상 번잡하지 않았다. 문전성시를 이뤘던 사천무림인들은 각기 자파로 돌아간 지 오래였고, 장사꾼들 역시 놀라 달아난 지 오래였다.

사천 영웅대회를 통해 발탁된 공후백자남의 무사들이 남았고, 속속 사천과 근처 무림의 명숙과 호협들이 모여들곤 있었으나 당가보 주변은 살기만장이었다.

담우소에게 막문위를 탈취당한 후 기관진식을 다시 발동시켰을 뿐더러, 마도의 간자가 끼어들 것을 염려해 평소의 몇 배나 되는 무사들이 당가보 주변을 경계하고 있었다.

그 당가보의 중지 중 중지인 내원의 정원 한 켠.

한 식경이 지나도록 미동조차 않는 검끝을 바라보며 당가주 당천위는 터져 나오려는 찬탄을 삼키기 위해 볼 살을 떨었다. 육순이라 하나 홍안에 잔주름 하나 보이지 않던 그의 이마에는 이때 굵은 주름이 새겨지고 있었다.

'검은 움직이지 않는데 하늘이 갈라지다니! 이미 검기가 하늘을 가를 정도라는 뜻인가?'

당천위는 자신의 일생에 오늘처럼 깊은 놀람과 두려움을 동시에 느껴본 일은 없었다고 생각했다. 암기와 독이란 양대절기를 바탕으로 무적의 지위를 누려왔던 육십 평생이었다.

천하무적의 무위를 지녔다곤 자신할 수 없지만, 어느 누구에게도 꿀리지 않으리란 자존심이 있었다. 비록 무공상 뒤질지라도 암기와 독을 지배하는 자는 최후의 승리자가 될 수 있는 것이다.

그런데 평생, 단 한 치도 어긋남이 없던 당천위의 자신감이 지금 흔들리고 있었다. 눈앞에서 하늘 그 자체를 갈라 버린 미증유의 검기가 그를 그렇게 만들었다.

아무리 빠른 암기술이 있고, 아무리 지독한 독공이 있다 해도 눈앞에서 펼쳐진 신기를 뛰어넘을 수 없음을 무인의 본능은 알고 있었다.

꿀꺽!

목이 말라왔다. 자신도 모르게 소리가 나도록 침을 삼킨 당천위는 곧 홍안을 더욱 붉게 물들였다.

미동조차 없이 하늘을 갈라 버린 검기의 주인인 석검 노야가 투명한 눈빛을 그에게 건넸다.

"당가에 와서 검을 묻는 건 도리가 아닌 건가?"

한 식경 만에 흘러나온 말이었다. 그제야 자신이 석검 노야를 찾아온 까닭을 깨닫고 장대한 어깨를 한차례 떨어 보인 당천위가 고개를 저어 보였다.

"천하는 당가에 암기와 독이 있음을 알지만, 암전대와 같은 기마대가 있는 줄 모르고, 당가의 자제들이 암기와 독을 배우기 전 십팔반 병기를 다루는 줄 모르지요. 당가에서 기마대를 둔 까닭은 마교의 중원 침입 시 천서평원을 사수하기 위함이고, 당가의 자제가 십팔반 병기를 먼저 다루는 건 적을 알고 나를 알기 위함입니다. 어찌 노야께서 이 사람한테 검에 대해 묻는 것이 문제가 되겠습니까?"

석검 노야의 입가에 벙긋한 미소가 떠올랐다.

"그렇군. 그래. 확실히 용과 호랑이가 꿈틀대는 이곳 촉 땅을 지켜온 당가에서 검을 모를 리 없는 것이겠지. 하면 자네가 보기에 노부의 검이 어떠한가?"

단도직입적인 물음이었다. 이미 고희(古稀)를 넘긴 지 오래임에도 석검 노야의 목소리 속엔 자못 호전적인 기세가 가득 담겨 있었다.

'허허, 그런데도 나는 이 사람한테 감히 저항하지 못하는 것인가?'

과거 조극충이나 담우소가 느꼈던 좌절감을 똑같이 느끼며 당천위는 쓴웃음을 삼켰다.

"아무리 십팔반 병기를 다뤘다곤 하나 어찌 이 후배가 천하제일검인 노야의 검을 평할 수 있겠습니까? 그야말로 봉황의 날갯짓을 까마귀가 따르려 하는 것과 다름없는 일이지요. 하지만 굳이 하문하시니 대답하자면……."

"하자면?"

"노야께서 펼치신 검의 경지는 후배가 보기에 이미 하늘에 닿은 듯 보였습니다. 천의무봉(天衣無縫)하여 한 점의 흠도 찾을 수 없고, 그 높이 역시 가늠할 수 없었습니다."

처음 머뭇거렸던 것과 달리 당천위는 말을 하면 할수록 흥분하고 있었다. 그 역시 일가의 수장이기 이전에 무인이니, 평생 보지 못한 경지를 직접 목도한 마음의 여흥이란 쉬이 가라앉힐 수 없었으리라.

석검 노야가 다시 벙긋이 웃었다.

"그러하다면, 자네도 이젠 마음으로 결정을 내렸겠군?"

당천위의 표정이 변했다.

"예?"

"노부와 더 이상 비무해 보겠다던 마음을 접었겠다는 뜻일세."

당천위의 얼굴에 어색한 표정이 떠올랐다. 평생 처음으로 한 점 작은 불씨조차 남지 않고 사그라져 버린 호승심 때문이었다. 방금 전 목격한 광경은 그만큼 경이로움 그 자체였다.

그때 당천위를 바라보며 미소 짓던 석검 노야가 검을 거둬들였다.

파앗!

환각이었으리라. 당천위가 자신도 모르게 뒤로 몇 발짝 물러선 사이 하늘을 갈랐던 검기는 사라지고 청명한 가을 하늘과 같은 검신이 조용히 검집 안으로 사라졌다.

그 모습 앞에 다시 넋 잃은 표정이 된 당천위에게 석검 노야가 말했다.

"그건 그렇고, 자네가 오늘 노부를 찾아온 것은 무슨 까닭인가? 노부와 이번에 만들어질 사천무림맹에 대한 사항을 논의하고자 함인가?"

"그, 그건……."

"역시 그렇구면."

한차례 고개를 끄떡여 보인 석검 노야가 말을 이었다.

"노부 역시 자네를 기다리고 있었네. 아니, 자네가 오늘쯤이면 찾아오리라 짐작했다는 게 더욱 옳겠지. 자네 역시 사천무림의 영수로서 현 상황이 어찌 돌아가는지 정도는 파악했을 테고, 지금쯤이면 마교의 마두 녀석들과 마천루의 마왕들을 어찌 처리해야 할지 결정을 내렸을 테니까."

"그러셨군요."

"아무렴!"

이때 석검 노야는 이미 지금껏 사천에 와 소일하던 노강호의 모습이 아니었다. 굶주리다 못해 극도로 흉포해진 맹금이 토끼를 발견한 듯 날카롭고 패기가 만만했다. 단숨에 십여 년 정도는 젊어진 듯 보였다.

그 모습에 움찔 놀란 표정이 된 당천위가 정색을 하며 말했다.

"노야께서 아시다시피 본래 후배가 이번 대마교파멸지계에 참여한 건 어디까지나 마교 토벌을 이룩하여 사천무림과 정파무림 전체의 심복지환을 제거하려는 게 목적이었습니다. 과거 청우 선인께서 야심만만하던 명존을 제압해서 마교 세력을 청해성에 주저앉히긴 했지만, 사천과 정파무림은 항시 그들의 발호에 전전긍긍해 왔으니까요."

"그런데 하물며 이쪽이 치기 전에 저쪽이 먼저 도발해 왔으니, 이젠 공공연하게 사천무림맹을 발족해서 천하의 군웅들을 불러 모으는 것이 당연하겠군?"

"그렇습니다. 이미 저번 철혈거상 막 소저 납치 사건으로 인해 강남 무림 쪽에선 남궁세가와 검문이 힘을 보태겠다고 나섰고, 하북의 팽가와 진주언가, 사천의 점창, 아미 등도 속속들이 지지를 천명했습니다. 정파무림의 절반가량이 사천무림맹에 찬동한 것이지요."

"그리고 그렇게 만들어진 사천무림맹의 중심에는 자네의 당가가 있겠구먼?"

"물론 후배의 당가 또한 사천무림맹에 참여할 것입니다. 하지만 후배의 미약한 명성으로 어찌 천하 정도인들을 단결시킬 수 있겠습니까? 아무리 앞서 말했던 세력이 결집하여 사천무림맹이 성립하고, 황실의 천외천이 지원을 아끼지 않는다 해도 정파의 구심점인 사파연합의 이름이 없다면 저 마교 녀석들과 건곤일척을 벌일 순 없습니다."

"하긴 사천무림의 영수인 자네로선 작금의 상황이 난감할 터이지. 뒤로 물러설 수도 앞으로 나설 수도 없는 상황이 되었으니. 하나 자네도 알다시피 제 이차 사파연합은 마천루의 잔당들이 모습을 감춘 십수 년 전에 이미 유명무실화됐다고 봐도 무방하네. 소림과 무당은 다시 산속으로 모습을 감췄고, 절세모용가 역시 굳게 문을 닫아걸었네. 현재까지도 강호에서 꾸준히 활동하는 개방이 있으나 그들은 현재 오의파(汚衣派)와 정의파(征衣派)로 나뉘어 싸우느라 정신이 없으니, 이번 싸움에 힘을 보태긴 어려울 게야."

석검 노야가 한마디 할 때마다 당천위는 연신 고개를 끄떡여 보였다. 석검 노야가 하는 말 한마디 한마디는 그 역시 익히 알고 있는 일이었다.

그러나 당천위는 석검 노야의 말보단 신광이 번뜩이는 눈빛에 더욱 신경을 기울였다. 말속에 담긴 것보단 살아 꿈틀대고 있는 눈빛이 더욱 큰 진실을 말한다고 생각한 것이다.

"크흠, 그래서 이 후배는 노야께서 이번 사천무림맹의 지지 성명을 해주시길 청원합니다."

"노부더러 지지 성명을 하라?"

"그렇습니다. 전대 사파연합의 맹주를 지내셨던 노야께서 지지를 천명하시면 더욱 많은 정파의 군웅들이 사천무림맹으로 몰려들 테고, 그만큼 마교와의 대결이 수월해질 테니까요."

당천위는 곧장 허리를 숙여 보였다. 나이 사십에 이르러 당가를 이어받은 후 단 한 차례도 숙여진 적이 없던 허리를 한 점의 망설임 없이 숙여 보인 것이다.

그때였다. 적막 속에 잠겨 있던 정원을 울리는 짜랑짜랑한 웃음소리가 들려왔다.

"호호호, 한고조(漢高祖)가 몇 차례나 허리를 굽혀 천하를 얻었다더니, 당가주께서도 그 고사를 따라 하시려 함인가요?"

'이 방자한 웃음소리는?'

당천위는 바로 접었던 허리를 폈다. 눈앞에 절대고수를 두고 있는 까닭에 다른 쪽을 전혀 신경 쓰지 않았던 그의 오감이 확장되자 막 가산 옆 소로를 돌아 걸어오는 한 명의 여인을 발견할 수 있었다. 도사들이나 걸치는 청색 도복을 걸치고 머리에 도관을 썼으나 타고난 미모를 감출 수 없는 미인, 그녀는 철혈거상 막문위였다.

"마, 막 소저?"

"아! 잠시만요. 먼저 석검 어르신께 인사 좀 드리고요."

석검 노야에게 고개를 숙여 보이고서야 당천위에게 고개를 돌린 막문위가 개구쟁이처럼 웃었다.

"호호, 안녕하세요? 주인의 허락도 받지 않고 불쑥 떠났다가 다시 불쑥 나타나서 죄송하네요. 며칠 전 당가보에 도착했지만, 먼저 석검 노야를 만나뵙고 싶어서 며칠 도동 노릇을 했네요. 이해해 주시겠죠?"

"그, 그런……."

자신도 모르게 일그러지려는 얼굴을 바로 하고자 당천위는 무던히 고생해야만 했다.

*   *   *

당가보에서 십여 리밖에 떨어지지 않은 마을에서 담우소는 막문위와 헤어졌다. 헤어졌다기보다는 밤중에 떼어놓고 몰래 도망쳤다는 표현이 합당할 테지만, 그는 전혀 자신의 결정을 후회하지 않았다.

며칠간 막문위와 함께하는 동안 담우소는 그녀의 무서움을 충분히 눈치 챌 수 있었다. 마약과도 같은 무서움이었다.

더 이상 그녀와 함께했다간 자신이 끝없이 휘둘리리란 생각이 들었다. 석검 노야를 만나 소개서를 받는 것보단 그녀에게서 벗어나는 게 급했다.

며칠간 추격대를 피하기 위해 산길로만 길을 재촉하던 담우소는 작은 마을을 지나다 마방에서 말을 훔쳤다.

무당파가 있는 호북성까지 가려면 뱃길이 가장 좋겠지만, 물 위에서는 기습을 당했을 시 피할 길이 막막했다. 좀 힘들어도 좁고 험난한 촉로를 따라 호북성으로 향할 생각이었다.

그렇게 십여 일이 지났다.

추격의 징후가 보이지 않자 며칠 전부터 관도를 이용한 탓에 호북성 방면으로의 길은 수월한 편이었다. 이틀 정도만 더 가면 중경에 도달하고, 그 중경마저 통과하면 사천성과 호북성의 경계에 이를 터였다.

촉로가 아무리 험난하다 해도 중간중간 말을 갈아타는 담우소에겐 그리 어려운 길이 아니었다. 마교와의 대전 때문에 청해성 부근과 대문파 주변 쪽으로 무림인들이 몰린 탓에 중경 쪽 방면은 그에겐 무인지경이나 다름없었다.

'하지만 이렇게까지 추격대가 없을 수 있을까? 금산상회의 여우계집이 당가보로 돌아갔으니 마교의 혈봉황단은 필시 내 행방을 뒤쫓고 있을 터인데.'

담우소는 마경화를 죽였던 핏빛 혈수를 떠올렸다. 엄정하의 명령에 한 치의 망설임도 없이 자매처럼 지냈던 소녀를 죽인 손의 주인, 혈봉황단의 최강고수 전영화는 무서운 여인이었다. 아니, 집요한 여인이었다. 일단 손을 쓴 이상 담우소를 그냥 그렇게 내버려 둘 리 없었다.

게다가 담우소가 신경 써야 할 상대는 전영화와 혈봉황단뿐이 아니었다. 엄소옥에게 전해 듣기로 광명소주는 하루의 거의 대부분을 철저한 명존의 종으로 지낸다고 했다.

정신을 차린 사이 일을 계속 지연시키거나 틀어지게 한다곤 하나 그의 능력이라면 충분히 지금쯤 담우소의 행방을 파악했을 터였다. 정신을 잃은 사이 담우소에 대한 척살령을 내리는 건 일도 아닐 게 분명했다.

한참 염두를 굴리고 있던 담우소의 눈에 이채가 떠올랐다. 관도 저

편으로부터 뿌연 흙먼지가 일어나고 있었다. 귀를 울리는 소리를 굳이 신경 쓰지 않더라도 준마가 일으키는 흙먼지가 틀림없었다.

'얼마 전 말을 잃은 걸 하늘이 아시나 보군.'

그동안의 경험을 토대로 담우소는 전혀 주저하지 않았다. 말을 탈취할 생각이 든 것이다. 흙먼지가 다가들기를 기다려 그는 단숨에 말 위로 뛰어올랐다.

파파팍!

벼락같은 빠르기나 그저 위협만을 주는 허초였다. 보통 무공을 익히지 않은 일반인이라면 이 정도 위협으로도 말에서 떨구기엔 충분했다.

"어이쿠!"

담우소가 기다리던 반응이었다. 번개 같은 각영이 시야를 어지럽히자 말 위에 올라타 있던 중년인은 깜짝 놀라 두 팔을 허우적거렸다. 일시 말고삐를 놓친 그는 이미 말에서 굴러 떨어지고 있었다.

히히힝!

주인이 자신의 등에서 떨어지자 말은 구슬피 울었다. 그러나 이미 녀석의 고삐를 손에 쥔 사람은 담우소였다. 그가 능숙하게 몇 차례 수중의 고삐를 쥘락 펼락 해 보이자 말은 곧 가벼운 투레질과 함께 울기를 멈췄다. 처음 생각했던 것만큼 주인에 대한 충성이 각별하진 않은 모양이었다.

'좋은 말이군.'

내심 흐뭇한 미소를 지어 보인 담우소가 방금 전까지 자신이 일으켰던 먼지를 입 안 가득 담은 채 끙끙거리고 있는 중년인에게 고개를 끄떡여 보였다.

"나는 강남 금산상회에 속한 사람이다. 나중에 철혈거상에게 찾아가 말 값을 변제받도록."

"그, 금산상회?"

"그렇다. 금산상회에 소속된 담우소다. 그렇게만 말하면 철혈거상 막 소저가 후하게 말 값을 치러줄 거야."

그 말을 끝으로 말 머리를 돌린 담우소가 박차를 가하려는데, 중년 인이 버럭 목소리를 높였다.

"잠시만 멈추시오!"

"응?"

중년인은 어느새 일어서 있었다. 제대로 된 낙법도 펼치지 못하고 말에서 떨어졌던 걸 생각하면 뜻밖의 모습이었다. 방금 전까지는 뼈라 도 한둘 부러진 듯한 모습을 하고 있었는데, 지금 보니 기우에 불과한 듯했다.

"당신은 아무래도 생긴 모습과는 다른 것 같군?"

"역시 알아보셨군요."

중년인이 옷에 묻은 먼지를 몇 차례 털더니 히죽 웃어 보였다. 주먹 코에 듬성듬성 나 있는 수염 사이로 누런 이가 보였다. 대도의 뒷골목 에서 흔히 볼 수 있는 평범한 얼굴이나 표정이 범상치 않았다.

"……."

담우소가 눈살을 가볍게 찌푸려 보이자 중년인이 얼른 포권해 보였 다.

"이놈은 무상귀(無想鬼)라 불리는 녀석입니다. 어린 시절 부모로부 터 내쳐져 이름 같은 건 모르니, 무상귀가 이름이나 다름없습지요. 저 희 대형께 뇌운 담 대협의 명성은 익히 들었습니다요."

"뇌운?"

잠시 염두를 굴린 끝에 자신이 사천 영웅대회에서 뇌운이란 외호를 얻었음을 생각해 낸 담우소의 코에서 콧김이 흘러나왔다. 자신의 이름이 알려졌다면 그것은 필시 명성이 아니라 악명이리란 판단이었다.

파파팟!

담우소의 안색이 변한 것과 동시였다. 그의 주변으로 폭풍과도 같은 기파가 일어났다.

자신 쪽으로 살기 섞인 기파가 밀려들자 무상귀가 얼른 손사래를 치며 말했다.

"아닙니다! 아닙니다요!"

담우소의 시선이 냉전같이 무상귀의 안색을 훑었다.

"무엇이 아니란 거냐?"

무상귀가 황급히 대답했다.

"담 대협께서는 이놈을 잘못 보셨다는 겁니다요."

"그러면?"

마치 차가운 얼음으로 된 바늘처럼 무상귀의 전신대혈을 노리고 있던 기파가 조금 느슨해졌다. 담우소의 마음이 움직인 것과 동시에 벌어진 변화였다.

그러나 무상귀로선 그것이 얼마나 대단한 일인지 알 턱이 없었다. 그저 오싹한 소름과 더불어 답답하던 숨결이 한결 틔어졌음을 깨달았을 뿐이다.

"꿀꺽! 그러니까 뭐부터 말해 드려야 하나?"

"본론만 말해라."

"예예, 물론 그래야지요."

크게 고개를 주억인 무상귀가 갑자기 낯빛을 신중하게 변색했다.

"그런데 진짜 담 대협이 맞으시지요?"

담우소는 더 이상 참지 않았다. 말 위에서 펄쩍 뛰어내린 그의 발이 사정없이 무상귀를 걷어찼다. 그냥 걷어찬 것이 아니라 뛰어내리는 체중을 그대로 실어 연속적으로 찍어 내렸다. 그리고 곧바로 주먹이 발의 뒤를 좇았다. 연타였다. 무상귀가 곧 죽는다는 소리를 질러댔지만, 한동안 그는 전혀 구타를 멈추려 하지 않았다.

대략 일각이 지났다. 자신의 발치에서 땅바닥에 코를 묻은 채 온몸을 벌벌 떨고 있는 무상귀를 내려다보며 담우소가 차게 말했다.

"세상에서 날 찾으려는 인간은 꽤 된다. 하지만 그중 네 녀석 같은 시정잡배를 수하로 두고 있는 녀석은 단 한 명밖에 없다. 지금 내가 해 보인 행동이 바로 네 녀석의 물음에 대한 대답이다. 천면호 주서안은 도대체 왜 날 찾고 있는 것이냐?"

"훌쩍! 그, 그걸 아시면서도……."

"주서안 녀석이 지금 적인지 아군인지 나로선 파악이 안 된 상황이다. 널 단숨에 죽이지 않은 것만 해도 그 녀석의 체면을 크게 생각한 것이니, 다행으로 알거라."

담우소가 손을 내밀자 그 손을 잡고 몸을 일으킨 무상귀의 얼굴은 말이 아니었다. 거의 본모습을 알아볼 수 없을 정도로 엉망진창이 되어 있었다.

"어이구, 이빨이 절반이나 날아갔네! 대형이 무지막지한 사람이라고 하더니만, 그게 사실일 줄이야!"

입 안에 옥수수마냥 담겨 있던 이빨들을 내뱉으며 무상귀는 흑흑 울었다.

그 역시 하오문에 속한 인물이니, 호신을 할 정도의 권각술은 익혔으나 조금 전 담우소의 구타는 조금도 피할 수가 없었다. 당한 만큼 아프지 않을 까닭이 없었다.

그 모습을 바라보며 담우소가 퉁명스레 말했다.

"가장 아픈 곳만 집중적으로 때렸지만 내력이 담기지 않아 죽지는 않는다."

움찔!

"이번엔 내력이 담긴 주먹에 얻어맞고 싶지 않거든 그만 울상하고 주서안의 말이나 전해라."

담우소의 얼굴에는 표정 하나 보이지 않았다. 반쯤 너스레에 가까운 울상을 짓고 있던 무상귀가 얼른 죽는 소리를 쑥 집어넣었다. 처음 담우소가 봤던 바와 같이 대도의 시장통에서 잔뼈가 굵은 그이기에 사람을 살피는 안목은 지니고 있었다.

"험험, 확실히 한 치의 망설임도 없는 손속 하며 무정한 표정 하며, 대형이 말씀하신 바 담 대협 본연의 모습이신 것 같습니다요. 과연 명불허전이란 말은 반드시 믿어야만 하는 것이고요."

"명불허전?"

"사천 일대에 소문난 것처럼 대담하고 대단한 손속에다가 잔인한… 이건 아니고. 어쨌든 이 무상귀는 탄복했습니다요. 어떤 일에든 침착하던 우리 주 대형이 사천 하오문의 날랜 녀석들을 몽땅 모아 사천 바닥을 이 잡듯 뒤지게 할 만큼의 그릇이십니다."

연신 두 손을 모아 들어 올리는 시늉을 해 보이는 무상귀를 보며 담우소는 묘한 표정이 됐다. 앞서 말했다시피 광명신교로부터 오히려 쫓기는 처지가 된 담우소로선 현재 주서안을 믿기 곤란했다. 아니, 믿을 수 없었다.

그는 과거 한차례 담우소를 속였을 뿐 아니라 이번 사천에서의 작전 시에도 광명신교의 힘에 눌려 억지로 협력했던 사람이었다. 지금쯤 현재 담우소가 처한 사정을 파악했을 테니, 광명신교나 당가를 비롯한 정파에 팔아먹을 생각이나 하지 않으면 다행일 터였다.

"……."

점차 차갑게 식어가는 담우소의 표정에 흠칫 놀란 무상귀가 주절거리기를 멈추고 품속에서 검은색 봉투를 꺼내 들었다. 사천 작전에 참가하기 전 강문호가 조사해 온 자료를 토대로 사천 하오문을 파악한 담우소는 검은색 봉투가 일급비밀을 다루는 것임을 알 수 있었다.

스윽!

담우소는 손을 움직이지 않았다. 대신 자연스레 일어난 기파가 흡사 살랑 바람처럼 움직여 무상귀의 손에서 검은색 봉투를 낚아채 뺏아왔다.

"어이쿠!"

놀라 뒤로 넘어진 무상귀의 엄살 섞인 신음 소리를 들으며 봉투를 개봉한 담우소의 눈에 가벼운 이채가 떠올랐다. 그만큼 검은색 봉투 안에서 나온 내용은 놀라웠다.

'사천의 중경을 넘어 호북성으로 넘어가는 길목 대부분이 이미 막혔다?'

엉거주춤 일어선 무상귀가 부연하듯 말했다.

"검은색 일색의 복장에 하나같이 일류의 무공과 잔혹한 손속을 지닌 자들입니다. 요 며칠 그들에게 걸려 우리 형제들이 꽤나 많이 목숨을 잃었지요."

"그래서?"

"검은색 봉투는 사천 하오문에선 일급의 비밀 문건이지만, 본래 그 속에는 핵심적인 내용만 담아서 관계자 외엔 알아볼 수 있는 사람이 없지요."

"그런데 나는 몇 줄의 글귀만으로도 단숨에 알아봤으니, 아니, 알아보는 표정이 됐으니 이제야 내가 담우소 본인임을 믿을 수 있게 됐단 뜻이냐?"

"뭐, 대충 비슷합니다."

"그렇군."

화르륵!

담우소의 손 안에서 불꽃이 일어나자 검은색 봉투와 그 속에서 나온 서찰은 단숨에 재가 되었다. 강호의 고수들이 흔히 사용하는 삼매진화와 비슷한 모습이나 전혀 다른 힘으로 일으킨 불꽃이었다.

손 안에 남은 재를 툭툭 털어내며 담우소가 문득 말했다.

"그런데 어째서 자네의 대형은 날 도와주는 것이지? 지금 날 도와줘봤자 도움 될 건 없을 텐데?"

무상귀가 뒤통수를 긁적였다.

"글쎄, 이놈도 도무지 주 대형의 속셈을 모르겠습니다. 본래 이번처럼 힘센 놈들끼리 치고 박는 일에는 절대 나서지 않는 게 저희 하오문의 불문율인데 말입니다."

"……."

"하지만 제가 주 대형을 다른 놈들보다 좀 오래 모셔봐서 아는데, 그분은 딴 건 몰라도 약속 하나는 반드시 지키는 분이십니다. 중간에 잠시 어려운 일을 만나 약속을 지키지 못하는 일이 있으면, 그 뒤 몇 배나 되는 보상을 하시지요. 그런 점 때문에 이 소귀(小鬼) 녀석도 주 대형의 밑에 머리를 숙이고 들어간 것이지만요. 그러니……."

무상귀는 잠시 말을 멈추고 담우소를 지그시 바라봤다. 처참할 정도로 뭉개진 면상인지라 자못 우스워 보이는 모습이나 눈빛만은 진지했다.

"주 대형은 언젠가 담 대협과의 약속을 본의 아니게 어긴 일이 있었던 게 아닐까요?"

"약속?"

"예, 그것도 마음속 깊이 담아두었을 정도의."

그 말을 끝으로 무상귀는 담우소에게 고개를 한차례 숙여 보이곤 뒤돌아섰다. 담우소가 빼앗았던 말을 돌려줬으나 그는 받지 않고 정중히 사양했다. 그 자신도 근처의 마방에서 훔쳤으니 상관없다는 말과 함께.

"귀성장에서 약속을 어긴 대신인가?"

무상귀가 떠나자마자 다시 말 위에 올라탄 담우소는 잠시 하늘을 올려다봤다. 슬슬 가을이 다가올 무렵이라서 그런지 날씨는 맑고 하늘은 청명했다.

때마침 불어온 바람에 한차례 어깨를 떨어 보인 담우소가 말에 박차를 가했다. 무상귀가 전해줬던 정보가 옳다면 이미 광명신교에서 파견된 고수들에 의해 봉쇄되었을 게 분명한 호북성 방면의 중경을 향해서였다.

*   *   *

당가보의 심처 등룡처.

장내에는 무거운 침묵이 흐르고 있었다. 등룡처가 생긴 이래 이처럼 많은 인원을 받아들인 바 없고, 또한 이처럼 깊은 침묵을 감내한 바 없었다.

등룡처는 당가주의 거처였다. 실로 아무나 들 수 없고, 만약 들었다면 침묵을 즐길 정도로 나약한 자는 아닐 게 분명했다. 그럼에도 침묵의 무게는 무겁디무거웠다.

오늘 등룡처에 모여든 자들 중 일파의 지존이거나 주도적인 인물이 아닌 자가 없건만 그들은 하나같이 침묵을 고수하고 있었다. 의도된 침묵이었다.

그들은 굳이 입을 열어 말을 하진 않았으나 지금 세 사람의 눈치를 살피고 있었다. 이곳의 주인인 당가주 당천위와 얼마 전 사천을 뒤집으며 납치당했다 돌아온 철혈거상 막문위, 마지막으로 천하제일검 석검 노야가 바로 침묵의 강요자들이었다.

품 자로 자리를 잡은 채 세 사람의 절대강자들은 태연자약한 표정을 하고 있었으나 일촉즉발과도 같은 기운을 풍기고 있었다. 대략 한 시간 벌어진 격론의 여파 때문이었다. 셋 중 누군가 먼저 침묵을 깨지 않는다면 장내에 감도는 침묵의 무게는 좀체 가벼워지지 않을 게 분명했다.

그런 분위기를 충분히 만끽한 것일까? 한동안 주사빛 입술을 다물고 있던 막문위가 침묵의 한 켠을 깼다.

"지금 이 순간에도 마교의 군세는 사천 전역을 유린하고 있고, 그 세력은 시간이 갈수록 강력해질 뿐 약해질 기미를 보이지 않아요. 그런데 이렇게 급박한 순간에 우리들은 사천무림맹을 창설해 정파무림의 힘을 모으는 간단한 일조차 못해 이렇게 시간만 보내고 있네요. 슬슬 내놓을 패들은 다 내놓은 것 같은데 그만 맹주를 결정해야 하지 않겠어요?"

단도직입적인 단언이었다. 마치 막혀 있던 제방의 물꼬가 트인 듯 장내에 모여 있던 군웅들의 이목이 온통 막문위에게 집중되었다. 침묵이 끝나는 건 그들 모두가 바라고 있던 바였다.

그러나 지금 이 자리는 앞으로의 정파무림 전체의 판도를 좌우할 만했다. 당장에라도 떨어지려는 입술을 군웅들은 쉽사리 떼지 못했다. 그들의 한마디에 소속 문파의 명예와 실리가 좌우될 게 뻔했기 때문이다.

그러한 연유로 대다수라 할 수 있는 사천에 기반을 둔 문파 관계자들이 추수와 같이 자신들을 향하는 막문위의 눈길을 외면할 때였다. 여타 수많은 문파를 제치고 강남무림의 대표 중 하나인 검문주 유안이 나섰다.

"험, 막 소저께서 참 시원한 말씀을 하셨소이다. 오랫동안 천하정파의 우환이었던 마교의 무리들이 파죽지세로 남진하고 있는 이때에 아직 정파에서는 우두머리조차 뽑지 못했으니, 참으로 창피한 일이 맞소이다. 하나 지금껏 사천무림맹에 포함될 문파와 직급, 방위 체계에 대해서도 여러 이견이 있었소이다. 가장 중요하다고 할 수 있는 맹주 선출을 단번에 결정한다는 건 무리가 있는 일이 아니겠소이까?"

강변과 동시에 유안은 슬그머니 주변을 둘러봤다. 자신의 주변에 자리를 잡고 있던 문파 관계자들의 동의를 얻고자 하는 몸짓이었다.

'호오, 어차피 강남에 터를 잡고 있는 검문으로선 사천에서 크게 힘을 발휘하지 못하리란 심산을 한 게로군. 하긴 같은 강남에서만 해도

남궁세가가 있고 금산상회가 있으니 그런 생각을 하는 것도 당연하겠지.'

벌써 입술을 굳게 닫고 있던 몇몇 문파에서 유안의 말에 동조하는 목소리가 흘러나오고 있었다. 그 모습을 살피며 막문위가 빙긋이 입가에 미소를 띠었다.

"확실히 지금까지 우리는 사천에 정파의 무림맹을 창설한다는 사항만 합의했을 뿐 중요한 여러 가질 처리하지 못했어요. 과거 대마교파 멸지계대로 공격하는 것이 아니라 수세에 몰렸기 때문에 확장된 사항을 제대로 처리하지 못한 것이지요. 마교의 본거지를 쳐서 토벌하는 것과 무림맹을 창설해 정마대전을 벌인다는 건 얘기가 다른 사항이니까요."

유안이 슬그머니 고개를 끄떡였다.

"확실히 그렇소이다. 공격은 몇몇 대문파에서 앞장서기만 하면 되지만, 수성과 공세를 동시에 병행하려면 그에 합당한 조직이 필요하지요. 그래서 굳이 급하게 사천무림맹을 창설하려는 것이고. 하지만 이곳에 계신 분들 모두가 알고 있듯 맹주란 직위는 얼마나 대단한 것입니까? 과거 몇몇 문파가 모인 연합은 존재했으나 이번처럼 많은 문파들이 모여 무림맹을 창설한 경우는 그 유래를 찾기 힘들 정도일 터. 막 소저가 느닷없이 맹주를 먼저 뽑자 말해도 실현되긴 어려운 일이오."

막문위의 얼굴에 서릿발 같은 한기가 떠올랐다.

"무엇이 어렵다는 거지요? 여러분들은 사천무림맹을 창설해 마교에 대항하자고 이곳에 모인 것이 아닙니까? 무림맹을 만들기로 했으면 한시라도 빨리 맹주를 뽑아 일사불란한 지휘 체계를 먼저 만드는 게 합당한 일일 텐데요? 설마 하니 검문주는 마교의 창검에 그냥 항복하자는 건가요?"

"아니, 내 말뜻은 그런 것이 아니라……."

"그런 뜻이 아니면요? 설마 일개 상인인 제가 무림의 일에 나선다고 나무라는 건가요? 이번 정마대전에 금산상회에서 엄청난 금력과 군사력을 보태겠다 약조한 덕분에 제가 이곳에 있을 수 있다고 생각했는데, 망상이었나 보죠?"

"끄응!"

막문위의 연이은 추궁에 유안은 입을 다물 수밖에 없었다. 실제 강남에 터를 잡고 있는 그로선 강남제일세인 금산상회의 철혈거상에게 대항할 수 없는 것이다.

그때였다. 유안이 당하는 꼴을 보고 다시 일제히 입을 다물어 버린 군웅들을 한차례 살피곤 못마땅한 표정이 된 당천위가 드디어 입을 열었다.

"한데 막 소저께서는 이미 지지하는 분이 계신 듯하오? 그렇지 않다면 그리 강하게 맹주 선출을 주장하진 않을 테니."

막문위가 고개를 끄떡였다.

"부인하진 않겠어요. 확실히 전 한 분을 염두에 두고 있습니다."

당천위가 슬쩍 입술을 비틀었다.

"그 한 분이란 게 설마 강남 남궁세가의 창천일소(蒼天一笑) 남궁진(南宮珍), 남궁 가주를 말하는 건 아닐 테지요?"

당천위의 얼굴엔 노골적인 비아냥이 담겨 있었다. 창천일소 남궁진이라면 그와 비슷한 동년배로 강남무림 제일의 고수였다. 설혹 무림맹의 맹주에 오른다 해도 그다지 흠이 되진 않을 절정고수였으나 막문위와의 관계가 문제였다. 요 근래 막문위가 남궁세가의 적장자와 혼담이

오간다는 건 공공연한 비밀이었기 때문이다.

그러나 막문위는 당천위의 기대를 배반했다. 그녀는 전혀 노한 기색을 보이지 않았을 뿐더러 오히려 입가에 맺혀 있던 미소를 더욱 진하게 만들었다.

"설마요? 남궁 노야는 지금 강남에서 암약해 온 마교의 잔당들을 척살하는 것만으로도 바쁘시답니다. 이곳 사천까지 달려와 맹주 직위를 수행할 마음도 없으시고요."

"하면?"

"제가 마음에 둔 분은 다름 아니라 마교 명존의 목을 직접 벨 수 있는 분이십니다. 여타 문파의 이해관계를 초월할 수 있는 분이시고요. 그래야만 정마대전이 끝난 후 평화롭게 무림맹을 해체할 수 있지 않겠어요?"

막문위의 시선이 끝내 침묵을 지키고 있던 석검 노야에게 향하자 당천위 역시 자신도 모르게 그쪽을 바라보곤 이맛살을 일그러뜨렸다.

'그저 마교 명존의 목을 취할 방수로 데려온 줄 알았더니, 저 무당파의 늙은이를 맹주로 내세울 줄이야! 필경 남궁 늙은이를 내세우리라 생각했거늘.'

한탄이 절로 나왔으나 당천위는 이빨을 악물고 참아냈다. 아무리 이곳이 사천이고 그가 이곳의 왕이라 하나 천하제일 무당파를 배경으로 한 천하제일검의 상대는 되지 못함을 알고 있었던 것이다.

제89장 구름 드리워진 하늘

중경을 지나치자 나타난 건 첩첩산중이었다.

청해성으로 넘어가는 사천북고원이 험난하다지만 눈앞으로 보이는 까마득한 산굽이와 비교하면 우스울 지경이었다. 초패왕 항우에게 쫓겨 한고조 유방이 울며 넘었다는 촉로란 바로 이러한 모습을 두고 하는 말임에 분명했다.

하늘까지 빽빽하게 들어선 수목림은 숨이 막힐 지경이고, 길은 꼬불꼬불 하늘을 향해 뻗어 있었다. 고개를 하나 넘으면 더 높은 고개가 나타나고, 숲을 넘었다 싶으면 더욱 울창한 수림이 앞을 가로막았다. 길이 있다곤 하나 길이 아니고, 사람의 왕래가 있다곤 하나 지나다니는 사람의 그림자 하나 보이지 않았다.

'하! 그러고 보면 과거 창배 형을 따라 사천에 올 때는 참 편하게 온 것이로군. 이처럼 험난한 길을 피하고, 대문파들의 영역을 피해 길을 재촉해야만 했으니, 창배 형은 얼마나 깊은 근심을 가슴에 품고 있었을까?

촉로로 이르는 길목에 서서 담우소는 장탄식을 터뜨렸다. 막상 사천을 떠나 호북으로 가려니 옛일이 떠올랐다. 그를 처음 사천으로 데려온 금조표국의 표두 임창배와 황당하기까지 했던 표행길을 기억해 낸 것이다. 주서안과 함께 척후로 나선 후 벌어진 일들을 생각하면 먼 옛일인 듯하나 기껏해야 두 해밖엔 지나지 않은 세월이었다.

하지만 지난 이 년여간은 담우소에게 있어선 앞서의 이십 년보다 더 많은 일에 얽매인 시간들이었다. 한때 의형제까지 맺은 임창배이지만, 지금 와서 생각해 볼 때 생사를 함께했던 풍뢰영의 식구들이나 마경화 등과는 비교가 되지 않았다. 임창배를 비롯한 금조표국의 식구들이 과거에 속했다면, 풍뢰영과 마경화 등은 현재라 할 수 있었다. 잠시 일어났던 소회에 마음이 흔들릴 까닭이 없었다.

히힝!

이젠 더 이상 말을 타고는 갈 수 없는 길이었다. 타고 있던 말에서 뛰어내린 담우소는 툭툭 녀석의 엉덩이를 두들겨 줬다. 이곳까지 오는 동안 몇 마리나 되는 말이 게거품을 물며 쓰러졌지만, 녀석은 아직도 힘이 남은 듯 투레질을 하고 있었다. 운이 좋은 녀석이었다.

문득 눈앞의 축생에게 고마운 기분이 든 담우소는 슬며시 마구와 안장을 풀어주며 말했다.

"말아, 말아, 사람 중에서도 지기를 배신하는 사람이 있는데, 네 녀석은 비록 축생이나 제 맡은 바 소임을 다하여 날 이곳까지 데려다 줬으니 훌륭하다. 본래 네 녀석이 중간에 쓰러지면 한 끼 식사로 삼으려 했지만, 이곳까지 날 태워다 준 공을 생각해서 널 풀어주마. 고맙지?

고마우면 지금부터 사람 눈에 띄지 않는 곳으로 달려가 앞으론 야생마의 삶을 살아라. 예쁘고 귀여운 암말 대여섯 마리쯤 꼬셔서."

철썩!

소리가 나도록 말의 엉덩이를 때려 달아나게 만든 담우소는 눈앞으로 펼쳐진 촉로를 바라보며 이를 드러냈다. 보기에도 섬뜩한 웃음이 그의 입꼬리에 매달려 있었다.

"그럼 슬슬 사냥을 시작해 볼까?"

마경화가 죽은 후 처음으로 떠올린 웃음. 그것은 잔혹함이 담긴 살소(殺笑)였다. 지금쯤 자신을 기다리며 촉로를 막고 은신해 있을 광명신교의 고수들을 향한.

스팟!

그저 작은 날벌레가 날아다니는 정도의 소음이었다. 주변이 온통 숲이니 특별히 이상할 것 없는 소리였다. 그러나 불현듯 목젖을 저며오는 고통은 날벌레가 할 수 없는 일이었다. 숨이 막히고 동시에 목뼈가 부러지는 것 역시.

'다섯 명째.'

온몸을 흑색 일색으로 감싸고 있던 복면인이 쓰러지는 것과 동시였다. 방금 전까지 나무 그 자체에 동화되어 있던 담우소는 흐릿한 모습을 드러내며 이맛살을 찌푸렸다.

지뢰오행경을 이용한 암습으로 손쉽게 적을 처리하는 건 좋은데, 웬지 찜찜한 기분이 들었다. 그의 손에 죽는 자들에게서 전혀 사람의 냄새를 맡을 수 없었던 것이다.

'마치 바윗덩이를 부수는 것 같고 나무를 으깨는 듯하다. 어찌 사람

의 몸이 이럴 수 있지? 설마 이자들은 강시(殭屍) 같은 괴물이라도 되는 건가?'

그러나 담우소는 곧 고개를 가로저었다. 생기가 느껴지지 않은 건 사실이나 분명 마지막 순간의 고통은 느낄 수 있었다. 강시같이 역천의 술법으로 제련된 괴물이라면 고통 따윌 느낄 리 없었다.

'그렇다면 도대체 이 녀석들은 뭐지? 은신이 서툰 걸 보면 전문적으로 훈련받은 살수는 아닌 것 같지만, 하나하나가 외가기공을 극한까지 연마한 것 같은 몸에 내력 또한 보통이 넘는 것 같으니. 응?'

염두를 굴리던 담우소의 미간에 골이 패었다. 이미 그의 시선이 먼 쪽 하늘을 향해 있었다.

그의 예민한 오감은 온통 나무와 바위밖엔 보이지 않는 촉로의 한 켠에서 미미하지만 꾸준히 일어나고 있는 파공성에 반응을 보인 것이다.

'동북쪽으로 오십 장쯤 떨어진 곳인가?'

만약 이곳이 촉로가 아니고 담우소의 발치에 쓰러져 있는 흑의복면인이 괴물 같은 몸을 지니지 않았다면 조금이라도 머뭇거렸을 것이다. 남의 행사에 일일이 끼어들 만큼 현재 담우소에게는 여유가 없었다.

하지만 이곳은 촉로였고, 괴물 같은 몸을 한 복면인들이 매복해 있는 곳이었다. 파공성이 이는 이유가 반드시 자신과 관계있으리란 판단을 내린 담우소는 바로 신형을 동북쪽으로 날렸다. 본래 한 명 한 명 암습을 가하는 일 따윈 그의 배짱과 맞지 않는다 중얼거리며.

스윽, 슥!

오십 장이라 하나 하늘로 오르는 길이란 말을 들을 정도로 거친 산 길이었다. 앞을 가로막고 있는 나무숲과 바위 절벽 때문에 담우소는 대략 이, 삼백 장 정도를 돌아야만 했다. 촉로의 험난함을 생각하면 당연한 결과였다.

그렇게 대략 반 식경 정도 달렸을 때였다.

파공성이 들려온 근방에 도착한 담우소는 곧 치열한 격전의 흔적을 발견할 수 있었다.

대략 십여 명이 넘는 숫자의 시체와 더불어 다양한 종류의 병장기가 바닥에 나뒹굴고 있었다. 암습을 펼치기 위해 촉로에 은신해 있던 자들임에도 흔적을 지우지 않은 걸 보면 아직 격전은 끝난 것이 아닐 터였다.

'흠, 검은 복면은 두엇인데 여덟이 넘게 당했다? 입구 쪽의 경계가 허술하다고 생각했더니, 이미 습격을 받았기 때문에 병력이 분산된 것이었군. 그렇다면 여기 죽어 있는 사람들한테 신세를 진 셈인가?

담우소는 빠르게 검은 복면 외의 사상자들을 살폈다. 거의 구 할 이상 즉사한 상태였지만, 미미하게나마 숨결이 남아 있는 자가 한 명 있었다.

"…가슴이 뭉개졌군."

한눈에 부상자의 상태를 알아본 담우소는 미간을 찌푸렸다. 가슴이 뭉개진 사람이 여인이었고, 낯이 익었기 때문이다. 강호의 도의 따윈 무시당한 채 가슴에 구멍이 뚫린 사람은 혈사방의 이룡일봉 중 한 명인 녹접 단소소였다.

파팟!

다가들 때와 달리 담우소는 기쾌하게 움직였다. 먼저 출혈을 막기 위해 가슴 주변의 혈도를 봉했고, 조심스레 단소소의 손목을 잡았다. 겉으로 보기엔 즉사했다 해도 과언이 아닐 중상을 입은 그녀의 생사를 파악하기 위함이었다.

'맥이 금방이라도 끊어지려 한다. 필시 동자공(童子功)과 유사한 호심지기를 수련했고, 아직 처녀의 몸이기에 즉사는 면한 듯하지만, 화타나 편작 같은 대라신선이 아니라 내가 발견했으니 살긴 틀렸다.'

담우소는 주먹을 피가 나도록 쥐었다. 그리고 천천히 피에 젖은 손을 뻗어 단소소의 명문혈에 갖다 댔다.

우웅!

순간적으로 대기로부터 빨아들인 기운이었다. 담우소의 지뢰오행경에 순화된 기운이 명문혈을 통해 파고들자 단소소의 가녀린 몸이 들썩하고 튀어 올랐다. 아무리 순화된 기운이라곤 하나 금방이라도 맥이 끊길 위험에 처해 있던 그녀에겐 절독이나 다름없었다.

그러나 담우소는 단소소의 명문혈에서 수장을 떼지 않았다. 그는 오히려 더욱 기력을 세게 불어넣으며 단소소의 귀에 입을 갖다 대고 소리쳤다.

"난 담우소다! 과거 너희 사형제와 만마천 시험을 함께 봤고, 얼마 전 사천당가로 불러들인 자다! 비록 부족한 사람이지만, 유언쯤은 들어줄 수 있으니 숨이 끊기기 전에 말해라! 처녀로 죽는 것도 서러운데 가슴속에 원통함마저 품고 가선 안 되잖아! 내 들어줄 테니 사양 말고 말해! 말하라구!"

담우소는 소리쳤다. 마경화가 죽기 전과 같이 비틀린 표정으로 소리쳤다. 혹시라도 자신의 목소릴 단소소가 못 알아들을까 걱정되어 그는 내심의 격동을 억눌렀다.

그러자 반응이 왔다. 너무나 격한 기운에 금방이라도 숨이 끊어질 듯 온몸을 부들거리던 단소소의 입에서 핏물이 튀어나왔다. 숨결이 트

인 것이다. 그리고 가래 끓는 소리와 함께 가느다란 목소리가 흘러나
왔다.

"다, 담우소?"

담우소가 어금니를 악물었다. 단소소의 몸에서 생명력이 빠르게 빠
져나가는 게 보이는 듯했다. 하지만 그는 괴로워하고만 있을 순 없었
다. 그녀가 죽기 전에 알아내야만 할 것이 있었다.

"이 근처에 혈사방이 있나?"

단소소는 힘겹게 고개를 끄떡였다.

담우소가 다시 물었다.

"필시 얼마 전부터 혈사방 주변에서 문도들이 실종되는 일이 많아서
네가 직접 쓸 만한 수하들을 이끌고 수색을 나온 것일 테지?"

단소소가 다시 고개를 끄떡였다. 그리고 그녀는 힘겨운 표정으로 말
했다.

"그, 그들은 강… 해……. 내, 내가 당했으니, 지금쯤 오, 오라버니
들과 아버님이……."

"찾으러 나섰겠군. 그들 역시 이런 점을 노렸을 테고."

단소소가 부들거리는 손을 뻗어 담우소의 손목을 쥐었다. 그녀의 눈
에 눈물이 고였다.

"나, 나 때문에 그분들이 당하면… 난, 난……."

담우소는 말없이 단소소의 손을 쥐어주었다. 그는 그녀를 안심시키
기 위한 어떠한 말도 하지 않았다. 그저 어떤 여인에게도 한 적이 없을
정도로 따뜻한 표정을 지어 보일 뿐이었다. 그는 단소소에게 고맙다는
말을 듣고 싶진 않았기 때문이다. 마경화에게도 듣지 못한 그런 말 따
윈.

하지만 단소소는 이미 흐려지기 시작한 눈빛 너머로 담우소의 대답을 들었다고 생각했다. 그녀는 대답없는 담우소를 향해 살포시 웃어 보였다. 자신을 위해 웃는 얼굴로 눈물 흘리는 사내에게 보답하려는 듯.

그리고 스르륵 굳어진 얼굴.

스윽!

단소소의 몸이 차가워지고도 한참 동안 자리를 지키고 있던 담우소는 신형을 일으키자마자 눈가를 소맷자락으로 훔쳤다.

단소소와는 그다지 많은 친분을 나눈 일이 없었다. 그저 과거에 알던 여인에 불과했다. 하지만 그녀의 죽음은 마경화를 떠올리게 만들었다. 두 여인의 기억이 겹쳐진 탓에 담우소는 가슴에서 통증을 느꼈다.

과거와 비할 바가 못 될 정도로 무공이 강해졌는데도 나이 어린 소녀 한 명 구하지 못하는 자신에게 분노가 치밀어 올랐다.

어째서 자신은 곤륜비동에 갇혔을 때 곤륜신성 이모백에게 의술을 배우지 않고 신법만을 익혔던 것일까? 아니, 어째서 이따위 아무짝에도 쓸모없는 무림인이 되어버린 것일까?

하지만 지금은 원통함을 가슴속에 담아두어야 할 때였다. 단소소의 복수와 함께 혈주 단옥린을 비롯한 혈사방엔 갚아야 할 빚이 있었다. 그들이 없었다면 사천대탈주는 아예 꿈조차 못 꿨을 테니까.

'이로써 그 흑의복면인들의 목표가 나뿐 아니라 혈사방까지임을 알수 있게 됐다. 같은 마도라곤 하나 오래전부터 중원에 독자적인 세력을 뿌리내린 혈사방은 마도일통에 방해가 되는 존재였겠지. 이성을 잃고 악귀가 되어버린 명존의 지배 하에 놓인 마교의 입장에서라면 더더욱.'

우드득!

담우소의 몸에서 콩알 볶는 소리가 일었다. 명존을 떠올린 순간 온몸의 뼈마디들이 경련을 일으켰다. 그리고 다음 순간!

파앗!

풍천외가경이 일으킨 바람을 타고 담우소의 신형이 날아올랐다. 단소소가 죽기 전 손끝으로 가리킨 방향, 바로 혈사방이 자리 잡고 있는 쪽이었다.

*　　　　*　　　　*

파곽! 퍼퍼퍽!

손가락이 향하는 곳에선 연신 경력이 폭발하는 소리가 터져 나왔다. 정파 맹호들의 틈바구니 속에서 세력을 지킨 혈사방 방주 단연경의 성명절기인 팔독수라지(八毒修羅指)의 위력이었다.

이미 절정에 달한 단연경의 팔독수라지가 허공을 휘저을 때마다 흑의복면인들은 하나둘 뒤로 밀려나고 있었다. 대기를 찢어발기는 지공의 위력도 위력이었지만, 여덟 가지 독기를 함유한 독지를 쉽사리 받아낼 순 없었으리라.

하지만 그뿐이었다. 죽어 땅바닥에 나뒹굴고 있는 건 처음 단연경이 급습적으로 펼쳐 낸 지공에 심장을 꿰뚫린 네 명이 전부였다.

지금 단연경을 에워싼 십여 명의 흑의복면인들은 철저한 연환진으로 팔독수라지를 상대하고 있었다. 흡사 계류를 흘러내리는 물결처럼 단연경에게 짓쳐들었다 뒤로 물러나기를 반복하는 모양새를 보이며.

'벌써 본 방으로 린아와 충아가 달려간 지 꽤 시간이 지났다. 아무리 상당한 무위를 지닌 녀석들이지만 이만한 인원을 가지고 혈사방의 천여 명이 넘는 인원을 상대할 순 없을 터인데 어째서 진세만을 유지하고 있는 것이지? 설마 본방 쪽에도 이미 손을 썼다는 뜻인가?

쉬지 않고 팔독수라지를 전개하며 단연경은 미간을 찌푸렸다. 여전히 위엄 가득한 얼굴이지만, 가벼운 초조감이 번져 나오고 있었다.

지금까지 그가 전력을 다하지 않은 건 혈사방에서 구원병이 오기까지 시간을 벌려는 의도였는데, 적도 비슷한 의도를 지닌 듯하니 불안감을 억제할 수가 없었다.

그때였다. 끊임없이 단연경을 밀어붙이는 진세로부터 얼마 떨어지지 않은 나무 위에서 키득거리는 웃음소리가 흘러나왔다.

"큭큭큭, 중원마도의 자존심이라구? 늙은이들이 독지진천남, 독지진천남 하길래 얼마나 대단한 마웅인가 궁금했는데, 기껏해야 문파의 운명보다 자식과 제자나 챙기는 늙다리였다니. 이건 정말 실망인걸?"

'고작 오 장 밖?'

단연경은 흠칫 놀란 표정이 되었다. 느닷없이 터져 나온 웃음소리의 정체보다는 자신을 조소하는 목소리가 들려온 곳이 생각보다 가까웠기 때문이다.

단연경과 같은 절정고수에게 있어 오 장이라면 바로 코앞, 지척이라 해도 과언이 아니었다. 하물며 지금처럼 전신내력을 극한까지 끌어올려 집중해 있는 상태라면 더 더욱 그러했다.

그런데 그런 단연경이 목소리의 주인공만은 지금까지 간파하지 못했다. 직접 손속을 겨뤄보진 않았으나 그는 자신에게 조소를 던진 자가 자신에 버금가는 무위를 지녔다는 생각에 놀란 표정이 된 것이다.

'저만한 고수가 아직도 남았다면 더 없으란 법도 없다. 그렇다면 이

녀석들이 날 붙잡은 채 시간을 끌고 있는 것도 설명이 되는 것이고.'

단연경의 호목에서 차가운 안광이 폭출했다. 흔들리던 마음을 결정한 것이다. 더 이상 이대로 시간을 보낼 순 없다는 판단이었다. 그리고 그 순간 단연경의 열 손가락 끝에선 녹색 기광이 번뜩였다.

파파팡!

흡사 녹색의 거미줄이 뻗어 나가는 모습과 같았다. 그것도 필사적으로 도망치려 바동거리는 먹이를 잡기 위해 악에 받친 거미가 뿜어내는 거미줄이었다.

일시 단연경이 뿜어낸 열 개의 녹색 지력은 지금까지 그가 보였던 형식을 모조리 파괴했다. 일정한 초식이나 격식 따윈 깡그리 무시하고 물결처럼 움직이던 흑의복면인들의 연환진의 고리를 깨부수었다. 무지막지하게 짓쳐 갔다.

그야말로 지금까지완 달리 방어를 무시한 공세!

어찌 보면 무모해 보이기까지 한 모습이었다. 아니, 무모한 모습이었다. 조금이라도 진세를 알고 초식의 운용을 알며 일 대 다수의 싸움을 해본 이라면 누구나 그렇게 생각할 터였다.

이러한 공세의 결과는 다른 변수가 없는 한 설혹 공격이 성공하더라도 상대의 반격으로 인해 동귀어진(同歸於盡)밖엔 될 수 없는 형국이었다.

하지만 변수는 있었다. 극단적일 정도로 막강해진 팔독수라지가 바로 그 변수였다.

만약 단연경의 공세가 지금까지보다 대충 일 할이나 이 할쯤 위력이 붙었다면 연환진의 힘으로 막아낼 수 있었을 것이다. 연환진과 진을 형성한 흑의복면인들의 무위라면 충분히 가능한 일이었다.

하지만 이때 팔독수라지에 담겨진 힘은 족히 지금까지의 두 배를 가볍게 상회하고 있었다. 아무리 완벽한 연환진이라 해도 흑의복면인들의 힘으론 막아낼 수 있는 위력이 아니었다.

파파파파팡!

콩 볶는 소리가 아니었다. 철갑처럼 강하게 단련된 인간의 육신이 구멍나는 소리였다.

단연경의 십지를 떠나 거미줄처럼 뻗어 나갔던 녹색 지력들은 놀랍게도 중간에 현란한 변화를 일으켰다.

지금까지와 달리 직선이 아니라 다양한 곡선으로 휘어져서 흑의복면인들의 사혈을 꿰뚫었다. 그리고 그 결과는 참담했다.

치익! 치이익!

살이 타 들어가는 소리와 함께 여섯 명이나 되는 흑의복면인들이 그대로 주저앉았고 나머지 다섯 명은 휘청거리며 뒤로 물러서기 바빴다.

팔독수라지에 적중당하지 않은 자들 역시 지독한 독기에 중독되는 것까지 피할 순 없었으리라!

십이성 발휘된 팔독수라지의 위력은 이처럼 대단했다.

하지만 단연경은 백전노장의 거마답게 거기서 만족하지 않았다. 급히 전력을 쏟아내느라 잠시 주춤했던 그는 한 가닥 진기를 끌어 모으는 즉시 다시 팔독수라지를 전력으로 펼쳐 냈다. 뒤로 물러선 다섯 명 역시 단숨에 죽이려는 의도였다.

파파파파팡!

그의 열 손가락을 떠난 녹색 지력은 흡사 살아 있는 생명체처럼 흑의복면인들을 덮쳐 갔다. 처음에 펼쳐 낸 지력보다 위력은 약해 보이나 그 변화는 더욱 극심한 일초였다.

살아남은 흑의복면인들이 앞서 쓰러진 동료들의 뒤를 쫓으리란 점에 이견을 붙일 사람은 없을 듯했다. 그만큼 단연경의 팔독수라지는 압도적이었다.

하지만 녹색 지력들이 막 흑의복면인들에게 죽음을 선사하려는 순간, 뒤로 신형을 뽑아낸 건 오히려 단연경이었다. 그의 앞에는 어느새 한 청년이 모습을 드러내고 있었다.

선병질적일 정도로 흰 피부에 준수한 얼굴. 섬세한 이목구비와 더불어 가늘면서도 매력적인 입꼬리. 입가에 미소라도 달릴라 치면 뭇 여인들의 방심을 흔들어놓을 만큼 청년은 전형적인 미장부였다.

'하나 눈 속에 잔인함이 담겼고 표정이 무심하다. 여자들이 좋아할 용모이긴 하나 여자들을 행복하게 해줄 놈은 아니다.'

혼기가 찬 딸을 가진 아비로서의 판단이었다. 순간 눈에 넣어도 아프지 않을 막내딸 단소소를 떠올린 단연경의 얼굴에 싸늘한 기운이 떠올랐다.

"역시 젊군, 상당한 무공을 지녔고. 하나 본 방을 설마 자네와 저 떨거지들만을 가지고 치러 온 건 아닐 테지?"

미청년이 빙긋 웃었다.

"설마요? 아무리 내 간담이 크고 데려온 마령인(魔靈人)들이 금강석과 같은 몸에 상당한 무공을 지녔다곤 하나 역시 신지를 잃은 폐품들인데 어찌 이 정도 병력을 가지고 혈사방을 멸살할 수 있겠습니까?"

"마령인? 마령인이라면 설마 광명신교의 마령신단을 복용한 괴물들을 말하는 것이냐?"

"후훗, 잘 아시는군요. 그렇습니다. 방주께서 방금 전에 죽여 넘긴 자들은 성스런 성화의 보호자이신 명존의 선택을 받고 마령신단을 복용한 녀석들이오. 아무리 신지를 잃은 녀석들이라곤 하나 명존의 명을 받고 온 자들을 이렇게 많이 죽였으니 혈사방은 신교에 대죄를 범한 것이오!'

"그게 무슨 소리냐! 먼저 본좌와 본 방을 공격한 건 네놈들이 아니더냐! 그리고 무차별적으로 본 방의 방도들을 살육한 너희들이 명존의 명을 받았다곤 도저히 믿을 수 없다! 명존께서는 필시 아직도 폐관 수련 중이라고……."

"얼마 전에 명존께서는 폐관을 끝마치고 출관하시었소. 그리고 단숨에 분열됐던 신교를 하나로 통합하셨소. 그 와중에 감히 무엄하게도 반항하던 자들은 모조리 신벌을 받았으나 혈사방만은 거리가 떨어져 있던지라 이제야 벌을 받게 된 것이오."

미청년의 입가에선 이때 미소가 사라져 흔적조차 보이지 않았다. 모든 행동에 있어 불경스런 그 역시 명존과 성화에 대해 언급할 때엔 표정이 숙연해지는 것이다.

그러자 그런 미청년의 변화를 보고 직감적으로 그의 말이 사실임을 깨달은 단연경의 얼굴이 붉게 물들었다. 치밀어 오르는 분노가 얼굴에 그대로 나타난 것이다. 중원에 홀로 떨어져 있다곤 하나 지금까지 누구보다 광명신교에 충성해 왔다 생각했기에 분노의 깊이는 더욱 깊었다.

"명존의 명을 받고 본 방을 멸살시키러 왔다면, 과연 네 녀석 외에도 꽤 많은 병력이 몰려와 있으렷다? 본 방을 제거하려 한다는 건 그동안과 달리 신교에서 마도의 맹주로만 남진 않겠다는 의도일 테니?"

"역시 혈사방주쯤 되는 양반이시니 머리 회전이 빠르시구려. 확실히 혈사방은 신교의 마도 통합에 걸림돌이 되는 존재가 분명합니다. 하지만 혈사방 방도 천여 명을 몽땅 죽일 필요까지야 있겠소이까? 살인귀도 아니고. 나와 내 친구들은 그저 지나치게 명성만 높은 혈사방주와 오대당주, 후계자인 이룡일봉만 죽일 생각입니다. 그 정도만 해도 혈사방은 자중지란에 빠질 터이고, 우리에겐 따로 할 일도 남았으니까요."

"이룡일봉? 설마 네 녀석들이……."

미청년의 얼굴에 괴악스런 표정이 떠올랐다.

"녹접 단소소 소저는 과거 신교에서도 느꼈던 바이지만 꽤나 미인이더군요. 예전에는 시간이 없어 어찌해 볼 수 없었지만, 이번에 다시 인연이 이어졌으니 어찌 사내로서 그냥 넘길 수 있었겠소이까? 다른 친구 녀석들한테는 염치없는 짓이지만, 이 몸이 대표로 즐거운 시간을 보냈지요. 그러니 이젠 내가 당신을 빙장이라고 불러야 하는 건……."

"노옴!"

단연경은 더 이상 참지 않았다. 일성대갈과 동시에 그의 양손에서는 수십 가닥이나 되는 녹색 지광이 폭출하듯 터져 나왔다. 앞서 연환진을 깰 때 발휘했던 위력을 능가할 정도로 강력한 팔독수라지였다.

그러나 맹룡이 아니면 강을 건너지 않는다 했다. 벌써부터 단연경의 팔독수라지를 지켜보고 있던 미청년은 스윽 뒤로 물러섰고, 동시에 뒤에 물러서 있던 다섯 명의 흑색 복면인들이 바람처럼 움직이기 시작했다. 새롭게 연환진이 만들어진 것이다.

"이놈들이 또 그런 짓거리를!"

단연경은 미친 듯이 수장을 흔들어 보았다. 흔들리는 수장 속에서 번쩍이는 녹광이 연신 튀어나와 미청년이 포함된 연환진을 뒤흔들었다. 팔독수라지는 시간이 갈수록 위맹을 더해갈 뿐 위력이 전혀 감소하지 않았다.

그런데 연환진의 위력 역시 마찬가지였다. 처음 단연경이 미친 듯 팔독수라지를 쏟아낼 때만 해도 연신 뒤로 물러서기 바빴던 연환진은 금세 자리를 잡았다. 미청년의 지휘 하에 더 이상 물러서지 않게 된 것이다. 미청년이 포함된 연환진의 위력은 좀 전과 전혀 다른 것이었다.

'이, 이런!'

시간이 지날수록 오히려 수세에 몰리기 시작한 단연경의 얼굴이 연신 붉어졌다 파래졌다를 반복했다. 일시 연환진을 깨기 위해 너무 무리한 힘을 발휘한 게 화근이었다.

시간이 지나자 처음의 기세를 잃고 방어전으로 돌아선 단연경을 연신 압박하며 미청년이 히죽거렸다.

"하하, 얼마 전까지 보였던 기상은 어디 가고 갑자기 그런 꼴이 되셨소? 딸의 낭군 되는 이 몸을 봐주려는 것이오? 그렇다면 너무 신경 쓰지 마시구려. 이 몸과 회포를 푼 소소 낭자는 벌써 세상을 떠났으니. 내 본래 그리 방중술에 약한 건 아닌데, 아무래도 마음에 들지 않은 듯싶소."

"쿨럭!"

단연경의 얼굴이 더욱 빨리 변색을 일으켰다. 일시적으로 내력이 고갈된 상태에서 방어전을 펼치고 있던 중 마음의 동요가 일어나자 기혈이 역류하고 있었다.

그러나 미청년은 그 틈을 타 공격하지 않았다. 이죽거리는 입가와 달리 냉정하게 가라앉은 시선으로 그는 연환진을 더욱 좁혔다. 단연경에게 달려드는 대신 압력을 더욱 증대시킨 것이다.

"컥!"

결과는 바로 나타났다. 최후의 일격을 준비한 채 위급함을 보였던 단연경은 손도 써보지 못하고 입에서 피를 토했다. 일세를 호령한 마도의 거봉이 무너지려 하고 있었다. 아니, 무너지고 있었다.

연환진의 경력이 휘몰아치는 대로 이리저리 휘청거리는 단연경을 바라보는 미청년의 입가엔 잔혹한 미소가 번져 나왔다. 이곳에 함께 온 동료들 중 자신이 가장 큰 먹이를 잡았다는 만족감에 찬 미소였다. 누가 뭐라 해도 당대의 거마인 혈사방주를 죽인다는 건 대단한 공적이었기 때문이다.

'이것으로 끝이다!'

미청년은 주저하지 않았다. 극점까지 이른 연환진의 위력을 최대한 끌어올렸다. 단연경을 압사시켜 죽일 작정이었다. 그러나 실제로 연환진의 기운이 극한까지 올라가기 바로 직전이었다.

퍼퍼퍼퍼픽!

십여 명에서 다섯으로 숫자가 줄어든 탓이었다. 시작했을 때와 달리 거의 신형이 보이지 않을 정도로 빠르게 단연경의 주변을 돌고 있던 흑의복면인들이 일제히 공중으로 튀어 올랐다. 그들 자신이 만들어내고 있던 회전력에 오히려 휘감겨 올라간 것이다.

"어떻게?"

미청년은 경악했다. 이런 일은 그의 계산에 전혀 포함되지 않은 것이었다. 하지만 그는 전력을 이탈한 흑의복면인들처럼 넋 놓고 당하진 않았다.

미친 듯 자신에게 돌아온 연환진의 폭압적인 힘을 이용해 오히려 뛰어오른 그는 어느새 대여섯 장 밖으로 벗어나 있었다. 만약 단연경이 틈을 보아 암습을 가했다 하더라도 능히 피해낼 수 있을 만큼 완벽한 회피 동작이었다.

그러나 그때 미청년의 등 뒤에서 무심한 목소리가 들려왔다.

"훌륭한 경공에 더욱 훌륭한 판단력이야. 동료를 방패로 삼아서라도 살겠다는 정신은 박수를 받을 만해. 하지만 안됐군, 하필 도망 온 곳이 내가 숨어 있던 장소였으니."

'헉!'

미청년은 오싹한 소름을 느꼈다. 등덜미로 한기가 굴러 내렸다. 고개를 돌려 돌아볼 엄두조차 낼 수 없었으나 그는 자신이 완전히 배후를 적에게 빼앗겼음을 알 수 있었다. 지금껏 한시도 긴장의 끈을 놓지 않았던 것을 생각하면 더욱 두려워지는 현실이었다.

'하지만 나는 돌아서야만 한다! 돌아서는 순간 내 목숨이 끊길지라도!'

미청년은 곧 그렇게 했다. 평생 펼쳤던 동작 중 가장 빠르게 그는 신형을 돌려 세웠다. 이때 그는 전신공력을 그대로 폭출했을 뿐더러 전신 삼백육십 군데의 대혈을 방어하기 위해 성명절학인 광풍천비수(狂風千臂手)를 맹렬히 발휘했다. 일순 그의 주변으로 광풍이 휘몰아쳤다.

하나 미청년은 곧 허탈한 표정이 됐다. 그의 눈부신 권각에 걸린 건 아무것도 없었다. 그가 뒤로 돌아설 때까지 목소리의 주인공은 두어 장쯤 떨어진 곳에서 손가락 하나 까딱하지 않고 있었다.

"너, 너는……."

"난 담우소다."

낭패감과 동시에 수치의 감정이 미청년의 얼굴에 떠올랐다. 담우소란 이름이 광명신교와 자신에게 있어 무얼 의미하는지를 그는 누구보다 잘 알고 있었던 것이다.

하지만 안색이 변했던 것도 잠시, 미청년은 금세 냉정을 되찾았다. 일시지간 극도로 내력을 끌어올린 탓에 거칠어졌던 호흡을 진정시킨 그의 눈빛이 광기에 가까운 흉악한 빛을 뿜어냈다.

"네 녀석은 사냥감일 텐데?"

"사냥감?"

"그렇다. 네 녀석은 혈사방이란 큼직한 사냥감을 잡은 후 여흥으로 마련된 사냥감이다! 그런데 어째서 네 녀석이 지금 이런 곳에 와 있는 것이냐?"

"날 사냥하려던 녀석들이 저기 널브러져 있는 허수아비들과 비슷한 복장을 한 놈들인가?"

"허수아비?"

"그래."

"하지만, 하지만 그 정도 인원이라면 반드시 넌 그들의 손에 붙잡혀 지금쯤 죽지도 살지도 못하는 지경에 빠져 있어야만 하거늘⋯⋯."

잠시 홀로 중얼거리던 미청년의 눈빛에 광기가 더욱 강해졌다.

"그렇다면 너는 빨리 덤벼라! 그 녀석들이 못 잡았으니, 이제부턴 내가 널 사냥하겠다!"

만약 담우소가 이곳에 이르기 전 만났던 십여 차례나 되는 암습을 돌파하지 않았다면 실소를 터뜨렸을 것이다. 그만큼 현재 눈앞의 미청년이 처한 상황은 썩 좋지 못했다.

그가 데려온 흑의복면인들은 모두 땅바닥에 널브러져 있었고 뒤에는 방금 전까지 연환진에 걸려 목숨이 위태롭던 단연경이 아직 건재했다. 그의 상대는 눈앞의 담우소만이 아니었다.

'하지만 내가 돌파하며 상대했던 흑의복면인들의 숫자가 대략 삼사십 명에 달하니, 아직도 대략 그 이상 남았다고 보는 게 옳을 것이다. 나이에 비해 제법 잘 단련된 눈앞의 이 애송이 녀석의 동료 몇에 더해.'

내심 염두를 굴린 담우소가 슬쩍 떠보았다.

"동료를 기다릴 시간이 필요한가?"

미청년의 시선이 흔들렸다.

"동료?"

담우소가 고개를 끄떡였다.

"그래, 네 녀석에겐 동료를 기다릴 시간이 필요하냐고 물었다."

"하핫!"

그것은 마치 상처 입은 짐승과 같은 웃음이었다. 잘생긴 얼굴을 일시 일그러뜨린 미청년의 눈에 담긴 광기가 더욱 심해졌다. 이젠 흉광이라 해도 과언이 아니었다.

"나한테 동료란 건 없다! 신교에 들어갔을 때부터 그런 건 없었어! 그러니 너는 더 이상 잔머리 따윈 굴리지 말고 지금 당장 덤벼라!"

미청년의 몸 주변으로 강한 와선의 기류가 일어났다. 흥분한 듯 보였던 표정이나 말과는 달리 그가 차분히 공세를 준비하고 있었음을 보여주는 모습이었다.

미청년의 후위를 노리고 있던 단연경이 대경하여 소리쳤다.

"조심하게! 그 수법은……!"

'동귀어진을 각오한 것인가!'

담우소는 일순 강한 압력을 느꼈다. 지금까지 미청년에게서 느낄 수 없던 중압감이었다.

단숨에 전신내력을 폭출시킨 미청년의 쌍수가 맹렬히 부풀어 오르더니, 담우소를 향해 짓쳐들어왔다. 광풍천비수의 최후절초인 폭압탄강(暴壓彈罡)이 발휘된 것이다.

콰릉!

그리 멀지 않은 거리였다. 단숨에 거리를 좁힌 미청년의 폭압탄강은 담우소의 지척에서 폭발했다. 담우소가 신법을 펼쳐 피하는 것을 감안한 변초였다. 아무리 빠른 신법으로 회피하더라도 폭압탄강의 폭발력에서 완전히 자유롭진 않으리란 게 미청년의 생각이었다.

그러나 그는 곧 좌절 섞인 얼굴이 되고 말았다. 자신의 폭압탄강이 폭발한 자리에서 한 치도 움직이지 않은 담우소를 본 까닭이다.

"어, 어떻게? 아니, 어째서!"

"이렇게다!"

미청년의 폭압탄강을 풍천외가경만으로 받아낸 담우소가 잠시 비틀거리며 뒤로 한 걸음 물러섰다. 그의 안색은 다소 창백해져 있었다. 하지만 그는 곧 처음 그 자리에 꿋꿋이 섰고, 미청년을 향해 주먹을 휘둘렀다.

퍼억!

미청년의 몸이 사정없이 땅바닥을 뒹굴었다. 그저 지극히 평범한 붕권 일초식이었으나 이미 그에겐 반항할 힘이 남아 있지 않았다. 폭압탄강을 두 배나 되는 힘으로 돌려보낸 풍천외가경에 이미 그의 기혈은 뒤틀리고 박살나 있었다.

구겨진 종잇조각과 같은 얼굴을 한 채 대자로 뻗은 미청년을 내려다보며 담우소가 물었다.

"네 동료들은 어딨지?"

"쿨럭!"

미청년의 입에서 피가 튀어나왔다. 튀어 오르는 피 속에 부서진 내장 부스러기가 섞여 있었다. 이미 살긴 틀렸음을 누구라도 짐작할 만한 징후였다.

미청년이 키득거리며 웃었다.

"젠장! 마지막으로 보는 게 구름 낀 하늘이라니. 정말 운도 없군."

담우소가 다시 물었다.

"넌 곧 죽는다. 달리 할 말은 없느냐?"

미청년이 힘겹게 담우소를 바라봤다.

"왜, 더 묻지 않지?"

"넌 대답하지 않을 놈이잖아."

"그렇군."

미청년은 눈을 감았다. 그러다 문득 무언가에 생각이 미친 듯 다시 힘겹게 눈을 뜨더니 고개를 돌려 단연경을 바라봤다.

"혈사방주!"

"……."

"당신 딸은 무사답게 죽었소. 그러니까 얼마 전 내가 했던 말은 잊으시오. 본래 당신이 너무 강해서……."

미청년은 말을 끝맺지 못했다. 대신 그의 입을 타고 핏물이 뭉클거리며 터져 나왔다. 구름 드리워진 하늘 아래에서 그는 그렇게 최후를 맞이했다.

제90장 천리종횡과의 재회

담우소는 자신의 현 무공 수준이 이미 과거보다 한 단계쯤 진보했음을 알고 있었다. 하단전에 쌓아놨던 풍뢰경은 흩어져 버린 지 오래지만, 완성된 지뢰오행경과 풍천외가경의 조화는 과거에 비할 바가 못 됐다. 어느 정도 자신감을 갖는 건 전혀 이상한 일이 아니었다.

'하지만 그때 나는 어째서 객기를 부린 것일까? 상대가 과거 안면이 있던 녀석이기 때문에?'

담우소는 눈살을 찌푸렸다. 그런 건 아닌 듯했다. 그는 단연경이 연환진에 고전을 면치 못할 때 이미 근처에 도착해 있었다. 이곳까지 오는 동안 그를 막았던 흑의복면인들이 전적으로 암습을 가했기에 가능한 일이었다. 암습을 가한 자나 당한 자나 소란을 원치 않기 때문이다.

물론 단연경이란 대적을 상대하느라 연환진을 이루고 있던 자들이 신경을 온통 집중하고 있지 않았다면 이렇게 근처까지 접근하긴 곤란했으리라.

어쨌든 중요한 건 담우소가 시간을 가지고 미청년과 흑의복면인들의 연환진을 살필 수 있었다는 점이다. 처음부터 연환진의 움직임을 살피지 못했다면 단숨에 흑의복면인들을 격살하여 단연경을 구하기란 쉽지 않은 일이었을 게 분명했다.

그런데 그때 담우소가 발견한 건 연환진의 약점뿐만은 아니었다. 연환진의 중심인 미청년의 정체 역시 그는 단숨에 알아볼 수 있었다. 미청년이 과거 만마천 최종 시험에 일진으로 참가했던 늑대들 중 한 명이라는 점을.

'이 녀석은 사랑(四狼)이라 했다. 네 번째 늑대. 일진 중 가장 잘생긴 녀석이었기 때문에 금방 알아볼 수 있었다. 이만큼 잘생긴 녀석은 광명소주 외엔 본 일이 없었으니까. 그렇지만 이 녀석은 지나칠 정도로 무공이 늘었다. 과거 일진의 무위는 기껏해야 혈사방의 이룡일봉과 비슷하거나 조금 위일 뿐이었다. 아무리 그동안 만마천에서 고련을 했다고 해도 혈사방주를 곤란하게 할 정도는 될 수 없을 텐데. 수적 우세를 감안한다 해도. 그러니 결국 이 녀석도 마령신단을 복용했다는 뜻인데, 다른 늑대들도 과연 똑같을까?'

담우소는 아직 발견하지 못한 사랑의 동료들이 바로 만마천 시험에 최종 합격했던 기재들임을 직감했다. 그렇지 않다면 끝에 보였던 사랑의 복잡 미묘 한 눈빛을 달리 설명할 수 없었다.

그때였다. 그는 불현듯 깨달았다, 자신이 사랑의 일격을 그대로 받은 진짜 이유를.

'나는 이 녀석과 그날 못 끝낸 승부를 보고 싶었던 것인가? 광명정

에서 못 끝냈던.'

담우소는 사랑을 바라봤다. 그의 얼굴에는 옅은 연민의 감정이 떠올라 있었다. 강한 척했지만, 마령신단의 마기를 이겨낸 기재이지만 사랑은 아직 어렸다. 이런 곳에서 쓸쓸히 죽기엔, 마교의 마도통합을 위한 창칼받이가 되어 죽기엔 너무 아까운 나이였다.

"자네?"

아마도 사랑을 바라보는 담우소의 태도가 마음에 걸렸으리라. 어느새 간단한 운기조식을 끝마치고 다가선 단연경의 표정은 복잡했다.

'딸의 죽음을 전해 듣고도 초연하군. 역시 마도의 거인이란 건가?'

단연경에게 시선을 돌린 담우소가 말했다.

"그는 거짓말을 하지 않았습니다. 따님은 무사로서 죽었습니다."

"그, 그렇군."

단연경은 일시 십 년쯤 더 늙은 듯 보였다. 이때만큼은 사랑하는 딸을 잃은 아비의 얼굴이 되어 있었다. 하지만 그런 변화는 곧 격렬히 일어난 패기 앞에 모습을 감췄다.

"담우소라 했던가?"

"그렇습니다. 과거 제자 분들에게 몇 가지 도움을 받았지요."

단연경이 고개를 가로저었다.

"이젠 본좌가 자네에게 큰 빚을 진 셈일세. 과거 내 제자들이 자네를 도왔던 건 어디까지나 신교에 대한 충성심을 보이기 위함이었을 뿐이나 이번에 자네가 본 방과 날 도운 것은……."

"아직 끝나지 않았습니다."

단연경의 말을 끊은 담우소가 문득 말했다.

"내상은 어느 정도 치유되었습니까?"

단연경의 미간이 찌푸려졌다.

"고작 오 할 정도. 죽기를 각오한다면 육성이나 칠성까진 무공을 발휘할 수 있을 걸세."

"그 정도만으로도 도움은 될 겁니다. 앞장서시지요."

"자네!"

"일단 발을 들였으니 끝까지 갑니다."

단연경의 눈빛이 가늘게 떨렸다. 마도의 비정강호를 헤쳐 나온 그에게 있어 담우소와 같은 사람을 만난다는 건 보기 드문 일이었던 것이다.

"그럼 내 앞장섬세."

자식과 제자의 안위 때문에 마음이 다급했으리라. 두말 않고 신형을 뽑아 올린 단연경의 뒤를 좇는 담우소의 눈빛은 어느새 차갑게 가라앉아 있었다. 사랑의 죽음을 바라보던 연민도 단연경을 대하던 인간미도 더 이상 그에게선 찾아볼 수 없었다. 지금 그는 한 마리 굶주린 야수였다.

*   *   *

혈사방이 자리 잡은 곳은 험난한 촉로에서도 크게 떨어진 구룡승천지(九龍昇天地)였다. 아홉 개의 봉우리가 흡사 똬리를 튼 듯 비틀린 지형의 곳곳은 울창한 원시림으로 가득 차 있었다.

이런 천연적인 지형의 이점 덕에 혈사방은 사천과 호북 사이에서 그 성세를 유지할 수 있었으리라!

그런데 지금 구룡승천지로 이르는 길목 중 한 곳에서 처참한 도살극이 벌어지고 있었다.

도살하는 자는 나무와 나무 사이를 넘나들며 모습을 드러내는 흑의 복면인들이었고, 도살당하는 자는 이곳의 주인이라 할 수 있는 혈사방도들이었다.

독지진천남 단연경의 명을 받고 혈사방으로 향하던 혈사방도들은 곧 몇 차례나 되는 암습을 당했다.

암습 그 자체는 커다란 위협이 되지 않았지만 암습자들이 문제였다. 그들을 암습해 온 자들은 단연경으로 하여금 뒤에 남게 할 수밖에 없었던 흑의복면인들이었다.

방주인 단연경과는 크게 수준 차이가 있는 혈사방도들로선 암습에 대적할 도리가 없었다.

앞장섰던 단옥린과 금충이 애써 저항했지만 시간이 지날수록 사상자들이 늘어갔다.

반 시진도 되기 전에 삼십이나 됐던 인원 중 살아남은 자는 채 다섯을 넘지 못했다.

"허억! 헉!"

단옥린은 이미 진기를 조절할 수 없었다. 여력이 전혀 남아 있지 않았다. 거친 호흡을 참을 수 없을 정도로 그는 지쳐 있었다. 지금 당장이라도 쥐고 있는 독문병기 금사철편(金絲鐵鞭)을 놓아버리고 싶었다.

'하지만 나는 우두머리다!'

순간 단옥린은 수중의 금사철편을 기쾌하게 휘둘렀다. 일 장이 넘는 길이의 금사철편은 먼저 단옥린의 앞을 가로막더니, 금방 큰 반원을 그리며 좌우로 휘둘러졌다. 자신을 공격해 들어온 적을 일시 뒤로 물러서게 만든 후 좌우의 방도들을 구하려는 위위구조의 수법이었다.

하지만 이미 격전 중 몇 차례나 같은 수법을 본 탓일까. 금사철편의 위세에 밀려 뒤로 물러섰던 적이 언제 뒤로 물러섰냐는 듯 맹렬히 앞으로 달려들었다.

파앙!

적의 수장은 도착하기도 전에 바람 소리가 먼저 들렸다. 지금까지의 적들과는 전혀 다른 위력이 이번 일장에 담겼음을 보여주는 징후였다.

'금사철편을 회수하면 늦는다!'

단옥린의 금사철편은 아직도 커다란 원운동을 끝마치지 않은 상황이었다. 직선이 아니라 곡선 운동의 단점으로 회수 시간이 길었다. 그런 점을 가장 잘 알고 있는 사람은 단옥린 본인이었다.

파파팟!

순간적인 판단이었다. 아니, 그보단 무사의 본능에 충실한 행동이었다. 수중의 금사철편을 놓고 어깨를 움츠린 단옥린의 손가락 하나가 곧추세워졌다. 이미 지척까지 다가온 적의 수장 쪽이었다.

찌익!

부친인 단연경같이 십지를 몽땅 사용하긴커녕 제대로 된 독기마저 담겨 있지 않은 팔독수라지였다. 하지만 타점이란 작으면 작을수록 위력이 커지는 법이었다.

강맹하게 다가들던 장력의 궤적이 미묘하게 바뀌었다. 단옥린의 팔독수라지가 효과를 본 것이다. 그리고 그 틈을 단옥린은 놓치지 않았다.

휘익!

이미 준비했던 대로 허리를 움직여 장세를 귀밑머리 너머로 피해낸 단옥린의 몸이 적을 들이받았다. 단순한 철산고의 동작이나 이 순간 가장 효과적인 수법이었다.

지이잉!

적이 뒤로 물러서는 것을 느끼고서야 자신 역시 뒤로 물러선 단옥린의 신형이 잠시 휘청거렸다. 왼쪽 귀를 절반쯤 뜯어낸 적의 일장이 남긴 상흔은 단지 외형적인 면만이 아니었다.

단옥린의 왼쪽 고막은 이때 터져 핏물을 뿌리고 있었다.

철산고와 함께 박살나 축 늘어진 오른 어깨와 함께 처참한 모습이었다. 적의 한차례 공격을 막기 위해 단옥린이 치러야 했던 대가였다.

"…강하군."

단옥린은 이미 주변에 신경 쓰지 않고 있었다. 무인의 직감이랄까. 그는 자신의 앞을 가로막아 선 적이 주변의 다른 흑의복면인들과 다르다는 걸 알 수 있었다.

그러자 항거 불능의 상처를 입고도 꿋꿋한 단옥린에게 경이를 느낀 것이리라.

지금껏 단 한 마디 말도 없이 도살을 감행했던 흑의복면인이 입을 열었다.

"강한 건 바로 너다. 이곳에 이르는 동안 마령신단으로 단련된 마령인 다섯을 죽이고 내 일장을 막아냈으니."

묵직한 목소리였다. 자세히 보니, 가슴이 넓고 덩치가 큰 것이 사나이다운 풍채가 완연했다. 얼굴을 가린 복면이 무색하리만큼 당당한 기운을 그는 풍기고 있었다.

그를 노려보며 단옥린이 물었다.

"어째서 너쯤 되는 사내가 암습을 하는 것이냐? 얼굴을 가린 복면을 벗고 정정당당하게 나선다 해도 나쯤은 별 힘도 들이지 않고 죽일 수 있을 텐데."

흑의복면인이 대답했다.

"널 죽이는 것만이 명령의 전부는 아니다. 사실 지금 이렇게 노닥거리는 것도 심하게 명령을 어긴 셈이라 할 수 있지."

"그런가?"

단옥린은 입가에 흐릿한 미소를 담았다. 이유는 알 수 없지만 얼마전 만난 마경화를 그는 떠올렸다.

'언젠가 혈사방에 들른다 했는데, 아무래도 난 그녀를 다시 볼 수 없을 것 같구나. 약속은 지켜야만 하는 것인데……'

그는 어느새 온전한 왼손에 팔독수라지를 극한까지 모으고 있었다. 눈앞의 흑의복면인이 달려드는 순간 발출하고 땅에 떨어진 금사철편을 회수할 생각이었다.

이미 한차례 맛을 본 흑의복면인이 이번에도 당해줄지는 미지수였지만, 그것이 지금 그가 할 수 있는 최선의 방법이었다. 가문의 절기인 팔독수라지에 생사를 건 것이다.

그런데 그때였다. 마치 단옥린의 의지를 읽은 듯 천천히 수장을 들어 올리던 흑의복면인이 느닷없이 옆으로 이동했다. 처음, 커다란 덩치에 어울리는 묵직한 일 보를 떼었던 그의 신형은 곧 눈에 보이지 않을 정도로 빨라졌다.

스파팍!

땅이 비명을 질렀다. 덩어리라 할 정도의 신형을 바람처럼 뒤로 빼내는 흑의복면인 때문이었다.

그만큼 흑의복면인이 이동할 때마다 땅은 심한 상흔을 드러냈다. 그의 신법이 힘을 바탕으로 한 것임을 알 수 있는 대목이었다.

하지만 이때 단옥린은 전혀 땅의 울부짖음에 귀를 기울이고 있지 않았다. 그의 시선은 거의 귀영이라 할 만한 그림자를 쫓고 있었다. 흑의복면인이 느닷없이 신형을 뒤로 빼낸 이유란 귀영의 등장밖엔 없으리란 판단이었다.

'저게 무슨?'

단옥린은 눈앞이 어지러운 걸 느꼈다. 그만큼 흑의복면인과 귀영의 움직임은 빨랐다. 피하는 자와 공격하는 자로 나뉘었지만 두 사람의 움직임은 눈으로 따라잡기로도 버거울 정도였다. 단옥린의 입이 자신도 모르게 벌어졌다.

그때 처음 흑의복면인을 뒤로 물러서게 만들었던 귀영이 흑의복면인의 품으로 파고들었다. 아니, 파고든 것처럼 보였다.

쾅!

단옥린은 최후의 순간을 보지 못했다. 귀영이 어떻게 흑의복면인을 제압했는지 확인하지 못한 것이다.

하지만 그 짧은 순간 강렬한 폭음과 함께 흑의복면인은 하늘로 날아올랐다 처참히 땅바닥으로 떨어졌다. 순식간에 벌어진 일이었다.

"애송이 녀석이!"

"……."

단옥린은 그제야 귀영의 정체를 파악할 수 있었다. 얼마 전 보였던 압도적인 모습을 떠올릴 수 없을 정도로 비참히 땅바닥에 쓰러진 흑의복면인의 앞에 귀영은 멈춰 서 있었다.

나직한 투덜거림과 함께 뒤돌아보는 귀영은 적발에 장대한 체격을 한 외팔이였다. 그의 왼손이 있어야 할 부분은 소맷자락만이 바람에 흔들리고 있었다.

흘깃 단옥린 쪽을 바라본 귀영이 말했다.

"꼬맹아, 운이 좋구나."

"무슨?"

"잘린 게 아니라 부서진 거니까, 고치는 건 어렵지 않다."

"아!"

단옥린은 자신도 모르게 축 늘어진 오른 어깨를 바라봤다. 평생의 대적이 쓰러진 모습을 본 탓인지 강렬한 통증이 밀려왔다. 단순한 골절은 아닐 터였다.

'하지만 지금 중요한 건 그런 게 아닐 테지.'

신중한 표정으로 금사철편을 집어 든 단옥린은 주변을 둘러봤다. 이미 예상했던 대로 혈사방도들을 공격하던 흑의복면인들은 한 명도 보이지 않았다. 눈앞의 귀영에게 죽임을 당하거나 도망친 게 분명했다.

얼른 귀영에게 단옥린이 허리를 숙여 보였다.

"혈사방의 혈주 단옥린이 선배님의 도움에 감사드립니다. 선배님께서는 혹시 천하에 명성이 자자한 신교의 오산인이신 천리종횡님이 아니십니까?"

"어?"

귀영은 잠시 놀란 표정을 해 보이더니 매서운 눈빛으로 단옥린을 쏘아봤다.

"자네가 날 어찌 알지?"

'역시!'

무거운 돌 하나가 단옥린의 가슴에 내려앉았다. 그러나 그는 조금도 굴함이 없이 허리를 펴고 대답했다.

"세상에 어떤 고수가 있어 천리종횡 선배님과 같이 놀라운 신법을 펼칠 수 있겠습니까? 아무리 격전 중이었다곤 하나 종적조차 느낄 새도 없이 본 방을 습격한 흑의복면인들을 처리하신 솜씨를 보고 짐작했을 뿐입니다."

"그뿐?"

"가친께 천리종횡 선배님은 불타는 듯한 적발에 건장한 체구를 하셨다고 들었습니다."

"그렇군. 그래."

그제야 천리종횡 최고봉은 안색을 풀었다. 안색을 풀었다 해도 살벌한 기운이 가신 것은 아니었으나 단옥린은 답답하던 가슴이 조금쯤 풀어지는 걸 느꼈다.

'이런 것이 바로 절정고수들이나 발휘할 수 있다는 무형지기겠지? 하지만 그저 감정의 변화만으로 날 위압할 정도라니, 정말 신교의 오산인은 명불허전이로구나.'

내심 고개를 끄떡인 단옥린의 표정이 조심스레 물었다.

"그런데 선배님께는 죄송합니다만, 후배가 한 가지만 여쭤도 되겠습니까?"

최고봉의 눈에 괴악한 빛이 떠올랐다.

"뭘 묻겠다는 거지?"

단옥린의 안색이 굳어졌다.

"혈사방을 공격한 무리들은 마령신단을 복용한 마령인과 그들을 조종하는 몇몇 고수들이었습니다. 후배가 알기로 마령신단은 신교에서도 극소수의 기재들만이 복용할 수 있는 것인데, 저들은 어째서 본 방을 공격한 것입니까?"

어느새 단옥린의 뒤로는 금충을 비롯한 살아남은 혈사방도 다섯이 다가서 있었다. 사로(死路)를 헤쳐 나온 자들답게 혈사방에서 데려 나온 무사들 중 가장 강한 자들이었다.

그러나 최고봉은 절대의 고수다웠다. 금충이나 혈사방도들 따윈 일별도 주지 않고 단옥린에게 퉁명스런 코웃음을 던졌다.

"흥! 너희 같은 어린 아해들이 모이면 노부가 벌벌 떨기라도 할 줄 알았더냐? 물에 빠진 녀석을 꺼내줬더니, 보따리 내놓으라는 격이로구나."

"설마 그럴 리야 있겠습니까? 후배는 단지……."

"단지 노부와 혈사방을 공격한 마령인들 간의 관계를 알고 싶을 뿐이라는 것이냐?"

대답 대신 단옥린은 다시 고개를 숙여 보였다. 그리고 뒤로 눈길을 던지며 차갑게 명령 내렸다.

"너희는 뒤로 물러서 있어라!"

"그렇지만 대사형!"

금충이 나서자 단옥린의 목소리는 더욱 차가워졌다.

"감히 불복하는 것이냐?"

"어찌 감히!"

금충은 혈사방도들과 곧 뒤로 물러섰다. 방주인 단연경이 없는 상황에선 단옥린이 방주 대행이나 다름없었기 때문이다.

그 모습을 냉랭한 표정으로 지켜본 최고봉이 말했다.

"과연 혈사방의 방규는 엄격하구나. 마령인들의 암습을 뚫고 이곳까지 도망 온 게 운만은 아니었어."

"아닙니다. 천리종횡 선배님께서 마침 나타나 주시지 않았다면 저희들은 얼마 못 버티고 전멸했을 겁니다. 그리고 저희의 활로를 가친께서 친히 열고 뒤에 남아주셨기 때문에……."

"뭐? 독지진천남이 뒤에 남았다고?"

"그렇습니다. 가친께서는 혈사방에서 구원 병력을 이끌고 오라는 명을 내리셨습니다. 그래서……."

쫘악!

"이런 불효막심한 녀석!"

자신이 휘두른 수장을 맞고 얼굴이 돌아간 단옥린에게 불호령을 내린 최고봉이 혈기 어린 표정으로 외쳤다.

"방향을 대라!"

"방향은……."

단옥린의 입에서 핏물이 주르륵 흘러내렸다. 적어도 이빨 한두 개는 부러졌음이 분명했다. 그러자 뒤로 물러서 있던 금충이 앞으로 나서며 고하듯 말했다.

"동남쪽으로 오백 장쯤 떨어진 곳입니다."

"동남쪽?"

"예!"

일순 당장이라도 신형을 날리려던 최고봉의 표정이 괴이하게 변했다. 미간을 잔뜩 모아 보인 그가 확인하듯 단옥린을 바라봤다.

"동남쪽이 확실하냐?"

입술을 닦은 단옥린이 대답했다.

"맞습니다만?"

"으음, 동남쪽이라면 노부가 방금 전에 훑고 지나온 곳인데, 분명 격전의 흔적은 군데군데 보였지만 독지진천남은 볼 수 없었거늘."

"그럼?"

그때였다. 두 사람의 의문을 풀어주려는 듯 두 개의 인영이 원시림을 헤치고 모습을 드러냈다. 주변을 돌며 마령인들은 주살하고, 두 명의 지휘자를 포획한 담우소와 단연경이었다. 그들은 벌써부터 근처에 도착해 있다 최고봉과 단옥린의 대화를 듣고 모습을 드러낸 것이다.

*   *   *

혈사방은 내외적으로 바쁜 시간을 보냈다. 녹접 단소소를 비롯해 오십 명이나 되는 방 내 무사들의 장례식이 조촐하게 치러졌고, 사로잡은 적들에 대한 취조가 이루어졌다.

그 결과 혈사방의 안팎은 지금 지독한 침묵 속에 잠겨 있었다. 이번 사태의 배후가 광명신교이고 명존임이 명명백백해진 때문이었다.

지금 혈사방의 대전인 마웅전(魔雄殿)에는 방주인 단연경과 최고봉, 담우소 등 수뇌부와 주빈이 모여 한 사람의 말에 귀 기울이고 있었다. 벌써 한 식경째 보고를 올리고 있는 자는 혈사방 제일의 고문술사이자 형당(刑堂)의 당주인 육지혈인(六指血印)이었다.

"…그 외 사로잡힌 자들 중 입을 연 통칭 이랑(二狼), 자칭 사마관(司馬寬)이란 자는 광명신교의 오행기 중 열화기 출신으로 만마천에서 수학하던 중 마령신단을 복용한 걸로 밝혀졌습니다. 그는 본래 오행기 쪽에서 만마천에 잠입시킨 간자였는데, 마령신단을 복용한 후 마령인을 이끄는 특공대에 편입된 걸 대단히 불쾌하게 생각하고 있었습니다. 본래가 기마 군단 출신인지라 이런 살수 쪽 일은 적성에 맞지 않는다는 것이지요."

"그 밖에는?"

단연경의 표정이 신통찮게 변하자 육지혈인이 얼른 다른 사항을 끄집어냈다.

"그들이 맡은 주 임무는 방주님을 비롯해 혈사방의 수뇌부들을 암살하고, 호북성으로 가는 담우소, 담 영웅을 주살하는 것이었습니다. 동원된 병력은 마령인 사십에 지휘를 맡은 사 인인데, 마령인 전원과 두명의 지휘자는 지난번 격전 시 사망했고, 붙잡힌 두 명 중 한 명은 고문 중 사망, 현재 살아남은 자는 이랑 사마관 한 명뿐입니다. 그가 말하길 자신이 입을 연 건 혼자만 살아남았기 때문이라고 했습니다."

문득 담우소가 고개를 끄떡였다.

"그건 확실히 일리있는 말이군. 죽은 자는 말이 없는 법이니까. 하지만 그자의 말을 모두 믿기엔 문제가 있을 듯한데……."

"문제라면 무슨?"

"뭐가 문제란 거냐!"

단연경과 최고봉을 비롯한 주변의 시선이 자신에게로 쏠리자 담우소는 다져 놓은 고깃덩이와 같은 얼굴을 하고 있는 육지혈인에게 질문을 던졌다.

"그는 동료의 죽음을 슬퍼하던가?"

육지혈인의 얼굴에 가벼운 경련이 일어났다.

"그걸 어찌?"

담우소가 뒤통수를 긁적였다.

"아아, 나는 과거 그 녀석들과 조금 인연이 있었거든. 녀석들의 성격은 대충 파악하고 있지. 동료들 얘기를 하는 동안 조금이라도 슬픔의 빛을 보였다면, 녀석은 사마관일는지는 모르겠지만 이랑은 아닐 거야.

이랑이란 녀석은 내가 알기로 상당한 덩치인데다 성격이 화강암 같아서 동료의 죽음 따위에 감정을 드러낼 녀석이 아니거든."

"그렇다면?"

"사랑은 내가 죽은 걸 확인했고 오랑은 오 척 단구다. 그러니 녀석은 이랑과 체격 조건이 가장 흡사한 육랑(六狼)임이 분명해. 내가 그 녀석을 봤을 때는 고목처럼 키만 컸지만, 그동안 몸집을 불린다는 건 그리 어렵지 않았을 테니까."

잠시 염두를 굴린 후 담우소가 육지혈인에게 질문했다.

"그 녀석이 혹시 혈사방의 수뇌부가 전멸한 후 오행기 중 열화기가 공격해 들어올 거라 했나?"

"그, 그걸 어떻게?"

대경하는 육지혈인을 바라보며 담우소는 미간을 찡그렸다. 이제는 대충 육랑 사마관이 어째서 입을 열어 기밀 사항을 털어놨는지 알 수 있었던 것이다.

'녀석이 익힌 게 필시 고목기공이란 괴공이었지?'

과거 담우소는 만마천 최후 시험에서 육랑과 대결하게 되어 있었다. 그 당시 조사했던 사항을 어렵지 않게 기억해 낸 담우소의 시선이 단연경을 향했다.

"방주, 혈사방에 화약이나 기름이 얼마나 있지요?"

단연경이 난감한 표정을 지었다.

"관부에서 엄격히 관리하는 화약을 일개 방파에서 어떻게 가지고 있을 수 있겠는가? 다만 기름은 상당량 있을 테지만. 자네는 무슨 생각을 하는 것이지?"

그새 생각을 정리한 담우소가 대답했다.

"신교의 오행기 중 주력인 열화기는 현재 사천에서 정파의 대문파들과 격전을 벌이고 있는 중입니다. 쉽사리 이곳까지 올 수 없지요. 그러니 혈사방을 친다면 오행기 중 다른 병력일 겁니다."

"화약과 기름이라면… 귀신같은 목령기(木靈旗)가 온다는 것이냐?"

중간에 끼어든 최고봉의 표정은 심각했다. 이곳에 모인 사람들 중 그만큼 광명신교에 대해 잘 아는 사람은 없었다. 그리고 그가 알기로 광명신교 전력의 오 할이라 해도 과언이 아닌 오행기 중 현 상황에서 가장 상대하기 힘든 건 행사가 괴이독랄한 목령기였다. 그들이 혈사방을 친다면 주변이 온통 원시림으로 뒤덮인 지형을 생각할 때 악몽과도 같은 일이 될 터였다.

최고봉의 표정만으로 목령기의 위력을 직감한 것이리라. 담우소의 표정이 조심스러워졌다.

"목령기가 그렇게 대단합니까?"

"무공이나 세력으로선 그다지 대단한 놈들은 아니다. 강력한 기마 군단인 열화기나 하나하나 일류검사고 도객들인 금혼기(金魂旗), 수중전의 귀재들인 수룡기(水龍旗), 특수 파괴 작전과 침투에 있어 일류들인 토행기(土行旗)에 비하면 허접한 잡배들이라고 해도 과언이 아닐 거야. 하지만 이렇게 원시림으로 둘러싸인 지형에서라면 목령기는 천하무적이라 해도 과언이 아니다. 녀석들이 익히고 있는 고목기공이란 건 나무가 많을수록 위력을 발휘하는 데다, 주변의 나무들을 제멋대로 이용할 수도 있으니까."

"과연!"

"확실히 혈사방이 위치한 지형에서라면……."

단연경과 육지혈인은 동시에 침중한 표정이 됐다. 그동안 혈사방을 외적으로부터 보호해 줬던 원시림이 이젠 최고의 적으로 돌변한 셈이었기 때문이다.

그때 담우소가 시큰둥한 표정으로 말했다.

"고작 그거뿐이오?"

"뭐?"

"목령기의 무서움이란 게 고작 그거뿐이냐고 묻는 거요."

일순 최고봉의 표정이 험악하게 변했다. 그 역시 그동안 담우소의 무공이 비약적인 발전을 이뤘음은 알지만, 이런 건방진 태도는 용납할 수 없는 것이다.

"자신이 지나치구나."

"별로."

고개를 저어 보인 담우소가 말했다.

"최 노야가 알다시피 난 오행지기를 다룰 줄 압니다. 만약 목령기가 그 정도의 힘밖에 내세울 게 없다면, 오행지기 전부를 다룰 수 있는 내게 상대가 될 리 없단 말이오. 지금부터 혈사방이 내 명령을 잘 따라준다는 전제가 필요하겠지만."

"그건……."

"왜? 날 믿을 수 없는 것이오?"

차갑게 최고봉을 쏘아본 후 육지혈인에게 시선을 돌린 담우소가 말했다.

"그래서 자칭 사마관이란 녀석은 지금 어디에 처박혀 있는 겁니까?"

끼이익!

강철이 덧대어져 만들어진 문은 힘겨운 신음과 함께 자신을 열어젖

했다. 죄인의 탈출을 우려해 창문 하나 없이 컴컴한 석실이 보였다. 혈사방에서도 죄질이 나쁜 자들이 갇히는 형옥이 모습을 드러낸 것이다.

지독한 어둠 중에 꿈틀거리는 움직임이 있었다. 문이 열리자 파고든 불빛이 만들어낸 자연스런 반응이었다. 오랫동안 어둠 속에 갇힌 사람에겐 본능밖에 남지 않는다.

꿈틀!

땅을 기어다니다 지친 구더기가 있다면 저런 모습일까?

느닷없이 쏟아져 들어온 불빛을 향해 기어오던 장신의 사내는 갑자기 동작을 멈췄다. 본능보다는 이성이 발동하기 시작한 것이다. 그런 사내를 바라보는 담우소의 시선은 냉혹할 정도로 차가웠다.

"내 얼굴을 알아보는군. 사마관?"

꿈틀!

이번의 반응은 좀 전과 또 달랐다. 의식적으로 빛을 피해 어둠 속으로 숨어들려던 움직임이 멈칫했다. 그에겐 사마관이란 이름이 특별한 것이리라.

"누, 누구?"

석실 안으로 한 발짝 들어서며 담우소가 말했다.

"난 담우소다."

"난, 난 사마관이다."

"네 이름이 사마관이든 장삼이사든 중요치 않다. 중요한 건 네가 이랑이 아니라 육랑이고, 목령기 출신이란 점이다."

"그, 그렇지가……."

"않다?"

"그렇다! 나는 사마관이고, 육랑이 아니라 이랑이다. 그리고 목령기

출신이 아니라 열화기의……."

"그게 뭐 그리 중요한데?"

"어?"

다시 한 걸음 석실 안으로 들어선 담우소의 발이 사마관의 얼굴을 걷어찼다. 그리곤 오행금기를 수장에 집중시켰다.

파아앗!

담우소의 지뢰오행경은 이미 형체 따윈 관계없이 오행지기를 운용할 수 있는 단계에 올라 있었다. 그런데 이때 그의 수장에는 과거와 같이 강렬한 백광이 번뜩이고 있었다.

순식간에 한 자루의 날카로운 백인(白刃) 모양이 된 오행금기를 사마관의 얼굴에 들이대며 담우소가 차갑게 웃었다.

"금극목(金克木)이라 했던가? 네가 열화기라면 화극금(火克金)이니 내 백색 도기를 두려워할 필요가 없겠지?"

파슷!

담우소의 백색 도기에 뺨을 베인 사마관의 안색이 시커멓게 죽었다. 일시 청록색으로 변색됐던 피부가 순식간에 황토색으로 말라비틀어져 가고 있었다.

말 그대로 금극목이 되어버린 것이다.

그러나 눈을 지그시 감은 사마관에게선 더 이상 한마디 말도 흘러나오지 않았다. 육지혈인이 했던 말과는 정반대의 모습이었다.

뒤에 서서 대기하고 있던 육지혈인의 안색이 썩은 간처럼 변했다.

"왜, 왜 말을 않는 것이냐!"

"……."

"이놈! 사마관!"

담우소는 육지혈인에게 조용히 손을 들어 보였다. 입을 다물라는 뜻이었다. 육지혈인이 그렇게 하자 담우소는 수중에 모았던 오행금기를 흩어버렸다. 이미 그는 이곳에 온 소기의 목적을 달성한 것이다.

담우소가 자신을 풀어주자 사마관이 눈을 떴다. 벌써 자신에게서 등을 돌린 담우소를 바라보던 그가 조용히 말했다.

"날 죽이고 가시오."

담우소는 고개를 흔들었다. 그리고 말했다.

"너는 아직 어리다. 아직 죽을 때는 아니야."

"큭!"

사마관의 입에서 조소가 터져 나왔다. 그는 갈라진 목소리로 말했다.

"마령신단을 복용한 사람의 평균 수명이 몇 년인지 아시오? 일 년이야, 일 년. 난 벌써 육개월이 지났어. 그래도 다른 녀석들보단 오랫동안 살아남았지만, 당신이 이미 이번 작전을 눈치 챘으니 더 살아남을 이유가 없어졌어."

"……."

"난 위대한 신교의 제자로서 순교하는 거야!"

담우소는 뒤돌아서지 않았다. 잠시 멈췄던 발길을 그는 무겁게 뗐다. 그의 뒤로 입에서 끈적한 핏물을 뱉으며 쓰러진 사마관의 모습이 보였다. 그는 자신이 공언했던 대로 한 줌밖엔 남지 않은 진기를 이용해 심맥을 끊어버린 것이다.

*   *   *

목령기는 새벽이 되기 전 쳐들어왔다. 벌써부터 촉로의 수천 년 된 원시림에 숨어 있었던 듯 그들의 이동은 쾌속했다. 혈사방이 위치한 구룡승천지로 이르는 길목 곳곳에 설치된 경계 초소를 그들은 쉽사리 파괴했다.

모든 새벽이 그렇듯 경계 무사들의 경계심이 가장 느슨해진 때를 틈 타 그들은 끈적끈적하면서도 주도면밀하게 공격해 들어왔다. 혈사방 의 저항은 이미 그들의 손에 떨어진 것처럼 무기력하기만 했다.

그런데 일이 꼬이기 시작했다. 목령기가 귀신이 움직이듯 나무 사이 를 가르며 구룡승천지에 도착했을 때부터였다. 혈사방의 본궁을 눈앞 에 두고 십로로 찢어진 그들을 오히려 습격하는 자들이 있었다.

그들은 하나같이 무공이 고강할 뿐더러 목령기에 속한 자들로선 도 저히 상대할 수 없는 금기의 무공을 사용하고 있었다. 목령기로선 악 몽을 만난 셈이었다.

비명은 끝이 없었다. 십로로 나뉘어진 목령기는 악귀와도 같은 암습 에 쫓기고 쫓겨 아침 무렵에야 혈사방의 본궁에 모였다. 그들이 목표 로 했던 곳에 가장 비참한 꼴이 되어 모인 것이다. 그리고 악몽은 그 순간 절정을 이뤘다.

"불?"

"불이다!"

"사방이 다 불이야!"

그랬다. 목령기가 모여든 혈사방의 본궁은 그 순간 불길에 휘감기고 있었다. 백 명이 넘는 목령기의 일군을 멸살하기 위해 담우소는 화공 을 선택한 것이다.

목령기는 이리 뛰고 저리 뛰었다. 불만큼 목령기에 속한 자들에게 두려움을 주는 게 또 있으랴. 그들은 살아남기 위해 최선을 다했다. 오직 살아남는 것만이 그들이 바라는 일이었다.

"하지만 이 정도의 불길 속에서 그럴 순 없겠지. 아니, 그래선 안 될 테지. 녀석들도, 녀석들도 살고 싶었다."

불길에 휩싸인 채 하나둘 쓰러져 가는 목령기를 바라보며 담우소는 조용히 눈을 감았다. 그의 곁으로 밤새 뛰어다닌 최고봉과 단연경 이하 혈사방의 오대당주들이 다가들고 있었으나 지금은 신경 쓰고 싶지 않았다.

제91장 천하제일의 그림자

"이번에 토벌된 건 목령기의 일군(一軍)에 불과하다."

"일군?"

"그렇다. 오행기는 한 기당 십 군씩으로 편성되어 있으니, 이번에 움직인 것도 목령기의 십 군 중 일 개 군인 게야."

"흐음."

담우소는 미간을 가볍게 찌푸렸다. 정보를 먼저 얻은 덕분에 손쉽게 처리했다 싶었는데, 아직도 열 배나 되는 적이 남았다고 생각하니 암담한 기분이었다.

그때 불타 버린 본궁의 잔해를 치우는 작업을 단옥린에게 맡기고 단연경이 다가왔다. 그는 최고봉을 한번 일별하곤 담우소에게 정중히 포권지례를 해 보였다.

"담 공자, 이 단 모와 혈사방이 이번에 자네에게 큰 신세를 졌네. 이

은혜를 어떻게 갚아야 할지 짐작조차 할 수 없구면."

담우소는 굳이 사양하지 않았다. 그가 생각하기에도 자신이 혈사방에 준 도움은 적은 것이 아니었다. 이런 상황에서 겸양을 보이는 건 정파의 협객들이나 할 짓이니 담우소에게 바랄 바는 못 될 터였다.

'그러나 노인네한테 이깟 인사 한번 받았다고 계속 이곳에 발목이 잡힐 순 없다. 나는 한시라도 빨리 무당산의 청우 선인께 가야 하니까.'

단연경이 포권을 풀기를 기다려 담우소가 말했다.

"날이 밝는 대로 전 떠나겠습니다."

"떠나?"

"아무리 이번에 전멸한 게 목령기의 일군에 불과하다지만, 이 정도 타격을 받고 쉽사리 혈사방을 다시 공격해 들어올 순 없을 겁니다."

완강한 마음의 표현이었다. 담우소의 얼굴에서 고집스런 표정을 본 단연경은 말없이 고개를 끄떡였다. 앞으로 광명신교와 전쟁을 치러야 하는 상황에서 담우소 정도의 전력이 아쉽긴 하나 자신이 붙잡는다고 붙잡을 수 있는 사람이 아니란 판단이었다.

그때 곁에서 심통맞은 표정을 짓고 있던 최고봉이 헛기침을 몇 차례 터뜨렸다.

"커험! 험!"

단연경이 눈살을 찌푸렸다.

"최가야, 할 말이 있으면 그냥 해라. 목에 사레들리겠구나. 너도 떠나려느냐?"

"캑!"

진짜 최고봉은 사레가 들려 몇 차례 기침을 더 했다. 그 모습을 지켜보던 담우소가 퉁명스레 말했다.

"최 노야는 또 어딜 가려는 겁니까? 단 방주님과 친분이 있으신 것 같은데, 이곳에 남아서 편히 노후나 즐기실 일이지."

최고봉이 담우소를 쏘아봤다.

"노부는 아직 노후를 즐기기엔 할 일이 많다. 노부는 지금부터 네놈을 따라갈 테다!"

"예?"

"왜? 어디 꿀단지라도 숨겨뒀냐? 노부가 쫓아간다니 질겁을 하고?"

담우소의 눈살이 절로 찌푸려졌다. 혈사방을 도와주는 데는 서로 간에 의견 일치가 이뤄졌다곤 하나 그동안 최고봉과 담우소는 그 이상 속마음을 털어놓은 일이 없었다. 서로 무언 중에 상대방을 인정했을 뿐 애써 신경을 쓰지 않은 것이다.

'그런데 느닷없이 이 적발노괴가 날 따라나서겠다니? 설마 하니 이 늙은이가 내 품속에 무명신공이 있는 걸 눈치 챈 건 아닐 테지?'

담우소의 눈초리가 단번에 의심의 기운을 품자 최고봉이 콧구멍에서 뜨거운 김을 뿜어냈다.

"거, 눈초리가 매우 불경하구나! 나는 따지자면 네 녀석의 사부나 다름없는 사람이다. 그런데 늙고 병든 사부가 제자에게 봉양 좀 받겠다는데, 이렇게 무정하게 굴려는 거냐?"

"사부? 늙고 병든?"

"아무렴!"

최고봉이 자신의 잘린 팔 쪽을 손가락으로 가리키자 담우소는 기가 막힌 심정이 되었다. 과거 최고봉이 자신에게 권각의 기본과 경공을 가르쳐 준 건 사실이나 서로 간에 사제의 연을 맺은 기억은 없었다. 아니, 아예 그런 기대를 품지 말라고 했던 사람은 다름 아닌 최고봉 본인이었다. 그런데 이제 와서 사제의 인연을 운운하니 화가 나려 했다.

'하지만 이런 곳에서 화를 내봤자 별무소용이겠지?'

담우소의 입가로 일그러진 미소가 떠올랐다.

"뭐, 정 그렇게까지 말한다면 따라와도 좋시다. 하지만 친우이신 혈사방주께서 섭섭하실 텐데, 그래도 상관없으시겠습니까?"

단연경이 얼른 고개를 가로젓고 나섰다.

"괜찮소이다, 괜찮아. 어차피 다 늙어 제자에게나 엉겨 붙으려는 염치없는 늙은이 따윈 우리 혈사방에서도 전혀 도움이 안 된다오."

"뭐야! 다 죽어가던 녀석을 살려줬더니 한다는 말 하고는!"

"네놈더러 살려달라고 한 적 없었다! 그리고 네 녀석이 언제 날 살려줬냐? 담 공자가 살려줬지!"

"제자의 공은 본래 사부가 가져가게 되어 있는 게다! 어딜 이제 와서 발뺌을 하려고 들어! 앞으로는 날 보면 형님이라 깍듯이 불러라!"

"그렇게는 못하겠다!"

"이 녀석이!"

서로 간에 서운한 심정과 겸연쩍은 심정이 있었으리라. 누가 더 목소리가 큰가를 내기하듯 소리 질러대기 시작한 두 사람을 뇌둔 채 담우소는 바쁘게 움직이고 있는 단옥린에게로 다가갔다. 떠나기 전 그에게 해둘 말이 있었던 것이다.

"담 대형?"

자신에게 다가서는 단옥린에게 한차례 고개를 끄떡여 보인 담우소가 말했다.

"이번에 혈사방이 입은 피해는 어느 정도지?"

단옥린의 표정이 가볍게 상기됐다.

"대략 백여 명 정도가 죽었습니다만, 고수 중 죽은 사람은 아무도 없습니다. 목령기의 일군을 전멸시킨 대가치고는 피해랄 것도 없지요."

"그렇군. 하지만 앞으로도 혈사방은 계속 싸워야 할 거야. 한번 시작한 이상 신교는 절대 포기하려 하지 않을 테니까."

"잘 알고 있습니다."

"그래서 말인데……."

담우소는 품속에서 곱게 접은 종이 뭉치를 꺼냈다. 밤새워 강문호 흉내를 내며 고생고생하여 적어놓은 몇 가지 방책들이었다.

"이건?"

"일단 받아둬."

대충 단옥린에게 종이 뭉치를 건네고 돌아서려던 담우소가 노파심으로 한마디 더 던졌다.

"나는 대충 명존이 앞으로 무얼 어떻게 할지 짐작할 수 있다. 그에게 몇 가지 배운 게 있으니까. 그러니 당분간 절대 복수 따윈 생각하지 말아라."

"……."

"힘이 없는 녀석이 복수를 한다고 설쳐 봤자 돌아오는 건 아무것도 없다."

그 말을 끝으로 담우소는 털레털레 걸어가기 시작했다. 혈사방과의 인연은 이것으로 끝났다고 생각한 것이다.

"담 대형, 보중하십시오!"

단옥린이 정중히 고개를 숙여 보이자 단연경과 여전히 목소리를 높이고 있던 최고봉이 담우소를 향해 버럭 소리를 질렀다.

"이놈아!"

담우소가 휘적거리며 손을 흔들어 보였다.

"최 노야는 계속 싸우시오, 나는 할 일이 있어 먼저 갈 테니."

"망할 녀석! 같이 가자!"

벌써 단연경과는 얘기가 끝난 것이리라. 담우소가 신형을 날리자 최고봉 역시 신형을 뽑아 올렸다. 애초부터 그가 목표로 했던 건 단연경의 혈사방이 아니라 담우소를 만나는 것이었음을 암시하듯.

보통 여인의 성품을 산속 날씨에 비유하곤 한다.

그만큼 산속의 날씨는 변화막측하다. 방금 전까지 청명한 가을의 하늘을 보여주던 촉로는 언젠가부터 잔뜩 찌푸린 먹구름으로 뒤덮여 있었다.

촉로 자체가 하늘로 오르는 길이라 불리니, 길을 재촉하는 동안 구름은 이미 지척까지 다가와 있었다. 그 지척까지 다가온 구름이 먹물을 튀긴 듯 변했으니, 보통 일이 아니었다.

"뛰는 게 좋겠습니다."

담우소는 벌써 느긋하던 걸음을 빨리하고 있었다. 대충 산봉 대여섯 개를 넘은 후부터 느려지기 시작한 경신술을 다시 발휘하기로 마음먹은 것이다.

그 순간 얼굴에 힘겨운 표정이 완연하던 최고봉의 안색이 와락 일그러졌다.

"또 달리려는 거냐?"

담우소의 응대는 시큰둥했다.

"곧 비가 떨어질 거유. 달리기 싫으면 뒤에 남던가."

"이런 썅!"

벌써 흐릿해지기 시작한 담우소의 뒷모습에 욕설을 터뜨린 최고봉이 역시 신형을 날리기 시작했다. 촉로가 거의 끝나 이젠 호북성에 들어섰다고 봐도 무방한 이곳까지 오는 동안 일상화된 모습이었다.

후드득!

과연 담우소의 말은 여태까지와 마찬가지로 틀리지 않았다. 두 명의 노소가 바람처럼 달리기 시작한 지 얼마 되지 않아 굵직한 빗방울이 떨어지기 시작했다. 요 근래 촉로행 중 겪었던 경험을 토대로 예상해 보면 곧 뇌성벽력도 사방으로 떨어져 내릴 터였다.

"급하다, 급해!"

말과 달리 담우소는 침착했다. 그는 몇 군데 산등성이를 지나치다 천연적으로 움푹 팬 지형을 발견했다. 산등성이에 형성된 지형인지라 비를 피하기엔 제격이었다.

담우소가 얼른 그쪽으로 신형을 날리자 곧 최고봉이 따라 들어왔다. 머리 위에 굳건히 버티고 있는 암반을 몇 차례 매만져 본 담우소가 고개를 끄떡이자 최고봉이 심퉁맞은 표정으로 물었다.

"뭐 하는 짓이냐?"

암반에서 손을 뗀 담우소가 돌벽에 등을 기대며 대답했다.

"비를 피하려다 산사태에 깔려 죽고 싶진 않수다."

"산사태? 흠, 딴은 그렇군."

슬쩍 머리 위의 암반을 매만져 본 최고봉이 그제야 수긍한 듯 고개를 끄떡였다.

그런 최고봉을 슬쩍 곁눈질하며 담우소가 퉁명스레 물었다.

"뭐 하러 날 따라온 겁니까?"

최고봉이 담우소 옆에 등을 기대며 코웃음 쳤다.

"흥, 빨리도 물어본다. 지금까지 궁금해서 어떻게 참았누?"

"그야 최 노야가 말하고 싶어 입이 근질근질했던 것에 비하겠습니까?"

"내가 어째서 말하고 싶어 입이 근질근질하냐? 난 이대로 네놈을 따라 무당산에 도착한다 해도 전혀 아쉬울 게 없다."

움찔!

담우소의 표정이 가볍게 변했다. 딱히 변한 점을 꼬집어 말하긴 애매하나 최고봉은 확실하게 그의 표정이 변했다고 느꼈다. 자신도 모르게 몸이 반응을 보이는 걸 느낀 최고봉이 내심 쓰게 웃었다.

'녀석, 벌써 무형지기를 내뿜을 정도가 된 것인가? 그 깡만 그나마 봐줄 만하던 어린 녀석이……'

그때 담우소가 말했다.

"엄 소저가 최 노야한테도 찾아간 겁니까?"

최고봉의 미간이 가볍게 찌푸려졌다.

"엄 소저?"

담우소의 신형이 자연스레 옆으로 이동했다. 별로 넓지 않은 공간이나 최고봉과의 거리를 조금이나마 벌리려는 의도였다. 만약 이때 최고봉이 조금이라도 움직임을 보였다면 바로 격전이 벌어졌으리라.

그러나 최고봉은 미동조차 하지 않았다. 담우소가 뿜어내기 시작한 살기에 가까운 무형지기도 그를 경동시키진 못하는 듯했다.

그런 최고봉의 모습에 담우소 역시 살기를 조금 누그러뜨렸다.

"그렇다면 설마 광명소주인 게요?"

최고봉이 말없이 고개를 끄떡였다. 그리고 자신의 잘린 팔 쪽을 가리키며 말했다.

"내 팔을 자른 사람이 누구 같으냐?"

"광명우사요?"

최고봉은 고개를 가로저었다. 그는 쓰게 웃더니 말했다.

"확실히 나 혼자였으면 그 충천마검 여만경이 손에 죽었을 것이다. 그 녀석은 좌사인 고엽풍이 신교를 지키느라 골머리를 앓는 동안 오직 무공 수련에만 힘썼으니까. 하지만 나는 예전에 고엽풍 녀석과 손속을 겨뤄본 일이 있어 여만경 녀석을 이길 수 없다는 걸 알고 있었다. 그래서 곤륜노괴 녀석을 꼬셔서 데려갔으니, 여만경 따위에게 팔을 잘릴 까닭이 없질 않겠느냐?"

'설마!'

"내 팔을 자른 건 명존이었다. 여만경을 죽이려는 순간, 나타난 그분께선 곤륜노괴를 일장에 때려죽이고 내 팔을 자르시더구나. 나는 쥐새끼처럼 겁에 질려 반항은커녕 반 마디 말도 하지 못했다. 그야말로 오줌을 지릴 지경이었지."

마치 눈앞에 명존이 있는 듯 최고봉은 노안을 가볍게 떨었다. 천하에 거칠 것 없이 살아왔던 절대고수답지 않은 모습이었다.

그러나 담우소는 그런 최고봉을 비웃을 수 없었다. 그는 지난 일 년 동안 광명정 안의 신정에서 누구보다 처절히 명존의 공포를 맛봤기 때문이다.

부르르!

과거의 기억에 놀라 자신도 모르게 어깨를 떠는 담우소에게 최고봉이 자조 어린 표정으로 말했다.

"네 녀석의 말대로였다. 명존은 과거보다 훨씬 무서워졌다. 귀신이 되었어. 그는 핏물 속에 쓰러진 여만경을 안아 들며 귀신같이 말했다. 나보다는 여만경 쪽이 쓸모가 있다고."

"……."

"신교에 충성하던 오산인 셋을 죽이고 명존의 후계자에게 반기를 들었던 녀석인데, 명존은 단지 쓸모있다는 이유만으로 내 팔을 자르고 녀석을 선택한 것이다. 허허허!"

최고봉의 웃음 속에는 비통함이 섞여 있었다. 믿고 있었던 것에 대한 배신감, 믿고 싶었던 것에 대한 좌절감이 그의 웃음 속에 응어리져 담겨 있었다.

'그만한 일을 겪고 보면 평생을 마도에서 보낸 늙은이라도 상처받는 게 당연한 것인가?'

잠시 동안 담우소는 최고봉에게 시간을 주었다. 그 정도 되는 인물이면 곧 격앙된 마음을 진정시킬 수 있다는 판단이었다.

과연 잠시 후 비통함으로 가득 찬 대소를 멈춘 최고봉이 침묵하는 담우소를 차갑게 쏘아봤다.

"그러나 단지 그 이유 때문에 내가 신교를 배반할 생각을 품게 된 건 아니다. 아니, 나는 신교를 배반하려는 게 아니라 오히려 지키기 위함이다. 제정신을 잃고 천하를 핏구덩이 속으로 몰아넣으려는 명존을 누군가 막아야만 하니까."

"제정신을 잃었다……."

"그래, 명존은 제정신을 잃었다. 그렇지 않고서야 어찌 충신들을 모두 죽이고 자신의 하나밖에 없는 후계자에게 정신 금제를 걸었겠느냐. 명존은 단순히 권력욕에 사로잡힌 게 아니라 피를 갈구하는 마왕이 된 것이다."

최고봉의 말속엔 한 점의 망설임도 보이지 않았다. 모든 것이 명확했다. 엄소옥에게 담우소가 설득됐듯 그 역시 엄정하에게 설복당한 게 분명했다.

'하지만 그는 어떻게 명존의 손에서 살아난 거지? 그는 분명 화심인을 받았는데. 그리고 화심인을 받은 자를 명존은 또 어째서 죽이려 했고?'

담우소의 마음을 읽은 것일까? 최고봉이 이마를 가리고 있던 적발을 들어 올렸다.

"아!"

담우소는 신음을 참을 수 없었다. 때마침 하늘을 가르며 시퍼런 뇌전이 번쩍였다. 뇌전이 만들어놓은 광채 속에 드러난 최고봉의 인당혈(印堂穴) 부근엔 검붉은 상흔이 완연했다.

"…불로 지진 겁니까?"

한참 만에 입을 연 담우소에게 최고봉이 씨익 웃어 보였다.

"열화기는 됐다 뭐 하겠느냐. 진작부터 무명신공의 도형을 참오한 끝에 화심인이 상단전(上丹田)을 통해 반응을 보인다는 걸 깨달았지만, 시행을 망설이고 있다만 결국 독한 맘을 먹고 인당혈을 폐쇄했다."

"그렇지만 인당혈을 폐쇄한다는 건……."

"무인으로선 더 이상 미래가 없다는 뜻이지. 하지만 어쩌겠느냐, 형제들의 원수에게 머리를 숙일 수도 없고, 이대로 참고 지낼 수도 없는 성질머리니."

"그렇구려. 확실히……."

담우소는 뭐라 더 말하려다 그만뒀다. 그는 문득 시선을 비 오는 하늘로 돌렸다. 눈물이 나오려는 걸 참기 위해서였다. 지금껏 마경화를 비롯한 몇몇의 죽음만을 생각했던 자신이 바보같이 생각됐다.

'명존을 막지 못한다면 앞으로 얼마나 많은 죽음이 늘어날 것인가?'

쏴아아!

방금 전의 뇌성벽력이 촉발제가 된 듯 빗방울은 굵어지다 못해 뭉텅이로 쏟아지기 시작했다. 보기에도 듣기에도 훌륭한 폭우가 된 것이다.

한참을 말이 없던 담우소가 만약 이런 곳을 빨리 찾지 못했다면 난감할 뻔했다고 중얼대자 최고봉이 옆에서 '그래, 모든 게 네놈 덕이다!'라 투덜댔다.

물론 담우소는 '당연하죠!'라 말하며 어깨를 으쓱해 보였고, 빗소리를 제외하면 모든 것이 고요하기만 한 한때는 그렇게 흘러가고 있었다.

*   *   *

촉로를 벗어나자 여행은 순조로웠다. 산 하나를 넘으면 또 하나의 산이 나타나는 길이 아니라 넓게 쭉 뻗은 관도를 따라 광활한 농토가 모습을 드러냈다. 지금까지 담우소가 지내왔던 청해성이나 사천과는 전혀 딴판인 모습이었다.

은서(恩施)를 지나쳐 며칠 만에 형문산(荊門山)에 도착한 담우소는 눈앞으로 보이는 분지를 가르면서 흐르고 있는 지강(枝江)을 바라보며 가벼운 한숨을 쉬었다.

"하! 아무리 지역이 다르다지만 이렇게까지 차이가 날 줄은 몰랐네. 청해의 곤륜산맥이나 사천 촉로의 험난함이 그냥 꿈처럼 느껴지는군."

최고봉이 나직이 콧방귀를 뀌었다.

"흥, 청해에 비하면 사천만 해도 살기엔 좋은 곳이야. 그런데 고래로부터 중원이라 불렸던 호북이나 하남, 섬서 등은 얼마나 좋겠느냐? 강남 역시 물 맑고 살기 좋은 곳이긴 하나 역시 문물의 발달을 생각하자면 위의 세 곳만 못하단 말씀이야."

슬쩍 최고봉에게 시선을 던진 담우소가 피식 웃었다.

"꽤 부러운 모양입니다?"

최고봉은 무심히 말했다.

"한때는 명존의 뒤를 좇아 이 너른 대지를 말을 타고 달리고 싶었다."

"그러셨군요."

담우소는 더 이상 말하지 않았다. 그는 지강과 그 주변에 옹기종기 늘어선 촌락을 내려다봤다. 사람들이 이리저리 움직이는 게 마치 개미 떼와 같았다.

그때 묵묵히 지강을 내려다보고 있던 최고봉이 말했다.

"지강을 건너 의창(宜昌), 홍산(興山), 보강(保康), 방현(房縣)을 거쳐 균현(均縣)으로 간다. 지강만 건너면 관도가 줄곧 통하는 길이니, 빠른 걸음으로 열흘이면 충분히 도착할 것이다."

"호북성에 대해 잘 아시는군요?"

"한때 중원 이곳저곳 안 가본 곳이 없다. 호북성인들 내 발길이 안 닿았겠느냐."

"아아."

담우소는 좀 과도하게 탄성을 발했다. 요 며칠 침울해 있던 최고봉의 기를 살려주려는 의도였다. 그러자 갑자기 그냥 달리고 싶었나 보다. 최고봉은 바람처럼 형문산을 내려갔다. 담우소가 뭐라 말하기도 전이었다.

"노인네가 기력은 좋아가지고."

담우소는 투덜거렸다. 한발 늦었다는 생각이었다. 그 역시 사람들이 모이는 촌락이 나타나기 전 기운차게 달려보고 싶었기 때문이다.

하지만 그는 더 이상의 군말 없이 최고봉의 뒤를 좇았다. 어차피 처음부터 최고봉의 기를 살려줄 셈이었다. 스스로 기운을 차렸는데 나쁠 건 없었다.

"같이 갑시다!"

"잔말 말고 따라와라!"

"그럼 승부요!"

"승부다!"

최고봉이 좀 더 속력을 내자 담우소 역시 마찬가지로 전력을 다했다. 노소를 떠나 사나이끼리의 승부에서 봐주기란 용납이 되지 않았다.

그렇게 지강을 건넌 후의 여행은 더욱 편했다. 지강을 건너기 전까진 그래도 종종 모습을 드러내곤 했던 언덕이나 산봉이 현저히 줄어들었다. 담우소와 최고봉은 앞서거니 뒤서거니 하며 호북성을 횡단하기만 하면 됐다.

그렇게 십여 일이 지나 도착한 균현은 숨이 막힐 정도로 흙 냄새가 물씬 풍기는 곳이었다. 호북성 자체가 꽤나 기름진 옥토가 많은 고장이었지만, 균현만큼 살기 좋긴 힘들 것 같았다. 그만큼 흙이 좋고 물이 맑았다.

"저곳이 무당산입니까?"

담우소가 묻자 최고봉이 조용히 고개를 끄떡여 보였다. 균현에 들어서기까지 보였던 다소 흥분한 듯 보였던 얼굴과 달리 이때 최고봉은 완연히 긴장한 표정이었다. 옛 애인을 찾아온 듯 설레이면서도 두려운 얼굴이었다.

슬쩍 최고봉의 안색을 곁눈질한 담우소가 코웃음 쳤다.

"무당산에 도착하면 당장이라도 무당파를 뒤집어엎어 놓고 청우 선인의 멱살이라도 잡고 흔들 것 같더니, 그 얼굴은 뭡니까?"

최고봉이 눈살을 찌푸려 보였다.

"어린 녀석이 건방지구나, 천하제일 무당파와 청우 선인을 함부로 말하다니. 청우 선인은 고사하고 현 무당파의 장문인인 적양 진인(赤陽眞人)과 적하(赤霞), 적송(赤松), 적운(赤雲), 적풍(赤楓), 적일(赤一), 적룡(赤龍), 적우(赤羽), 적화(赤花)의 팔대장로만 해도 천하에 적수가 별로 없는 고수들이다. 네 녀석이 뉘 집 강아지 이름처럼 부를 명호가 아니란 말이다."

담우소의 눈에 이채가 떠올랐다.

"설마 하니 이곳까지 와서 그들과 비무 한 번 해보지 않은 건 아닐 테고. 그 적양 진인과 팔대장로의 무공 수준이 최 노야와 비교해 어떻습니까?"

최고봉의 얼굴이 가볍게 일그러졌다.

"네 녀석이 어떻게 내가 무당파에 들렀던 걸 아는 거냐?"

담우소가 피식 웃었다.

"그야 최 노야는 곤륜파에서도 난동을 부렸던 전력을 가진 사람이고, 과거 천하의 명성 높은 경공대가들을 찾아다니며 다리를 부러뜨린 사람 아닙니까? 무당파의 제운종(梯雲縱)이나 유운신법(流雲身法), 현

천보(玄天步) 등은 천하에 이름 높은 경공술이니 최 노야가 그냥 지나치긴 힘들었을 거라 짐작했을 뿐입니다."

"홍, 그랬군."

냉소와 함께 최고봉의 얼굴에 아련한 표정이 떠올랐다.

"분명 그때의 나는 객기가 넘쳤다. 무공으로는 천하제일이 될 수 없지만, 경공만은 단연코 천하제일이라 생각했다. 그래서 천하를 떠돌았고, 이곳 무당산에까지 이르렀다. 사실 그때만 해도 청우 선인이니, 석검 대협이니 하는 사람들의 위명이 워낙 대단하긴 했지만 속가제자들인지라 본산 제자들은 별 볼일 없다고 생각했었다. 본산 제자가 대단하다면 속가제자들만 그렇게 대단한 명성을 날릴 순 없다고 생각한 게야."

"하지만 아니었군요?"

최고봉은 문득 담우소를 바라봤다. 평소 같으면 중간에 자신의 설명을 끊어먹은 걸 화냈겠지만, 이때 최고봉의 얼굴엔 가벼운 경련만이 남아 있었다.

"맞다. 무당파는 본산이든 속가이든 모두 강했다. 아니, 속가의 제자들 중 명성을 날린 사람은 청우 선인과 석검 대협밖엔 없으니 본산의 제자들은 역시 강했다고 해야 옳은 표현인가? 어쨌든 그 당시 천하가 좁다고 다니던 나는 무당파의 한 말코에게 걸려서 반쯤 죽다가 살아난 거다."

"그 사람이 적양 진인입니까?"

최고봉은 고개를 가로저었다. 그리곤 퉁명스레 말했다.

"날 백 초식 만에 도망치게 만든 녀석은 팔대장로 중 마지막인 적화 도장이었다."

"적화 도장이라면 그…….”

"됐다! 그 얘긴 이제 그만 하자!”

최고봉의 노안이 갑자기 검붉게 달아올랐다. 화가 난 듯한 모습이었다. 그러나 담우소는 잠시 염두를 굴리곤 웃는 얼굴이 되고 말았다. 최고봉이 어째서 처음엔 아련한 표정을 지었고, 이젠 화를 내는지 그 이유를 짐작해 낸 것이다.

"최 노야도 그때는 젊었군요. 아리따운 여도사에게 승부에서 패배했을 뿐더러 한 조각 붉은 마음마저 빼앗기고 말다니.”

"이, 이 녀석이!”

주먹을 휘두르려는 최고봉을 피해 뒤로 슬그머니 물러선 담우소가 야유하듯 말했다.

"그런데 혹시 적화 도장과 대결할 때도 그렇게 낯빛이 붉게 변해서 제대로 힘을 발휘하지 못한 거 아닙니까?”

"누가 그런……!”

"뭐, 아니라면 어쩔 수 없고요.”

"끄응!”

이때 최고봉의 안색은 검붉다 못해 진홍빛을 띠고 있었다. 더 이상 놀리면 앞으로 함께 다니기가 곤란하겠다 판단한 담우소가 얼른 말을 돌리자 최고봉이 나직이 한숨을 내쉬었다. 확실히 그에게 있어 적화 도장과의 추억은 꽤 중요한 것이었으리라.

그런 최고봉에게 다시 다가선 담우소가 묻듯 말했다.

"그렇다면 무당파에는 최소한 노야 정도의 고수가 아홉이나 있다는 뜻이군요. 일선에선 은퇴했다는 청우 선인을 배제하더라도.”

"그렇다. 일개 문파로선 대단한 일이야. 그들 외에도 절정고수급의 일대제자들 역시 수십 명이나 되는 걸로 알려졌으니.”

“그렇다는 건 고수의 숫자로만 보면 신교와 맞먹는다는 거군요. 신교의 무서움은 고수의 숫자라기보다는 병법에 능한 고수들이 많다는 것이지만.”

“그건 그렇다. 하지만 만약 무당파와 정면으로 맞붙는다면 신교로서도 꽤 큰 타격을 입을 거다. 달리 무당파를 당세 천하제일이라 부르는 게 아닐 테니. 청우 선인이나 석검 노야 같은 절대고수들은 차치하더라도 그들을 무시할 순 없어.”

“그렇겠지요.”

고개를 끄떡인 담우소가 어깨를 으쓱해 보였다.

“그럼 정공법은 그른 것 같고, 어떻게 청우 선인을 만나뵙지요?”

“그건⋯⋯.”

잠시 고민스레 미간을 모았던 최고봉이 한마디로 대답했다.

“나도 잘 모르겠다. 그러니 젊은 네 녀석이 지금부터 생각해 봐라. 난 분명히 무당산 앞까지 데려다 줬으니.”

“그럴 줄 알았시다.”

최고봉에게 주먹을 쑥 내밀어 보인 담우소의 시선이 멀리 구름에 휩싸여 있는 무당산 자락을 바라봤다. 한눈에 보기에도 영기로 가득 찬 듯 표홀한 구름만이 넘실거리는 무당산은 이제 슬슬 아침을 맞으려 하고 있었다.

*　　　*　　　*

끼이익! 끼이익!

귀에 거슬리는 소리였다. 그냥 거슬리기만 하는 게 아니라 듣는 이에 따라선 구토를 유발할 정도로 기괴한 소리이다.

게다가 소리의 근원에 매달린 것은 거의 형체를 알아볼 수 없을 정도로 난자당한 사람이었다. 거기까지 알고 나면 대부분의 사람들은 이소리에 구토를 느낄 게 분명했다.

전체가 강철로 되어 있는 대전. 과거 광명신교의 교도들로부터 철의 대전이라 불리웠던 광명대전(光明大殿) 안은 지금 사람의 시체로 채워져 있었다.

대전의 벽면으로부터 천장과 바닥 곳곳에 시체는 아무렇게나 나뒹굴고 있었다. 비단 쇠사슬에 얽매여서 이리저리 움직이고 있는 시체를 제외하더라도 목불인견(目不忍見)의 모습이었다. 정상적인 정신을 지닌 사람이라면 혐오감과 더불어 두려움을 동시에 느낄 터였다.

그런데 시체로 뒤덮인 광명대전의 한가운데엔 지금 연회가 한참이었다. 반라에 가까운 옷을 입은 여인들이 춤을 추고, 온갖 산해진미가 넘치고 있었다. 주변의 처참하기까지 한 모습과 대비되어 기괴함마저 풍기는 연회였다.

그 연회의 중심에 있는 사람. 단 삼 개월 만에 분열됐던 광명신교를 정리하고 전 마도의 완전통일을 눈앞에 둔 명존 엄철극은 지금 웃고 있었다.

그가 연 살육과 공포의 연회에 초대된 사람들은 하나같이 광명신교의 중추에 있는 사람들이거나 과거 마도의 거목들이었다. 그동안 치른 피의 율법에 의해 완벽히 굴복한 그들을 보자니 절로 웃음이 흘러나왔다. 방금 전 철의 대전에 장식할 시체가 좀 더 있었으면 좋겠다는 말로 주변을 침묵시킨 것마저 그는 잊어버린 듯했다.

그러나 명존의 기쁨은 지금까지와 같이 그리 오래가지 못했다. 연회에 모인 주빈들처럼 주변에 널린 시체에 무심할 수 없었던 무희 하나가 술을 따르던 중 실수를 범했다. 과거 철사자맹을 이끌던 십전무자(十全武者)의 옷자락에 술을 쏟은 것이다.

"아아, 죄송합니다."

무희는 사색이 되어 십전무자에게 연신 고개를 숙여 보였다. 그녀의 얼굴은 두려움에 질려 있었고, 가녀린 어깨는 바들바들 떨렸다.

"신경 쓰지 말거라. 연회를 하다 보면 옷에 술을 쏟기도 하는 것이지."

"감사합니다! 감사합니다!"

그러나 십전무자의 말이 떨어지기가 무서웠다. 연신 고개를 꾸벅거리던 무희를 바라보는 명존의 눈에서 차가운 광기가 번뜩였다.

"설마 죄를 짓고도 그냥 물러나려는 것이냐?"

"아!"

"죄를 졌으면 벌을 받아야지."

"아아아!"

명존을 바라보는 무희의 안색이 창백하게 질리다 못해 시퍼렇게 변했다. 그녀는 명존의 말이 뜻하는 바를 잘 알고 있었던 것이다.

"요, 용서를!"

무희는 명존을 향해 털썩 엎드렸다. 그녀의 머리는 차가운 강철 바닥을 연신 찧어댔다. 어느새 핏물이 그녀의 머리를 따라 얼굴로 흘러내리고 있었다. 삶에 대한 절박함만이 그녀의 얼굴에 떠오른 전부였다.

그러나 그때 십전무자가 소리없이 손을 뻗어 무희의 머리를 지그시

눌렀다. 그의 손에서 일어난 벼락과도 같은 기운은 소리없이 무희의 혼백을 삽시간에 흩어버렸다.

"끄으!"

눈이 돌아간 무희가 바닥에 쓰러지자 십전무자가 태연한 표정으로 말했다.

"죄를 지었기에 벌을 줬습니다."

명존의 입가로 흡족한 웃음이 떠올랐다.

"과연 그대는 쓸 만한 사람이다. 광명소주가 고전했다는 것도 이해가 가는 일이야."

"과찬의 말씀이십니다. 저 십전무자는 광명소주의 철혈대에게 완패를 당하고 모든 기반을 빼앗겼습니다. 권토중래 따윈 꿈조차 꿀 수 없는 상황이었지요."

"그래, 분명 그랬을 것이다, 광명소주는 내 후계자니까."

흐뭇한 표정으로 고개를 끄떡인 명존이 차갑게 십전무자를 쏘아봤다.

"하지만 반란에 대한 용서는 이번뿐이다. 아무리 쓸모있는 개라도 주인을 무는 녀석은 필요치 않으니까."

스륵!

명존에게서 기괴한 기운이 밀려오자 십전무자는 움찔 놀란 표정이 됐다. 전혀 짐작조차 할 수 없는 무형지기에 지독한 공포를 느낀 것이다.

'하지만 여기서 몸을 움직이면 난 죽는다. 아니, 철사자맹의 일천 식구들 전부가 죽는다.'

맨살 위로 뱀 한 마리가 기어가는 느낌이 이러할까. 십전무자는 이를 악물었다. 방금 전 자신의 손에 죽은 무희가 느꼈던 공포를 이번엔 그가 참아내야 했다. 죽음 그 자체보다도 더욱 극심한 공포였다.

그 순간 무희의 시체가 저 혼자 몸을 일으켜 주변에 있는 시체의 산으로 걸어갔다. 주변에 모여 있던 마웅들의 얼굴에 얼핏 질린 기색들이 떠올랐다. 몇몇 명존의 측근들을 제외하곤 광명대전에 쌓아 올려진 시체더미가 형성된 과정을 똑똑히 지켜본 이는 얼마 없었기 때문이다.

짝짝!

손뼉을 쳐 주변의 시선을 집중시킨 명존이 유쾌하게 외쳤다.

"연회는 계속돼야 한다. 죄에 대한 벌이 내려졌으니 다시 즐기도록 하자. 오늘은 청해성의 마도가 다시 일통된 경사스런 날이 아니던가."

"그, 그렇습니다! 명존천세!"

"명존천세!"

"명존천세!"

떨떠름한 대답의 뒤를 이은 건 새롭게 정비된 광명신교의 요직에 오른 자들의 외침이었다. 명존으로부터 '쓸모있다'란 평가를 받은 그들의 외침 속에는 어떤 절박함이 깃들어 있었다.

광명대전은 광명신교의 지하에 위치한 중지 중의 중지로 천광대전(天光大殿), 지광대전(地光大殿), 인광대전(人光大殿)의 총 세 구역으로 이루어져 있었다.

천광대전은 성화를 모시는 곳이고, 지광대전은 명존이 교도들에게 설법을 강론하는 곳이며, 인광대전은 광명신교의 수뇌부가 모여 회의를 하는 장소였다.

지광대전을 자신이 죽인 반역자들의 시체로 채우고 거창한 연회마저 배푼 직후 명존은 인광대전에 모습을 드러냈다. 그곳에는 연회에 모습을 보이지 않은 광명신교의 실세들이 모여 있었다.

"명존천세!"

"명존천세!"

자신을 향해 합창하듯 쏟아지는 찬양에 고개를 끄떡이며 태사의에 좌정한 명존이 바로 말했다.

"보고하라!"

혈봉황단의 단주인 고구가 가장 먼저 자리에서 일어났다.

"명존께서 예상하셨다시피 사천의 정파 녀석들은 부랴부랴 무림맹을 창설하고 있습니다. 본 교의 열화기에게 여지없이 연전연패한 것이 정파의 늙은 것들을 달아오르게 만든 게 분명합니다."

"중심은?"

"사천당가, 점창파, 아미파의 사천삼강에 과거 사파연합에서 소외받았던 하북팽가와 강남의 남궁세가, 검문, 금산상회 등이라 할 수 있습니다. 그야말로 정파무림의 절반에 달하는 힘이 모였다고 할 수 있지요. 그러나 가장 큰 문제는 다름 아니라 그들이 내세운 맹주에 있습니다."

"맹주?"

"예, 중간에 어떤 조화 속이 벌어졌는지 그들은 놀랍게도 전대 사파연합의 맹주이자 무당파의 천하제일검이라 불리는 석검 노야를 맹주로 추대했습니다. 사파연합 당시의 몇 가지 사건 때문에 사문인 무당파와 별로 사이가 좋진 않다곤 하나 석검 노야가 맹주로 오른 이상……."

"무당파와도 한판 붙을 수밖에 없다는 뜻이겠지?"

"그, 그렇습니다. 그리되면……."

"천하제일이라고 나불대는 청우 늙은이와의 일전도 피할 길이 없을 테고. 크크크!"

명존은 하늘을 바라보며 대소를 터뜨렸다. 지광대전에서 보였던 광기가 다시 드러나는 순간이었다.

그러나 그것도 잠시, 곧 대소를 멈춘 그의 시선이 한쪽을 향했다. 인광대전에 모습을 드러냈을 때부터 심기가 불편해 보이던 목령기주(木靈旗主)가 위치한 방향이었다.

"독고징(獨孤澄)! 너는 아직 쓸모있는 녀석이다."

"……."

"변명해 봐라."

유례없는 일이었다. 명존은 폐관을 깨고 나온 후 지금까지 단 한 번도 실패하거나 효용 가치가 없다고 판단한 자를 살려둔 바가 없었다. 그들의 변명조차 듣고자 하지 않았었다. 그런데 목령기주 독고징에겐 변명하라고 친히 명하는 것이다.

잠시 명존의 광기 어린 눈을 바라본 독고징이 고개를 숙였다.

"변명의 여지가 없습니다. 중간에 생각 외의 인물이 끼어들었다곤 하나 혈사방을 치는 데 실패한 건 전적으로 속하의 잘못입니다. 벌을 내려주십시오."

"생각 외의 인물?"

"목령기가 기본적으로 익히는 고목기공의 약점을 잘 아는 절정고수가 혈사방의 방수로 있었습니다."

"그래?"

명존의 눈빛이 잔혹해졌다. 항시 드러내고 있던 광기와는 또 다른 빛이었다.

그때 독고징의 옆에 자리하고 있던 광혼마(狂魂魔) 조방(曹芳)이 얼른 목소리를 높였다.

"혈사방 건이 실패한 건 속하가 맡은 만마천에서 보낸 아이들이 실수한 점이 큽니다. 그들이 요인 암살에 실패하지 않았다면 목령기가 혈사방 따윌 치는 데 실패할 까닭이 없습니다. 죄를 주신다면 속하에게 먼저 주십시오!"

"조방!"

독고징은 조방에게 눈살을 찌푸려 보였다. 광명신교의 주력군인 오행기 중 하나를 맡고 있는 자신과 달리 조방은 요 근래 새로 편성된 만마천을 맡고 있을 따름이었다. 자신에게 내려질 벌을 그가 받는다면 두 배나 세 배쯤 배가될 것이 염려됐다.

그 모습을 바라보며 연신 기분 나쁜 괴소를 입가에 매달고 있던 명존이 태사의 손잡이를 주먹으로 내려쳤다.

쾅!

청석으로 만들어진 틀 위에 백호 가죽을 뒤집어씌운 태사의 팔걸이 부분이 박살났다. 독고징과 조방은 물론이거니와 인광대전에 모인 마웅들 전부의 얼굴에 공포심이 배어 나왔다. 이곳에 모인 자들은 폐관 후 명존이 벌인 학살극의 전말을 잘 알고 있었다.

자신이 쓸모있다고 판단 내린 수하들을 차갑게 쓸어본 후 명존이 독고징과 조방에게 명했다.

"독고징과 마찬가지로 조방 역시 쓸모있는 녀석이다. 하지만 죄를 졌으면 벌을 받아야 한다. 그래야만 다신 죄를 짓지 않도록 노력할 테니."

"죄를 청합니다!"

"죄를 청합니다!"

독고징과 조방은 한 목소리로 소리쳤다. 진짜 그들은 죄를 원하는 것만 같았다.

'그럴 리 없지! 하지만 녀석들은 확실히 아직 쓸모가 있다. 지금 죽이는 건 아까워.'

치밀어 오르는 광기를 억누르며 명존이 선고했다.

"독고징과 조방은 귀 하나씩을 잘라라. 그리고 앞으로 어떤 수단과 방법을 써서라도 혈사방주의 목을 내 앞에 가져와라. 목령기와 만마천의 행사를 방해했던 녀석의 목과 함께."

"존명!"

"존명!"

독고징과 조방은 바로 손을 썼다. 대전 바닥에 두 개의 주인 잃은 귀가 나뒹굴었다. 그리고 명존의 시선이 공포에 질린 다른 자들 쪽으로 향했다. 천하정벌을 위한 광명신교의 수뇌회의는 이제 막 시작된 것이나 다름없었다.

제92장 스스로 파문된 자

　산의 겨울은 길다. 특히 무당산처럼 산이 험하고 골이 깊은 곳의 겨울은 더욱 그러하다. 긴 겨울을 대비하기 위해 초가을부터 산을 뒤져 잘라낸 싸리나무를 단단히 묶어 만든 빗자루는 소리없이 움직였다. 겨울이 오기 전에 무당파의 네 개 궁으로 오르는 길에 떨어진 낙엽부터 처리해야 할 터였다.

　싸악! 싹!

　경쾌한 빗자루질과 함께 소년 도사 청효(淸曉)는 연신 계단을 깡충거렸다. 며칠 전 사부에게 다른 사형제들과 달리 진무대(眞武臺)에 들어가지 못한 걸 꾸짖음 들었으나 청효는 전혀 개의치 않았다.

　청효가 무당파에 들어온 것은 곤궁한 집안에서 입이라도 하나 덜 셈이었지 다른 사형제들처럼 무공을 익혀 천하에 명성을 떨치고파서가 아니었기 때문이다.

'그러니 무공 진보가 남들보다 늦다거나 조만공과경(早晚功課經) 같은 걸 늦게 외우는 건 나로선 어쩔 수 없는 일이야. 히히, 게다가 나라도 이렇게 우리 무당파로 오르는 길을 깨끗이 하지 않으면 참 곤란한 일이 아니겠어?'

만약 사부인 도간(桃幹) 도장이 들었다면 당장 치도곤을 내릴 생각을 하며 청효는 히히덕거렸다. 그에겐 하루를 어떻게 보내건 끼니만 때울 수 있다면 족했다. 빗자루질로 하루 해를 보내는 것쯤 일도 아니었다.

그렇게 청효가 한참 끝 간 데 없는 계단을 운율마저 맞춰가며 빗자루질 하고 있을 때였다. 이제 막 해가 떠오를 참이니, 평소엔 사람의 그림자조차 보일 리 없는 계단 아래에서 두런거리는 목소리가 들려왔다.

'이 시간에 누구지?'

청효가 고개를 쑤욱 빼 내려다보니, 까마득히 아랫계단으로 두 명의 노소가 힘겨운 걸음을 하고 있었다. 무림의 태두라 할 수 있는 무당파이긴 하나 일반인의 출입이 아예 없는 건 아니었다. 종종 활선(活仙)이라 불리는 청우 선인을 뵙겠다거나 도교 명승지를 구경하려고 찾아오는 사람들이 있었다.

빼꼼이 고개를 아래로 내려다본 청효의 얼굴에 고민이 떠올랐다.

'흐음, 밑에 위치한 해검지에서 가로막히지 않았을 뿐더러 저리 힘겹게 계단을 올라오는 걸 보면 무림인은 아닐 거야. 뭐, 태현자소궁(太玄自疏宮)이라도 구경하려는 민간인일 테지. 하지만 저렇게 힘들어하는 걸 보아, 여기까지 오르기도 전에 쓰러질 것 같으니 이 일을 어쩌지?'

청효의 고민은 오래갔다. 아직 관건(冠巾)의 예(禮)도 치르지 못한 수행도사에 불과하지만 자신보다 약한 자를 도와야 한다는 협기는 있었다. 보면 볼수록 위태로워 보이는 두 노소를 보자니 마음이 안절부절못해서 여태까지처럼 빗자루질에만 집중할 수 없었다.

"에잇! 모르겠다! 나중에 사부님한테 혼나더라도 저 지친 사람들을 도와야만 내 마음이 편하겠다!"

청효는 수중의 빗자루를 내던졌다. 그리고 의복을 대충 손봤다. 손님을 맞으러 가면서 흐트러진 복장을 한다는 건 사부나 무당파의 이름을 더럽히는 행위라고 판단 내린 것이다.

타타탁!

계단을 달려 내려가는 청효의 발걸음은 경쾌했다. 천화포접공(天華抱接功)의 기초가 어느 정도 다져져 은연중에 신법으로 모습을 드러내고 있었다.

한 마리 야생 노루처럼 자신들에게 달려오는 소년 도사를 보며 담우소와 최고봉은 발길을 멈췄다. 부잣집 공자 모습을 한 담우소와 중후한 기품의 노인으로 변장한 최고봉은 이때 시합이라도 하듯 숨을 헐떡이고 있었는데, 진짜 무공을 모르는 사람들 같았다. 두 사람 다 노회하기로 따지자면 빠지지 않는지라 그리 크게 호흡을 맞추지 않고서도 연기가 자연스러웠다.

한 걸음에 수천 개가 넘는 계단을 뛰어내려 온 청효가 얼른 두 손을 들어 올리며 외쳤다.

"무량수불! 저는 무당파의 청효라 합니다. 보아하니 무공을 익히지 않은 분들 같은데, 어떻게 오셨는지요?"

청효로선 스스로를 대견하게 생각할 정도로 잘한 인사였다. 만약 항시 청효를 꾸짖는 사부 도간 도장이 옆에 있었더라도 고개를 끄떡였으리라.

그러나 내심 득의양양해 있던 청효의 얼굴은 곧 멍청해지고 말았다. 전력으로 달려 내려온 청효는 본체만체한 채 계단에 주저앉은 담우소와 최고봉이 힘에 부친다는 표정을 한 채 본격적으로 수작을 걸기 시작한 것이다.

"헉헉, 천하의 신선들이 산다는 무당산에 자리 잡은 도관이라기에 불원천리 찾아왔더니, 거짓말쟁이들만 모인 곳이었구나. 뭐가 조금만 올라가면 도관이 보인다는 것이냐? 오르고 또 올라도 끝이 보이지 않잖느냔 말야!"

담우소가 한탄하자 최고봉이 얼른 그 말을 받았다.

"그러게 말입니다, 공자님! 못된 말코도사 녀석들이 저희를 속였습니다. 천한 이 몸이야 조금쯤 고생한다 해도 상관없는 바지만, 평생을 금옥처럼 지내오신 공자님이 이처럼 고생을 하신 걸 생각하면, 이놈 눈물이 앞을 가려……."

최고봉은 눈물을 흘리진 않았다. 대신 콧물을 연신 쿨쩍거렸다. 그는 옆에 앉은 담우소가 내심 혀를 찰 정도로 자신이 맡은 역할을 잘하고 있었다.

'쳇! 처음에는 절대로 하인 역할은 하지 않겠다고 뻗대더니, 지금 보니 완전히 즐기고 있잖아. 이 모습을 보고 누가 나이 들어 산에 오르다 완전히 지쳐 버린 초로의 늙은이라 생각하지 않겠어?'

'이 녀석이! 지금 날 놀리는 것이냐?'

담우소가 은연중에 곁눈질하며 피식거리자 최고봉이 눈알을 부라렸다. 말과 행동이 다른 두 사람이었다. 하지만 두 사람의 눈짓은 모두 청효의 눈길이 닿지 않는 곳에서 벌어진 일들이었다.

두 사람의 느닷없는 넋두리에 일시 정신이 온통 달아나 버린 청효는 뒤로 물러서다 하마터면 자빠질 뻔했다. 계단에 발뒤축이 걸린 것이다.

'어이쿠! 여기서 내가 엎어지면 무당파의 망신이잖아!'

억지로 하체에 힘을 주느라 청효의 얼굴은 일시 새빨갛게 변했다. 평소 사부의 말대로 무공 수련을 열심히 하지 않은 게 처음으로 후회되는 순간이었다.

그때 완전히 활개를 치고 계단에 앉아 있던 담우소의 시선이 힐끔 청효를 향했다.

"이봐! 꼬마도사!"

"…예?"

"얼마나 더 올라가야 성조(聖祖)께서 건축하신 현천옥호궁(玄天玉虛宮), 여성오룡궁(興聖五龍宮), 대성남암궁(大聖南巖宮), 태현자소궁 같은 걸 볼 수 있지?"

'역시 이 사람들은 원시천존이나 태상노군 등을 참배하러 온 교도가 아니라 단순한 관광객이로구나. 황실에서 네 개의 궁을 만들어준 건 사실이지만, 실제 무당파에서 사용하는 건 태현자소궁 정도이고, 나머지 궁은 황실에서 나온 환관들이 관리하는 것을.'

청효는 내심 자신의 예상이 맞았다 생각하며 다시 득의양양해졌다. 하지만 손님들의 앞이었다. 얼른 표정을 정중히 한 청효가 허리를 굽혀 보였다.

"손님들께서 말씀하신 현천옥호궁이니 여성오룡궁이니 하는 곳은

여기 자소봉에서 좀 떨어진 곳에 위치해 있습니다. 자소봉에 위치한
건 태현자소궁인데, 그곳은 본 파가 사용하고 있지요."

"엥? 그러니까 꼬마도사 네 말뜻은 이 계단을 따라 쭉 올라가 봤자
태현자소궁밖엔 없다는 거냐?"

"예, 그렇습니다."

청효는 다시 허리를 굽혀 보였다. 만약 상대가 무림인이라면 무당의
제자로서 당당해야 할 테지만, 무공을 모르는 민간인이니 오로지 도학
을 공부한 도사로서 행동할 따름이었다.

담우소가 다시 물었다.

"그렇다면 그 나머지 궁들은 어디를 어떻게 찾아가야 볼 수 있는 거
지?"

"그건 계단 끝까지 내려가신 후 다섯 개쯤 나 있는 산길 중 가장 좌
측 길을 좇아 십여 리쯤 가시면 다시 하늘로 뻗은 계단이 나타납니다.
그 계단을 따라 올라가다 보면 맨 처음 현천옥호궁이 나타나고 그 다
음엔 여성오룡궁이 모습을 드러내지요. 그리고 다시 여성오룡궁의 뒷
길로 내려가 십여 리쯤 산길을 가다 보면……"

"아아, 됐다! 됐어! 내가 어떻게 여기까지 올라왔는데, 다시 내려갔
다가 또 산길을 이, 삼십 리씩이나 가겠어. 차라리 구경을 하지 않고
말지."

"산길은 얼마 되지 않고, 계단만 따라 올라가시면……"

"됐다고 했잖느냐!"

담우소가 빽 소리를 지르자 청효가 움찔한 기색을 한 채 뒤로 물러
섰다. 아무리 무공을 익혔다곤 하나 사람을 상대해 본 경험이 일천한
청효로선 담우소 같은 사람을 상대하기가 수월하지 않았다.

그때였다. 내내 힘들어 죽겠다는 표정을 묵묵히 지어 보이며 침묵하고 있던 최고봉이 넌지시 끼어들었다.

　"하지만 공자님, 저희는 이번에 그냥 그렇게 놀러 무당산에 온 것이 아니잖습니까? 주인어른께서 오랜 병환을 털고 일어서시려면 반드시 무당산의 사 개 궁을 모두 돌며 치성을 들여야 한다는 칠성도사(七星道士)님의 당부도 계셨고 하니……."

　담우소의 얼굴이 와락 일그러졌다.

　"그렇긴 하지만, 힘들게 찾아온 사람을 앞에서 칼 든 녀석들이 가로막질 않나, 산은 깊고 계단은 끝없질 않나. 아무리 생각해도 무당산이 영산이라 일컬어지는 건 새빨간 거짓말인 것 같단 말야. 칠성도사야 부적도 잘 쓰고 꽤 실력있는 도사이지만, 그 무슨 사 개 궁을 돌아야 한다는 둥 청우라는 활선이 있다는 둥의 말은 믿기가 힘들다구. 세상에 살아 있는 신선이 있다는 것부터가 말이 안 될 뿐더러, 우리가 그동안 여행하며 명성만 높은 사기꾼들을 좀 많이 봤냐구?"

　"그야 그렇긴 하지만 제가 과거에 듣기로 청우 선인이란 분은 세상에 명성이 대단한 분이시더군요. 설마 하니 그렇게 명성이 대단한 사람이 사기꾼일 린 없지 않을까요?"

　"확실히 자네 말도 일리는 있어. 하지만 그 청우 선인이란 사람도 그럴듯한 모습과 달변으로 세상의 어리석은 사람들이나 속이는 사기꾼인지 누가 알겠어? 사기꾼들이 '나 사기꾼이오!' 하고 얼굴에 써 붙이고 다니는 건 아니잖겠어?"

　"그, 그건 그렇습지요."

　최고봉은 어느새 수긍하는 표정을 보였다. 처음에 칠성도사나 청우 선인을 들먹이던 모습은 이미 어디에도 보이지 않았다. 이미 그 역시 청우 선인을 절반쯤 사기꾼으로 믿고 있는 듯한 모습이었다.

청효의 얼굴이 붉으락푸르락거렸다. 평소 어떤 일을 당해도 화를 내지 않아 타고난 선골(仙骨)이란 칭찬을 듣던 청효이나 두 사람의 말을 듣고 있자니 화가 머리끝까지 치밀어 올랐다.

'아니, 이 사람들이 지금 무슨 소릴 하는 거야! 부적을 쓴다니, 칠성도사란 사람은 모산파(茅山派)의 도사쯤 되나본데, 그런 자의 말을 믿고 무당산에 찾아온 건 둘째 치고, 우리 선인님을 사기꾼으로 몰다니!'

청효가 버럭 소리를 질렀다.

"그게 무슨 벌받을 말씀이십니까! 우리 선인님더러 사기꾼이라니요? 어디서 무슨 말씀을 듣고 무당산에 오르셨는지는 몰라도 우리 선인님은 한 번도 남을 속이는 일은 한 적이 없으시다구요!"

'이놈은!'

순간적으로 최고봉의 눈빛이 변했다. 그는 손을 쓰려 했다. 찰나간에 일어난 변화였다. 청우 선인을 잘 아는 듯한 청효를 제압해 행방을 캐물을 생각이 든 것이다.

그러나 어느새 청효의 완맥을 잡아가던 최고봉의 금나수를 슬그머니 막아내는 손길이 있었다. 자연스레 청효와 최고봉 사이를 막아선 담우소였다.

"무슨 짓이냐?"

"신중해야 합니다."

"단지 그 이유뿐이냐?"

"이곳은 무당산입니다."

최고봉은 내심 신음을 내뱉었다. 담우소의 차갑게 가라앉은 눈빛에 자신의 얼굴이 비쳤다. 일시 흥분했음을 인정하지 않을 도리가 없었다.

최고봉이 수장에서 힘을 빼고 뒤로 물러서자 담우소 역시 그렇게 했다. 그는 청효 쪽을 돌아보며 빙긋이 웃었다.

"어이, 꼬마도사. 네가 말한 우리 선인님이란 건 천하에 명성이 자자한 활선 청우 선인을 말하는 것이냐?"

청효의 얼굴이 금세 밝아졌다. 언제 화를 냈냐는 듯 그는 자랑스런 표정으로 말했다.

"세상에서는 선인님을 어찌 부르는지 모르지만, 우리 무당파의 제자들은 모두 우리 선인님이라 부르지요. 저 역시 무당파의 제자이니 당연히……."

"어? 이번엔 도사들이 무더기로 달려오네."

담우소가 입을 벌리며 신기한 표정을 짓자 신이 나 얘기하던 청효는 순간 흠칫 놀랐다. 바람을 가르며 계단을 내려오는 일단의 발걸음 소리를 그제야 확인한 것이다.

'난 죽었다!'

청효는 겁에 질려 고개를 돌리려고도 하지 않았다. 뒤돌아보지 않고서도 그는 한걸음에 계단을 십여 개나 뛰어내려 오는 사람들의 정체를 알았다.

지금 이 시각에 태현자소궁으로 향하는 계단에 모습을 드러낼 사람이라곤 손가락으로 헤아릴 정도였다.

어느새 청효의 뒤로 바람처럼 계단을 달려 내려온 다섯 명의 도사들이 내려섰다.

삼십 대로 보이는 냉막한 얼굴의 중년 도사는 청효의 사부인 도간이었고, 그 뒤의 소도사들은 사형제들이었다.

"무량수불! 청효는 지금 무얼 하는 것이냐?"

찔끔!

놀란 표정으로 고개를 돌린 청효가 얼굴에 어설픈 웃음을 매달았다.

"사부님……."

도간의 눈빛은 차가웠다.

"어딜 갔나 했더니, 이런 곳에서 놀고 있었던 것이냐?"

"그게 아니라……."

"아니면, 그렇게 하기 싫어하던 무공 수련이라도 하고 있었던 것이냐?"

도간의 뒤에 조용히 서 있던 네 명의 소도사들이 입가에 웃음을 담았다. 유난히 차가운 사부의 성품을 아는지라 소리를 내 웃진 않았으나 청효를 조롱하는 빛이 완연했다. 어려서 도가에 들어와 수련을 쌓았다곤 하나 그들은 아직 악동기를 면하지 못한 어린 나이들이었던 것이다.

그러나 청효는 도간의 문하 중 가장 늦게 입문했을 뿐더러 무공도 떨어졌다. 사형제들의 비웃음은 물론 사부의 질문에도 제대로 대답하지 못한 그가 고개를 푹 숙였다. 풀이 죽은 모습이 완연했다.

그때 조용히 딴청을 피우고 있는 최고봉과 달리 담우소가 슬쩍 몸을 일으키며 도간에게 허리를 숙여 보였다.

"이거 미안하게 됐습니다."

도간이 그제야 담우소를 바라봤다. 사실은 청효를 나무라기 전에 이미 담우소와 최고봉의 신색을 살핀 그는 상대방이 일반적인 관광객이라 판단 내렸다. 그들의 얼굴이 무척 지쳐 보이는 데다 태양혈(太陽穴) 부근이 밋밋했기 때문이다.

'그래서 일부러 무시하려 했는데, 먼저 말을 걸었으니 계속 무시하

기도 어렵게 됐구나.'

도간이 묻듯 말했다.

"빈도는 금일 처음으로 공자를 만난 듯한데, 무얼 사과하시는지요?"

담우소가 청효에게 다가가 어깨를 얼싸안았다.

"하하, 본인의 성은 한(韓)이고 이름은 석림(碩臨)이라 합니다. 북경(北京)에 위치한 천풍서림(天風書林)의 후손이지요. 오 년 전부터 부친께서 원인 모를 괴질에 걸려 신음하시기에 집안의 가노와 함께 이곳 무당산까지 찾아왔다가 큰 낭패를 당했는데, 여기 제자 분의 도움을 받았습니다. 도사님의 고제자가 이 사람과 가노를 돕기 위해 시간을 뺏았겼으니, 이 사람이 당연히 머리 숙여 사죄를 올려야 하지 않겠습니까?"

담우소는 청효를 놔주고 다시 정중하게 허리를 숙여 보였다. 방금 전까지 청효 앞에서 보였던 모습과는 전연 딴판으로 예의를 갖춘 행동이었다.

도간의 시선이 청효를 향했다.

"청효, 이분들의 말씀이 사실이더냐?"

"그, 그게……."

청효는 잠시 우물쭈물했다. 확실히 담우소 등을 도울 생각을 하긴 했으나 실제로 도운 일은 별로 없다는 생각이 들었다. 사부에게 반 마디라도 거짓을 고하는 건 무당파에선 큰 죄였다.

그러나 담우소가 옆구리를 꾹 찌르고 도간이 재촉의 눈빛을 던지자 청효는 마지못해 대답했다.

"예, 제자는 의협지심으로 빗자루를 던지고 이곳으로 달려 내려왔습니다."

"그렇다면 됐다."

도간은 고개를 한차례 끄떡여 보였다. 성정이 차갑다곤 하나 공사를 구별 못하는 사람은 아니었다. 그가 그제야 안색을 약간 풀어 보이자 내심 혀를 찬 최고봉이 얼른 품에 준비해 뒀던 전표를 꺼내 들고 도간에게 다가갔다.

"도장, 이거 약소합니다."

도간의 눈살이 가볍게 찌푸려졌다.

"저희 무당파는……."

최고봉이 얼른 목소리를 높였다.

"아아, 압니다. 알고말고요. 무당산의 도관들을 황실에서 지원한다는 걸 모르는 사람이 어딨겠습니까? 하지만 우리 천풍서림 또한 그리 빈한한 곳은 아닙니다. 앞으로 좋은 일에 쓰시라고 주인어르신께서 맡기신 것이니, 부디 받아주십시오."

최고봉은 나이 든 사람의 가장 큰 무기인 동정심에 호소했다. 자신의 아들뻘밖엔 되지 않을 도간을 향해 연신 허리를 숙여 보이는 모습은 애처로울 지경이었다.

일시 난처한 표정이 된 도간의 표정을 살피며 담우소가 얼른 한마디 거들고 나섰다.

"그렇습니다. 저희 가친께서는 본시 유학을 깊이 공부하신 대학자로 조정에 많은 제자 분들이 출사해 계시지만, 사실 말년에 도학 쪽 공부를 많이 하셨습니다. 본시 유가와 도가는 서로 앙앙불락(怏怏不樂)하면서도 서로 통하는 면도 없지 않아 있잖겠습니까? 가친께서 무당산 도관들의 큰 명성을 흠모해 마련한 예물이니, 부디 도사님께서는 사양치 말고 받아주십시오."

"으음."

도간은 삼십 평생을 산속에서 보낸 사람이었다. 무공은 비록 진무대를 나와 이대제자들 중 발군이나 세속의 험한 인심을 파악하긴 힘들었다.

'하아, 살림을 맡고 계신 옥종(玉鍾) 사숙님께 가져다 드릴 수밖에 없겠구나.'

내심 한숨을 내쉰 도간은 내키지 않는 표정으로 은표를 받아 들었다. 그가 한마디 감사 인사를 하려 하자 담우소와 최고봉이 이구동성으로 소리쳤다.

"아이쿠, 태현자소궁에 오르긴 올라야겠는데, 앞으로 남은 길을 어찌 오른단 말인가!"

"노복도 늙어서 그런지 다리가 아파 더 이상 계단을 오르기가 쉽지 않을 듯싶습니다."

"자네도 그런가? 나도 다리가 무척 아프다네!"

"쿨쩍! 천한 노복이야 산길을 오르다 죽어도 되지만, 공자님께서는 귀한 몸이신데……."

도간으로선 재앙을 만난 격이었다. 수중에 받아 든 은표의 무게가 천근만근처럼 느껴졌다. 하지만 이미 엎질러진 물이었다. 담우소와 최고봉이 뭘 원하는지를 깨달은 도간이 정중히 말했다.

"무량수불! 본 파의 태현자소궁을 오르시던 길이었군요. 그렇다면 제자들의 등에 업히시지요. 태현자소궁까지 모셔다 드리겠습니다."

담우소가 청효를 가리켰다.

"본인은 저 소도사에게 몸을 의탁하고 싶소만?"

"청효에게요?"

담우소가 어린애처럼 고개를 끄떡였다. 천 냥이란 숫자가 적힌 은표를 받아 들었을 때부터 질긴 사슬로 된 고리에 얽어매인 몸이 된 도간으로선 반대 의견을 낼 수가 없었다.

고개를 돌려 제자 하나를 지목해 최고봉을 업게 한 도간이 나머지 제자들에게 명령했다.

"너희는 지금부터 청효 대신 계단을 쓸어라. 이미 시간이 지체된 만큼 빨리 서둘러야 할 것이다."

은표를 받아 든 도간과 마찬가지로 세 명의 제자들 역시 재앙을 맞은 얼굴이 됐으나 대답하지 않을 도리가 없었다. 깊이 허리를 숙여 보이는 제자들을 뒤로한 채 도간이 앞장서서 태현자소궁 쪽으로 신형을 날려갔다.

뇌물과 적절한 아부로 이뤄지지 않는 일은 없다. 게다가 그것이 권력을 동반한 은근한 압력까지 동반됐다면 고민한다는 것 자체가 우스운 일이다. 이루지 못할 일이 없다는 뜻이다.

담우소는 한비자 외전에 쓰여 있는 대로 했고, 그 결과 무당파 내에 손님으로 머물 수 있었다. 아낌없이 돈을 쓰고, 요직의 관리를 몇 명이나 배출한 천풍서림의 이름을 판 결과였다.

냉큼 천 냥이나 되는 은표를 내밀었을 뿐더러, 천풍서림의 이름을 적당히 팔자 도사답지 않게 이재에 밝은 옥종 도장의 허락이 떨어진 것이다.

아침이 밝자마자 부랴부랴 달려온 청효를 좇아 처소에서 나온 담우소와 최고봉은 일출을 볼 수 있었다. 무당제일봉에서 떠오르는 일출은 각별한 풍미가 있었다.

마치 시인 묵객이라도 된 듯 몇 마디 태화찬을 읊조리는 담우소에게 다가온 청효가 헤헤거리며 말했다.

"어제는 도움을 주셔서 감사합니다. 그 후에 바빠서 인사도 못 드렸습니다."

담우소가 기지개를 켜 보이며 고개를 흔들어 보였다.

"꼬마도사, 사내는 말야, 그렇게 쉽사리 고맙다는 말을 하는 게 아냐."

"예?"

"사내는 가슴으로 느끼고 가슴으로 말한다는 뜻이야. 말이란 건 한 번 내뱉으면 끝나는 것이니, 아무짝에도 쓸모가 없잖아?"

"그, 그렇군요. 그럼 저는……."

청효의 얼굴이 일시 붉게 변했다. 담우소가 한 말을 가슴에 새기겠다 말하고 싶은데 또 핀잔을 들을까 염려가 된 것이다.

그런 청효를 향해 한차례 웃어 보인 담우소가 말했다.

"꼬마도사가 우리의 안내자겠지?"

"예예, 그렇습니다."

"그럼 도관 밥을 얻어먹기 전에 오늘 돌아볼 도관에 대한 설명이라도 들어볼까나?"

청효의 얼굴이 밝아졌다. 그렇지 않아도 담우소에게 태현자소궁에 대해 설명하기 위해 밤새워 몇 가지나 되는 사실을 외우고 또 외웠는데 드디어 기회가 온 것이다.

"…그렇기에 태현자소궁의 내부는 크게 삼 전(三殿), 십육 각(十六閣)으로 이루어져 있습니다. 세 개의 담장을 가진 큰 건물들이 삼 전이고,

그 주변을 에워싸고 있는 열여섯 개의 담장 없이 조금 작은 건물들이 십육 각이지요. 무당산은 모두 칠십이 봉과 삼십육 암, 이십사 간으로 되어 있는데, 그중 제일봉이자 가장 큰 봉우리인 자소봉에 세워진 태현 자소궁의 규모가 가장 큽니다. 다른 세 개 궁 또한 규모가 작지 않지만 태현자소궁이 세워진 곳은 무당파의 근거지이기 때문에 좀 더 규모가 큰 것이지요."

잔뜩 설명을 늘어놓은 청효는 잠시 숨을 헐떡거렸다. 얼굴이 새빨갛게 변해 있었다. 밤새 외웠던 것을 하나라도 잊어버릴까 봐 숨도 쉬지 않고 지껄여 댔기 때문이다.

청효가 숨을 고르길 기다려 담우소가 질문했다.

"꼬마도사, 그러니까 무당파라는 건 무당산에서 가장 도사들이 많이 모여 있는 도관을 말하는 거지?"

잠시 미간을 찌푸렸던 청효가 고개를 끄떡이다 다시 가로저었다. 그 모습을 지켜보던 최고봉이 물었다.

"소도사는 어째서 우리 공자님의 질문에 고개를 끄떡이다 다시 가로 젓는 것인가?"

청효가 한숨을 내쉬며 대답했다.

"말씀하신 게 맞는 듯하면서도 좀 다르기 때문입니다."

담우소가 질문했다.

"뭐가 다르다는 거지?"

청효의 미간이 다시 찌푸려졌다.

"그러니까 그게……."

청효는 머리를 긁적였다. 아무리 생각해도 제대로 된 대답을 하기가 힘들다고 생각됐다. 그때 의외의 곳에서 구원의 손길이 나타났다. 막

새벽 수련을 끝마친 듯 도간이 접객소에 모습을 나타낸 것이다.

"그 대답은 빈도가 해드리지요."

"사부님!"

청효는 얼른 도간에게 다가가 허리를 숙여 보였다. 평소 어렵게만 느껴지던 사부가 오늘만은 무척이나 반가웠다.

담우소가 입가에 흐트러진 웃음을 매단 채 말했다.

"자고로 제자가 모르는 건 사부가 알게끔 되어 있지요. 이 사람은 그저 궁금증만 풀면 되니 도간 도장께서 말씀해 주시면 세이경청하지요."

"세이경청이라니, 말씀이 너무 중하십니다."

"하하, 배우는 사람이 가르침을 주는 사람에게 자신을 낮추는 건 당연하지요. 도장께서는 말씀하십시오."

"무량수불!"

한차례 허리를 숙여 보인 도간이 말했다.

"저희 무당파는 도학을 연마하는 도관인 동시에 무공을 닦아 호심지기를 수련하는 무파(武派)입니다. 당년 명조가 들어설 때 원조(元朝)의 이민족들을 물리치는 데 무당파의 제자들이 한 팔을 보탠 건 그러한 연유이지요. 그러니 어찌 무당산에 들어선 몇몇 도관들과 무당파를 함께 거론할 수 있겠습니까?"

"아아! 그렇구나! 그렇구나!"

청효는 연신 고개를 끄떡였다. 도간의 설명을 듣자니 막혔던 속이 후련하게 뚫리는 기분이었다. 걸핏하면 담우소가 내뱉는 도관이란 말에 이맛살이 찌푸려졌던 까닭을 이제야 확실히 깨달은 것이다.

담우소가 비로소 고개를 끄떡였다.

"그렇군요. 확실히 소생의 생각이 짧았습니다. 본시 학문만을 닦던 사람이라 도사들께서 허리춤에 검을 차고 있어도 정확한 까닭을 알지 못했습니다."

"강호무림을 모르는 분들로선 어려움이 있었을 것입니다."

겸양 섞인 도간의 말에 다시 한차례 고개를 끄떡인 담우소가 입가에 웃음을 담았다.

"그래서 그랬나요?"

"무슨 말씀이신지?"

"제자 분께서는 무당산에 대해선 꽤 자세히 설명을 했지만, 이곳 무당파의 근거지인 태현자소궁에 대해선 대충 말하더군요. 사실 소생이 관심있던 건 태현자소궁 그 자체인데 말입니다."

"그건……"

"역시 강호무림에 속한 무당파 내부에 대한 사항은 문외인이 알아선 안 되는 것이겠지요?"

담우소의 얼굴은 평온 그 자체였다. 별다른 악의나 저의가 담기지 않은 얼굴이었다. 그런데 도간은 왠지 기분이 나빴다. 알 수 없는 일이었다.

'하지만 옥종 사숙은 오늘 새벽부터 친히 날 찾아와 이 사람들의 안내를 맡으라 했다. 이미 청효가 안내를 맡기로 했음을 알면서도, 또한 앞으로 무당파에 도움이 될 수도 있다는 말까지 해가며. 말을 듣자 하니, 몇 가지 부적술로 천하를 떠돌아다니던 도사가 힘에 부치는 일을 만나자 무당파에 책임을 떠넘기려 한 듯한데, 조금쯤 편의를 봐주는 것도 나쁘진 않을 것이다.'

잠깐 고개를 들었던 잡념을 없앤 도간이 담담한 표정으로 말했다.

"이제 숙소로 돌아가시면 조찬이 마련되어 있을 겁니다. 마침 빈도의 시간이 좀 남으니 식사를 하는 동안 궁금하신 점에 대해 설명해 드리겠습니다."

"그래 주시겠습니까?"

"오래전부터 유가 쪽에서 바라보는 도가에 대한 호기심이 있었습니다. 식사를 하는 동안 얘기해 주신다면 저 역시 즐거울 겁니다."

"하하, 그거야말로 바라던 바이지요."

담우소가 크게 웃자 옆에서 눈곱을 떼는 시늉을 하고 있던 최고봉이 내심 혀를 찼다.

'허어! 어째서 명존이 광명소주에게 저 녀석을 죽이라고 명했는지 알 것 같구나. 어제는 무당파의 일대제자, 이대제자들을 몇 명이나 홀리더니, 오늘은 저 깐깐하게 생긴 도사 녀석을 완전히 데리고 노는구나. 이제 조금만 지나면 저 도사 녀석은 담가 녀석 때문에 죽더라도 자신이 왜 죽었는지 모르는 지경이 되겠구나.'

새벽녘, 한 자리에 모인 네 명의 노소 중 겉과 속마음이 같은 사람은 단 한 명 소도사 청효뿐이었다.

식사는 그리 길지 않았다. 절제와 절식을 미덕으로 삼는 도가 문파 내의 아침 식사가 풍성할 리 없었고, 담우소나 도간이나 그리 식사에 연연하는 사람들이 아니었기 때문이다. 곁에서 식사하던 최고봉이나 청효는 입장이 또 달랐지만.

식사 그 자체보다는 도가와 유가의 차이점에 대해 열띤 토론을 벌인 두 사람 중 도간이 먼저 화제를 돌렸다.

"참, 태현자소궁에 대해 궁금하다고 하셨지요?"

담우소가 가볍게 고개를 끄떡였다. 그의 입가에 쓴웃음이 떠올랐다.

"가친께서는 당대의 대유학자로 후배들한테 귀감이 되는 분이십니다. 말년에 이르러 유학 외에 도학 쪽에 관심을 가지신 것도 나쁜 일은 아니지요. 하지만 무당산의 네 개 궁을 돌며 치성을 들여야만 가친의 괴질이 낫으리라곤 생각되지 않습니다. 차라리 천하를 다 뒤져 명의를 찾느니만 못하다는 게 소생의 생각이지요. 물론 그분의 뜻을 끝내 거스를 순 없었습니다만."

"이해합니다. 세간에는 명산대찰이나 도관에서 기원을 올리는 것으로 마음의 위안을 삼으려는 분들이 계시지요."

"우매하다 욕하진 말아주십시오."

"어찌!"

"소생은 무당산 사 개 궁을 낱낱이 이 눈으로 보고 들은 채 북경으로 돌아가 가친의 마음이라도 편케 해드리고 싶습니다."

"무량수불!"

도간이 도호성을 발하자 밥그릇에 얼굴을 묻고 있던 청효 역시 엄숙한 얼굴이 됐다. 그들 사제가 첫날 봤던 담우소와 지금 보는 담우소 간에는 많은 차이가 있었고, 그 차이는 꽤나 커 그를 대하는 마음가짐 자체를 바꿔놓은 것이다.

'그저 건성으로 대하려 했건만……'

스스로를 자책한 도간이 엄숙한 표정을 한 채 설명했다.

"청효에게 태현자소궁에 삼 전과 십육 각이 있다는 말은 들었을 것입니다. 부연 설명을 하자면, 삼 전은 원무천존을 비롯한 도가팔선을 모신 원무대전(元武大殿), 장문인이 파 내의 대소사를 관장하는 진무대전(眞武大殿), 무당파의 역대 조사들이 남긴 무학과 도학 서적들이 쌓여 있는 장경대전(藏經大殿)입니다. 이곳들은 하나같이 무당파 제일의 중지로 외인이 구경할 수 없는 곳입니다. 문파 내의 제자들일지라도 쉽사리 접근할 수 없는 곳이니까요. 그러니까 빈도가 안내할 수 있는 곳은 뒤의 십육 각이 되겠습니다. 본래 십육 각 역시 문외인들에겐 쉽사리 공개할 수 없는 곳이 수두룩하지만, 몇 군데쯤은 괜찮을 겁니다."

"원무천존과 팔선을 모셨다는 원무대전의 모양새는 어떻게 되지요? 아무래도 가친께선 원무대전과 장경대전 쪽에 관심이 많으실 테니, 조금이라도 알고 가야 할 것 같습니다."

"과연 그렇겠군요."

고개를 끄떡여 보인 도간이 다시 장황하게 원무대전의 모양과 구조에 대해 설명했다. 삼 전의 경우 무당파의 일대제자들이 밤낮으로 지키고 있는지라 마음을 놓은 것이다.

'하긴 무당파가 어떤 곳이던가? 소림사처럼 고수가 구름처럼 많은 곳이니 마음을 놓는 것도 무리는 아니지. 확실히 담가 녀석과 나도 무당파 내에서 문제를 만들 생각은 아니니까. 하지만 담가 녀석은 어째서 이 좋은 기회를 잡고도 청우 선인에 대한 질문은 하지 않고 계속 딴짓만 하는 거냐?

담우소에게 한차례 못마땅한 시선을 던진 최고봉이 그동안의 침묵을 깼다. 밥그릇을 내려놓곤 도간에게 넌지시 질문을 던진 것이다.

"그런데 외람된 말이지만, 이놈이 도장께 한 가지 질문을 해도 되겠소이까?"

도간 도장의 눈에 이채가 떠올랐다. 철저히 노복으로 자신을 낮추던 최고봉이 담우소와의 대화에 끼어들었기 때문이다.

슬쩍 담우소 쪽에 시선을 던진 도간이 최고봉에게 고개를 끄떡였다.

"말씀하시지요?"

최고봉이 머뭇거리는 표정으로 말했다.

"이 사람은 천풍서림에 몸담기 전 강호를 좀 전전한 일이 있소이다."

도간의 눈빛이 차갑게 변했다.

"본래 노인장께서는 강호인이셨군요?"

최고봉이 손을 흔들어 보였다.

"그래 봤자 용병 생활을 조금 한 것뿐으로 팔 하나를 잘리고 쓸모없어진 몸을 지금의 주인님께서 받아주셔서 여태까지 목숨을 연명했소이다. 강호인이니 무림인이니 부를 만한 것은 아닙니다."

도간의 눈빛이 다소 풀렸다. 그러나 그의 시선은 최고봉의 빈 소맷자락을 바라보고 있었다. 여전히 의혹은 남아 있었다.

"그러셨군요. 그런데 궁금하신 점이란 건?"

"그게 다름이 아니라, 과거 강호를 떠돌던 당시 무당파의 대명은 귀가 따갑게 들었소이다. 천하제일인이라 불리는 청우 선인에 대한 이야기와 함께."

"……."

"그래서 정말 어처구니없는 얘기올시다만, 이곳까지 왔으니 천하제일인이라는 청우 선인의 존안을 한 번이라도 봤으면 합니다. 주인어르신의 병세도 그분이라면 고칠 수 있을 듯하고."

최고봉은 은근히 담우소의 눈치를 봤다. 뒷말은 어디까지나 담우소 때문에 붙인 말이란 걸 누구나 알 수 있을 정도였다.

그런 최고봉을 다소 불쾌한 표정으로 바라보던 담우소가 퉁명스레 말했다.

"설마 무당산으로 가서 치성을 올려야 한다는 칠성도사의 말에 부화뇌동했던 게 그러한 이유 때문이었던 건 아니겠지?"

최고봉이 얼른 고개를 가로저었다.

"어찌 노복이 언감생심 그런 마음을 품었겠습니까? 노복은 다만 무당산에 올라 무당파에까지 이르렀으니, 신화적인 분의 존안을 먼발치에서나마 봤으면 하는 마음에……."

담우소의 입가에 차가운 조소가 담겼다.

"그러나 그 청우 선인이란 분은 활선이라지 않던가? 살아 있는 신선을 어찌 자네와 나 같은 범인이 볼 수 있겠는가? 그분이 죽어가는 사람도 살릴 수 있는 대라신선이라면 또 몰라도."

"그렇습니다, 그렇습니다, 노복이 주제넘었습니다."

최고봉은 연신 고개를 조아렸다. 방금 전 도간이 가졌던 의혹을 완전히 불식시키는 모습이었다. 자신의 아들뻘밖엔 안 되는 담우소에게 고개를 조아리는 모습은 결코 자존심 강한 무림인의 모습은 아니었기 때문이다.

'하나 이런 자들의 입에서까지 청우 선인의 이름이 흘러나올 줄이야! 청우 선인이 본 파에 드리운 그림자는 크고도 넓구나!'

옅은 한숨과 함께 도간이 말했다.

"확실히 당금 무림 중에 우리 무당파의 명성이 태산북두의 위치에 선 건 선인님의 비중이 큽니다. 빈도 역시 마음 깊이 존경하는 분이시고요. 하지만 애석하게도 그분께서는 몇 년 전 본 파를 떠나셨습니다."

"뭣!"

대경하는 최고봉에게 담우소는 재빨리 손을 들어 보였다. 이런 곳에서 본색을 드러내선 안 되었다.

그는 도간을 향해 눈살을 찌푸리며 말했다.

"도장, 그렇다면 이곳 무당파에 청우 선인은 안 계시다는 뜻입니까?"

도간이 고개를 끄떡였다. 그의 얼굴에 미묘한 자괴의 감정이 번져 나왔다.

"성조 폐하 이래, 본 파에 대한 황실의 지원은 매해 더해졌습니다. 본래 그리 큰 규모가 아니던 자소궁이 태현자소궁으로 증축됐고, 근처에도 비슷한 규모의 궁이 세 개나 세워졌지요. 무당파로 보자면 이보다 좋은 일이 없었습니다. 하지만 태현자소궁을 제외한 다른 세 개 궁을 황실에서 나온 태감들이 관리하면서 문제가 조금 달라졌습니다. 몇 가지 문제를 가지고 사사건건 본 파의 일에 간섭하기 시작한 것이지요."

"……"

"아마도 선인님께서는 그런 것들이 마음에 안 드셨나 봅니다. 몇 해 전 장문 진인과 팔대장로들께서 참석한 자리에서 몇 마디 설교를 하신 후 선인님은 무당파를 떠나셨습니다. 다시는 무당파로 돌아오지 않겠다는 말씀과 함께."

툭!

담우소는 들고 있던 젓가락을 떨어뜨렸다. 지금껏 단 한 번도 스스로의 감정을 드러내지 않던 그의 얼굴 근육이 미묘하게 꿈틀거리고 있었다.

"그렇다는 건……"

도간이 고개를 푹 숙였다.

"세상에는 알려지지 않았으나 선인님은 무당파에서 스스로를 파문시켰습니다. 장문 진인과 팔대장로님들의 간곡한 만류에도 불구하고."

"여, 역시!"

담우소는 일시 현기증을 느끼며 소반에 몸을 기댔다. 지금껏 해왔던 연기가 수포로 돌아간 때문이 아니었다. 그는 자신과 달리 스스로 파문제자가 된 한 사람의 선택에 충격을 받은 것이다. 순간 움찔 놀란 표정이 된 청효의 얼굴 표정과 도간의 말속에 담긴 숨은 사정을 유추해낼 엄두를 내지 못할 만큼.

제93장 청우 선인(靑牛仙人)

진무대전 안 대회의청.

눈앞의 팔선탁을 바라보는 당금 무당파의 장문인 적양 진인의 얼굴은 평온했다. 도관 밖으로 보이는 머리에는 희끗희끗한 서리가 내렸으나 탐스런 미염(美髥)은 아직 검은빛이 완연했다. 어느 모로 보나 일파지주(一派之主)로서의 기상과 기백이 충만한 신태였다.

그런 적양 진인이 좌정한 태극 모양의 단(壇) 아래 마련된 팔선탁(八仙卓)에는 지금 무당파의 기둥인 팔대장로가 모두 배석해 있었다. 근래 보기 드문 중대 사안을 논의하기 위함이었다.

평상시와 같이 끝 간 데를 모르는 적양 진인의 침묵 속에 마음이 다급해진 팔대장로 중 수장인 적하 도장이 먼저 입을 열었다. 적양 진인이 입을 열지 않는 한 자신밖에는 대회의청에 무겁게 내려앉은 침묵을 걷어낼 사람이 없다는 판단이었다.

"장문 사형, 이젠 더 이상 소림과 개방에 보낼 답변을 미룰 수 없습니다. 지난번 사파연합 결성 중 큰 피해를 입은 모용가에서는 이미 이번 정마대전에서 발을 뺄 의향을 보내왔습니다. 그러니 우리 무당 역시……."

"그건 안 될 말! 어찌 속세의 잇속에 따라 움직이는 모용가가 빠진다 하여 우리 무당이 이번 정마대전에서 발을 뺄 수 있겠습니까?"

적하 도장의 말을 중간에 끊은 사람은 맞은편에 앉은 적송 도장이었다. 팔대장로 중 서열 두 번째이자 원무대전을 맡고 있는 적송 도장의 얼굴에 노기가 떠올라 있었다. 한눈에 적하 도장과 뜻을 달리한다는 걸 엿볼 수 있는 모습이었다.

적하 도장이 눈살을 가볍게 찌푸려 보였다.

"적송 사제, 그동안 우리 무당은 피를 흘릴 만큼 흘렸네. 그런데 또 앞에 나서서 피를 흘리자는 것인가? 우리 사형제들이 아홉밖엔 남지 못한 게 무엇 때문인가?"

적송 도장의 얼굴에 일시 괴로운 기색이 스쳐 갔다. 그러나 그는 자신의 뜻을 굽히려 하지 않았다. 투명하리만큼 냉정한 눈빛으로 적하 도장을 바라보며 그는 목소리를 높였다.

"물론 명의 건국으로부터 연이은 마천루의 준동까지 우리 무당파가 흘린 피는 적지 않습니다. 참으로 많은 피를 흘렸지요. 하지만 그 덕분에 우리 무당파는 당금에 이르러 소림의 지위를 뛰어넘게 되었습니다. 지금 와서 뒤로 몸을 사린다면 강호의 제위들이 우리 무당을 어찌 보겠습니까?"

"그 점은 적송 사형의 말씀이 옳습니다. 확실히 강호무림을 선도하는 위치에 있으니만치 무당이 정마대전에서 뒤로 숨는다는 것은 말이 안 되는 일입니다."

"그렇습니다. 소제도 적송 사형의 말에 동감합니다."

"저 역시!"

적룡과 적우, 적화 도장이 동시에 적송 도장의 의견을 지지하고 나섰다. 평소 도학보다는 무공 쪽에 관심이 많던 터라 주전론 쪽에 손을 들어준 것이다.

그러나 그 순간, 적하와 적송 도장 간의 설전을 지켜보고만 있던 적풍 도장이 고개를 가로저었고 적일 도장이 나직한 도호성을 발했다.

"무량수불! 어찌 장삼봉(張三峰) 조사로부터 면면부절 이어져 온 무당의 빛이 이리 쇠(衰)했더란 말인가! 불과 몇 해 전 무당의 검이 지나치게 날카로워졌다 하여 청우 사백께서 본 파를 등지셨거늘."

적풍 도장이 괴롭게 눈을 감았다. 사백인 청우 선인을 가장 잘 따랐던 이가 바로 그였기 때문이다.

그때 적운 도장이 한풍이 부는 목소리로 말했다.

"어찌 본 파의 대계를 논하는 자리에서 파문된 자의 이름을 거론하는가! 사사로이 사백이 된다 할지라도 엄연히 문파를 등졌으니 남인 것을. 본 파의 계율을 수호하는 직책에 있는 사람으로서 사제들의 언동은 결코 묵과할 수 없는 일이니 혜량하시기 바라네."

적일 도장이 얼른 허리를 숙여 보였다.

"적일이 죄를 알겠습니다. 적운 사형은 노여움을 거둬주십시오."

적운 도장의 얼굴이 다소 풀렸다.

"사제가 죄를 알겠다 하니 더 이상 문제 삼진 않겠네."

적일 도장이 다시 허리를 숙여 보였다.

그 모습을 지켜본 적송 도장이 말했다.

"적운 사제의 행사는 전혀 틀린 것이 없네. 확실히 청우 사백의 얘기는 더 이상 거론하지 않는 게 좋을 것이야. 하지만 청우 사백은 현재 무림 중에 무당파의 상징처럼 여겨지고 있고, 덕분에 본 파는 천하제일의 명성을 유지하고 있으니……. 우리들이 어느 세월에 청우 사백의 그림자에서 벗어날 수 있겠는가?"

"그건……."

적운 도장에게 적하 도장이 손을 들어 보였다.

"적송 사제의 질문에 대한 대답은 내가 하겠네."

적운 도장이 입을 다물자 나머지 사제들을 찬찬히 둘러보고 최후로 적송 도장에게서 시선을 멈춘 적하 도장이 말했다.

"적송 사제의 뜻은 이번 정마대전에 참가해 본 파에 청우 사백이나 석검 사백만이 있는 게 아니라는 걸 천하무림에 보이자는 뜻일 것일세. 그래, 과거 사파연합 중 모용가가 뒷걸음질치고, 소림과 개방 역시 앞서 나설 뜻이 없어 보이니, 무당이 나선다면 단연 돋보일 건 자명한 사실이겠지. 하지만 그런 세속적인 명성이 아직 꽃도 펴보지 못한 제자들과 사손들을 사지로 몰아넣을 명분이 되겠는가?"

"하지만 사형!"

적하 도장이 안색을 차갑게 굳혔다.

"잠시만 이 사형의 말을 들어주게, 내 금방 끝낼 테니."

적송 도장이 입을 다물었다. 그가 무당제일의 법술고수로 원무대전을 맡고 있다면, 적하 도장은 진무대를 맡고 있는 사람이었다. 실질적인 무당제일의 무투 조직의 책임자일 뿐더러 팔대장로 중 최강의 고수인 것이다.

적송 도장을 향해 미미하게 고개를 끄떡여 보인 적하 도장이 말을 계속했다.

"청우 사백은 떠나기 전 본 파에 경계의 말씀을 남기셨네. 그건 검을 버리라는 말이었지. 그 말에 석검 사백은 반발하셨지만, 우리들은 지금까지 암묵적으로 그 말을 따랐다고 할 수 있네. 그분께서 본 파와 우리 사형제들에게 남긴 건 이루 말할 수 없을 만치 크니까. 그런데 이제 와서 다시 검을 빼면 후일 청우 사백이 본 파로 돌아오셨을 때 무슨 말을 할 수 있겠는가? 더구나 현재 마교를 막기 위해 사천에 모인 정파의 세력이 이미 대단하고, 그들 중 우리 무당이 오길 바라는 자들은 한 명도 없는 것을."

적하 도장이 말을 잇는 동안 적운 도장은 계속 얼굴 근육을 꿈틀거렸다. 그가 이미 경고했음에도 청우 선인에 대한 얘기가 흘러나왔기 때문이다.

그런 적운 도장을 향해 적하 도장이 말했다.

"이 사형이 죄를 안다네. 이번 회의가 끝난 후 직접 자네를 찾아갈 테니, 그때 벌을 내려주기 바라네."

"그러지요."

적운 도장은 묵묵히 고개를 끄떡여 보였다. 그 역시 사백인 청우 선인에 대해선 특별한 감정을 품고 있는 만큼 적하나 적일 도장의 마음을 이해할 수는 있으나 법을 적용함에 있어 예외는 금물이었다.

반면 적하 도장의 열변이 통했음이리라. 얼마 전까지 주전론이 득세하고 있던 대회의청의 분위기는 미묘하게 바뀌어 있었다. 여전히 적송과 적룡, 적우 도장 등은 강력하게 참전을 주장했지만, 홍일점인 적화나 중립을 지키던 적풍, 적일 등은 반전에 동조하는 기색이 완연했다.

바로 그때였다. 점점 어수선해지기 시작한 팔선탁을 향해 드디어 침묵 속에 묻혀 있던 적양 진인이 입을 열었다.

"사제들은 설왕설래를 그만두게나."

"장문 사형!"

"장문 사형!"

적하와 적송 도장의 얼굴엔 일말의 기대감이 떠올라 있었다. 누구보다 도학이 깊고 무공의 성취가 높아 장문의 직위에 오른 적양 진인이나 속마음을 드러내는 법은 별로 없었다. 그에겐 평생 넘지 못할 산이 두 개나 앞을 가로막고 있었기 때문이다. 그런데 그런 그가 모처럼 단호한 목소릴 낸 것이다.

'도학이 깊은 장문 사형이라면!'

'장문 사형 역시 이젠 무당의 중심에 서고 싶으실 터!'

자신을 향한 열망 어린 시선들을 바라보는 적양 진인의 입가에 우울한 미소가 매달렸다. 그는 사람의 내심을 울리는 담담한 목소리로 말했다.

"사제들의 토론을 듣고서 내가 내린 결론은 무당은 사천에 가서도 안 되고 안 가서도 안 된다는 것이네. 하지만 이런 결론은 사제들의 마음에 스며든 심마(心魔)를 씻어주진 못할 것이네."

'심마?'

'심마라!'

적하와 적송 도장의 표정이 묘해졌다. 평생 우열을 가리지 못한 두 사람의 내심을 적양 진인에게 들킨 기분이 든 것이다. 그러나 이때 표정이 변한 사람은 그들만이 아니었다.

적양 진인의 눈빛을 맞닥뜨린 나머지 팔대장로들 모두가 부끄러운 신색이 됐다. 물같이 유유히 흘러가는 무당산의 세월 속에 그들은 정마대전이라는 격류를 만나 마음이 흔들렸으리라.

사제들의 안색이 변하는 모양을 살피며 입가에 담겼던 우울한 미소를 거둬낸 적양 진인이 말을 이었다.

"말을 듣자니 어제 북경에서 손님이 찾아왔는데, 무당파에 대해선 잘 모르고 궁금해하지도 않으면서 청우 사백에 대한 관심은 높다고 하더군. 그게 바로 세상의 인심이란 것이겠지. 하지만 내가 아는 청우 사백은 본시 싸움을 싫어하는 분이셨네. 그렇게 싸움을 싫어하고 세상의 명리에 관심없으신 분께서 어떻게 그 수많은 마두들과의 싸움을 이겨 내셨는가 싶을 정도로."

"……."

"그러니 그분께서 본 파에 돌아오실 때까지 후학들이 싸움질이나 하고 있어선 안 될 거야. 그렇지 않은가?"

"장문 사형, 하지만!"

"적송, 사천무림맹의 맹주로 석검 사백이 오르셨다고 하더군. 석검 사백이 무당의 이름을 대표하니, 우리들까지 나설 필요는 없는 것이야."

그것으로 끝이었다. 말이 없을 때는 살아 있는 석상을 방불케 하던 적양 진인이었으나 일단 입을 연 순간 모든 일은 그의 뜻에서 한 치도 벗어나지 않았다.

팔대장로 중 누구도 감히 반 마디도 거역할 마음을 품지 못했다. 평소에는 물처럼 고요하나 일단 마음을 먹으면 무당파의 어느 누구보다 압도적인 적양 진인의 역량을 누구보다 그들이 잘 알고 있었기 때문이다.

　　　　　*　　　　*　　　　*

　도간의 배려 덕분에 담우소와 최고봉은 태현자소궁의 이곳저곳을 편하게 구경할 수 있었다. 애초부터 문제가 될 만한 곳은 건너뛰었기에 오전이 가기 전에 구경을 모두 마칠 수 있었다. 모든 일이 무척 순조로웠다.

　'순조롭긴 뭐가 순조롭냐!'

　나머지 안내를 청효에게 맡기고 떠나가는 도간을 향해 억지웃음을 던지며 담우소는 주먹을 불끈 쥐었다. 치밀어 오르는 울화를 참아내기가 쉽지 않았다. 그가 무당파에 온 건 어디까지나 당세 천하제일인인 청우 선인을 만나기 위함이었다. 무당파의 몇몇 건물 따윌 구경할 마음이 있을 리 만무했다.

　얼굴 근육이 가볍게 일그러진 담우소의 어깨를 최고봉이 툭 쳤다. 뒤로 힐끔 눈길을 돌린 담우소의 안색이 더욱 험상궂어졌다.

　"뭐요?"

　"인상 풀어라."

　"내가 지금 인상 안 쓰게 생겼습니까!"

　"청우 선인의 행방을 완전히 놓친 건 아니다."

　"그게 무슨?"

　"태현자소궁을 벗어난 후 얘기해 줄 테니, 그때까지 참아라."

　담우소의 인상이 거짓말처럼 평소의 신태를 회복했다. 그는 최고봉의 입가에 떠올라 있는 미미한 미소를 본 것이다.

　'뭔가 꿍꿍이가 있구만.'

　그때 최고봉이 담우소에게 허리를 굽실거렸다.

"공자님, 이젠 대충 태현자소궁의 전경을 머리 속에 담으셨을 테니, 다른 곳으로도 가보시는 게 어떻겠습니까?"

"다른 곳이라면, 나머지 궁을 구경하러 가자는 뜻이냐?"

"그렇습니다요. 아무래도 고된 길이 될 터인즉, 지금 당장 산을 내려가는 게 좋을 듯합니다만."

담우소는 최고봉이 하는 대로 일단 따르기로 마음먹었다. 그가 말없이 고개를 끄덕이자 최고봉이 청효에게 은근슬쩍 말했다.

"소도사는 끝까지 우리를 안내해 주려는가?"

청효가 얼른 고개를 끄덕여 보였다.

"사부님께서 허락하셨으니 바로 모시겠습니다."

"오오, 그래 주시려는가?"

"아무렴요. 두 분께서 무당산에 계신 동안 안내는 이 청효가 확실히 해 보이겠습니다."

"그건 마음 든든한 일이군."

담우소는 무심히 청효의 머리를 쓰다듬어 줬다. 소년 소여영을 본 듯한 기분이랄까. 처음과 달리 담우소는 청효가 꽤나 귀엽게 느껴졌다.

그러자 헤헤 웃은 청효가 앞장서 걸어가기 시작했고, 각기 다른 얼굴을 한 담우소와 최고봉이 그 뒤를 좇았다. 중간중간 그들을 스쳐 지나가는 무당 제자들 중 그들을 신경 쓰는 이는 아무도 없었다.

계단은 오르는 것만큼 내려오는 것도 힘들다. 잔뜩 지친 얼굴이 되어 태현자소궁 아랫계단을 내려온 담우소와 최고봉에게 신경이 쓰인 청효는 산길의 중간쯤 이르러 인상을 찡그렸다.

"아유, 다리 아파라. 계단을 내려오느라 다리에 무리가 갔나 보네? 이쯤에서 조금 쉬었다 가시지요?"

자신을 빼꼼이 바라보는 청효를 향해 담우소가 고개를 끄떡였다.

"꼬마도사가 힘들다니, 좀 쉬어가는 것도 군자(君子)의 도리이겠지."

"아이구, 아무렴요. 공자님의 말씀이 백 번 지당합니다요."

최고봉은 아예 땅바닥에 털썩 주저앉았다. 연신 다리를 주무르는 모양새가 진짜 힘들어 죽기 일보 직전의 사람을 보는 듯했다.

'늙은이가 잔머리만 늘어서.'

슬쩍 곁눈질을 던진 후 담우소는 근처의 바위를 골라 앉았다. 거짓말이 서툰 청효가 멀뚱히 서 있는 걸 보며 그가 말했다.

"꼬마도사, 여기 자리가 남으니 이쪽에 와 앉아라."

"괜찮습니다."

"어린애는 사양하는 게 아니다."

담우소가 안색을 굳히자 청효가 종종걸음으로 다가와 앉았다. 아무리 살펴봐도 소여영과 닮은 모습이 아닌데, 이상하리만치 비슷한 면이 있었다.

"내가 가르치는 아이 중에 영아라는 아이가 있는데, 나이는 좀 차이가 나지만 꼬마도사와 만나면 무척 잘 어울리겠구나."

"예?"

"참고로 말하자면, 그 아이는 계집아이란다."

담우소가 한쪽 눈을 살짝 감아 보이자 청효의 얼굴이 대뜸 새빨갛게 물들었다. 아직 소년기를 벗어나지 못했지만 남녀의 차이쯤 모를 나이는 아닌 것이다.

그런 청효를 바라보며 담우소가 웃고 있자니, 땅바닥에 앉아 연신 숨을 헐떡거리고 있던 최고봉이 슬그머니 근처로 다가왔다.

"소도사, 이 늙은이가 한 가지 궁금한 점이 있는데 물어봐도 되겠는가?"

청효가 얼른 고개를 끄떡였다.

"말씀하십시오. 제가 아는 건 별로 없지만, 성의껏 대답해 드리겠습니다."

최고봉이 만면에 웃음을 띠었다.

"그건 다행이로구먼. 도간 도장께서 말끝을 흐리시길래 걱정했거늘."

"예? 무슨……."

최고봉이 짐짓 표정을 우울하게 물들이며 말했다.

"우리 공자께서는 귀한 집안의 자제로 남에게 부탁 같은 걸 잘 못한다네. 그래서 도간 도장께도 진짜 부탁의 말을 하지 못했는데, 사실 우리가 무당산에 온 건 청우 선인을 만나기 위함이라네. 주인어르신의 병환을 그분이라면 반드시 치유할 수 있다는 말을 들었거든."

일시 담우소의 안색이 변했다. 그러나 그는 최고봉이 하는 수작을 그냥 지켜보기로 했다. 그에게 무슨 꿍꿍이속이 있다고 여긴 것이다.

과연 최고봉에겐 꿍꿍이가 있었다. 청효가 안절부절못하는 빛을 보이자 슬그머니 손을 뻗어 고사리 같은 손을 맞잡은 그가 말을 이었다.

"그래서 청우 선인께서 무당파를 떠나셨다는 말을 듣고 이 늙은이나 공자님이나 크게 놀랐다네. 그분을 뵙지 못한다면 무당산의 네 개 궁을 다 돌며 하늘에 기원한다 한들 무슨 소용이 있겠는가? 그저 주인어르신의 마음을 풀어드릴 뿐이지."

"……."

"하지만 공자님이야 상심이 커 보지 못했겠지만, 이 늙은이는 도간 도장의 말을 듣고 소도사가 크게 놀라는 표정을 봤다네. 소도사는 그 때 무언가를 말하려다 입술을 깨물지 않았던가? 그건 무슨 이유에서였 지?"

"그건……."

"도간 도장 같은 분이 거짓말을 했다곤 생각되지 않네. 그분의 말은 모두 참일 게야. 하나 소도사는 청우 선인의 행방을 알고 있는 게 아닌 가? 사실 지금까지 그분께서 무당파를 떠났다는 사실도 몰랐었고? 그 래서 그때 놀란 표정이 됐던 게지? 그렇지?"

청효의 얼굴이 아까와는 다른 까닭으로 붉게 물들었다. 최고봉의 질 문이 정확히 요지를 찔렀음을 말해 주는 모습이었다. 은근히 자신에게 '어떠냐?' 하는 눈짓을 해 보이는 최고봉에게 담우소가 미미하게 고개 를 끄떡였다.

'잘났수, 늙은이!'

그러나 담우소는 오히려 청효의 어깨를 가볍게 두드려 주며 최고봉 과는 다른 말을 했다.

"됐다! 꼬마도사."

"예?"

"필시 꼬마도사에게도 피치 못할 사정이란 게 있을 거야. 그런데 우 리만 좋자고 괴롭히는 건 군자의 도리가 아닐 뿐더러 사나이가 취할 행동도 아니야. 내가 포기할 테니, 꼬마도사는 더 이상 괴로워하지 말 아라."

최고봉이 와락 인상을 찌푸렸다.

"하지만 공자님!"

담우소가 완강히 고개를 가로저었다.

"아버님의 병환은 그만 포기한다. 아니, 지금부터 다른 방도를 찾아보기로 한다."

"어찌……?"

"학문을 배워 익힌 사람으로서 도사들에게 허리를 굽히는 것도 도리는 아닐진대, 어찌 나이 어린 사람을 핍박까지 하겠는가? 부친께서도 그런 일은 바라지 않으실 걸세."

"공자님!"

최고봉은 비통한 표정을 지어 보였다. 그리고 고개를 슬쩍 떨군 그의 어깨를 살포시 끌어안는 담우소가 지어낸 표정은 가히 압권이라 할 만했다.

청효가 발그스름한 두 볼 가득 눈물을 줄줄 쏟아냈다.

"말할게요."

"……."

"……."

"선인님에 대해 모두 말해 드릴게요."

담우소와 최고봉의 눈빛이 빛났다. 순진한 소년 도사를 농락하고도 뻔뻔스레 두 사람은 환호작약했다. 드디어 착실히 가꿔낸 과실을 따는 일만 남았다는 판단이었다. 그들은 앞으로 자신들에게 닥칠 고난을 알지 못하고 있었다.

*   *   *

보름 후.

산의 가을은 점점 깊어가고 있었다. 나무 사이로 찬바람이 휘몰아쳤고, 그때마다 온갖 빛깔로 자신을 치장하기 시작한 나뭇잎들은 노래를 불렀다.

우수수!

떨어지는 낙엽들을 바라보며 담우소는 한숨을 내쉬었다. 종종 청우선인이 모습을 보이곤 한다는 진가촌(眞家村) 근처를 이 잡듯 뒤지기 시작한 지 벌써 십여 일이 넘어서고 있었다.

종종 수련을 피해 놀러 오는 청효가 위로의 눈빛을 던질 정도로 담우소와 최고봉은 상거지꼴이 되어가고 있었다. 절정에 도달한 무공을 지닌 두 사람이나 풍찬노숙(風餐露宿)을 계속하는 이상 어쩔 수 없는 변화였다.

'뭐, 다 좋은데, 도대체 이놈의 선인은 어디에 틀어박혀 있는 거냐? 아무리 천하제일인이라지만 숨바꼭질을 하는 것도 유분수지, 진가촌에 사는 대부분의 사람들이 봤다는데, 어째서 우리 눈에는 띄지 않는 거냐구!'

담우소는 하늘을 향해 주먹질이라도 하고 싶은 심경이었다. 과거 사문인 풍뢰문이 빚에 저당 잡혀 망했다는 사실을 알았을 때 이후 담우소는 가장 화가 나 있었다.

최고봉이 버럭 소리 질렀다.

"정신 사납다! 왔다 갔다 하지 말고 좀 앉아 있어라!"

담우소의 이마에 핏대가 섰다.

"왜? 슬슬 포기하려는 거요?"

최고봉의 코에서 콧김이 뿜어져 나왔다.

"포기?"

"그렇소. 며칠 풍찬노숙을 하다 보니 온몸의 뼈마디가 시린 것이 이젠 따뜻한 아랫목이 그리워진 게 아니냔 말이오."

"이놈의 천둥벌거숭이가!"

최고봉은 벌떡 몸을 일으키려다 입술을 한일 자로 닫았다. 무언가 마음에 걸리는 게 있는 모양이었다.

그 모습에 안색이 변한 담우소가 말했다.

"뭐요?"

최고봉이 퉁명스런 눈빛을 던졌다.

"뭐가?"

담우소의 눈에 짜증이 떠올랐다.

"말 돌리지 말고 말하쇼. 최 노야와 내가 하루 이틀 된 사이도 아니잖습니까."

최고봉이 한숨을 내쉬었다. 그 역시 담우소를 속일 수 있으리란 생각은 처음부터 하고 있지 않았다. 그저 말하고 싶지 않았을 뿐이었다.

'어쨌든 말하긴 해야겠지.'

바짝 마른 입술에 침을 축이며 최고봉이 말했다.

"네가 보기에 청효란 소도사가 남을 속일 만한 아이더냐?"

담우소는 고개를 가로저었다.

최고봉이 말했다.

"분명 사람을 속일 녀석은 아니다. 그리고 여기 진가촌의 사람들도 대부분 그렇고."

담우소가 눈치를 챘다. 안색을 좀 전보다 더 일그러뜨리며 담우소가 말했다.

"청우 선인은 우리를 일부러 피하고 있는 건가요?"

최고봉의 얼굴에 낙담의 기색이 떠올랐다.

"그렇다고밖엔 생각할 수 없지 않느냐? 분명 무당산 중 어딘가에 거처를 마련했고, 진가촌 사람들이나 무당파의 소도사들을 종종 만나는 분이 보름 동안이나 산중을 헤집고 돌아다닌 우리의 존재를 파악하지 못했다는 건 말이 안 되니까."

"빌어먹을!"

북경 유가의 명문인 천풍서림의 후계자 역할을 하는 동안 한 번도 내뱉은 적이 없던 육두문자였다. 연이어 대여섯 차례나 다양한 종류의 육두문자를 내뱉으며 담우소는 자신의 머리를 감싸 안았다. 여기까지는 쉽사리 올 수 있었지만, 지금부터는 대책이 안 섰다. 공인된 천하제일인이 만나고 싶지 않다는데 어찌해 볼 도리가 없는 것이다.

그런데 그때였다. 발광에 가까운 발작을 보이는 담우소를 묵묵히 지켜보고 있던 최고봉의 눈빛이 변했다. 그는 담우소를 향해 평소 보인 일이 없는 묵직한 표정으로 말했다.

"담가야, 너 이번 일에 목숨을 걸 수 있겠냐?"

발작을 멈춘 담우소가 최고봉을 바라봤다.

"그건 무슨 뜻입니까?"

최고봉이 여전한 표정으로 말했다.

"말 그대로다. 너는 이번 일에 목숨을 걸 자신이 있는 거냐?"

담우소 역시 눈빛이 바뀌었다.

"그게 무슨 뜻이냐고 묻는 겁니다."

최고봉의 시선이 멀리 내려다보이는 진가촌을 향했다. 그는 담우소를 쳐다보지도 않고 말했다.

"어째서 스스로 무당파를 떠난 청우 선인은 어린 소도사들이나 진가촌 사람들한테만 모습을 보이는 걸까?"

"······."

"나는 알지 못하겠다. 평생 무학을 연마해 왔지만 한 번도 천하제일의 근처에 도달해 보지 못한 사람이니 당연한 일이다. 하나 지난 보름간 한 가지는 확신하게 됐다."

"진가촌의 촌민들을 인질로 삼으면 청우 선인을 만날 수 있다?"

최고봉이 담우소를 돌아봤다.

"그렇다. 지난 보름간 내린 결론은 그거 하나였다. 하지만······."

"뒤에는 천하제일 무당파, 앞에는 천하제일인 청우 선인. 목숨이 열 개라도 부족하겠군요."

최고봉의 눈에서 일순 광기가 번뜩였다.

"할 수 있겠느냐?"

"못한다면··· 요?"

"장애물은 제거해야겠지."

꿈틀!

담우소는 자신도 모르게 한 발짝 뒤로 물러섰다. 그의 소맷자락이 바람도 없는데 가는 펄럭거림을 보였다. 자연스레 풍천외가경이 발동한 것이다.

"이곳 주민들은 죄가 없습니다. 아니, 최 노야한테 이런 말 따윈 아무짝에도 필요가 없지 참!"

쓴웃음과 함께 담우소는 고개를 가볍게 흔들어 보였다. 자신과 최고봉 양자를 향한 배려였다.

그렇게 잠시의 시간을 번 담우소가 퉁명스레 말했다.

"살기가 대단하십니다. 만약 진짜로 내가 반대한다면 죽이기라도 하겠다는 기세군요."

"맞다! 어차피 이번 일에 나는 목숨을 걸었으니까 못할 건 아무것도 없다."

"그렇지만 아직 난 죽고 싶지 않은데요?"

"그런 각오도 없이 이번 일을 맡은 것이냐?"

담우소의 눈빛이 또다시 변했다. 처음만 해도 냉정함을 가장했을 뿐 머뭇거림이 남아 있었으나 지금 그의 눈빛은 무심함으로 물들어 있었다. 이미 머뭇거림이나 흔들림 따위는 모두 사라져 버린 것이다.

"이 자리에 오기까지 무수히 많은 죽음을 경험했고 죽였소이다. 이제 와서 내 한 목숨에 연연할 생각은 없소. 하지만 대의를 위해 소의를 희생해야 한다는 개 같은 말도 따르긴 싫소. 사람을 살리자면서 다른 사람을 희생시키자는 엿 같은 논리가 어딨난 말요!"

"난 복수를 원할 뿐이다!"

"그럼 최 노야의 능력으로 복수하시오, 남에게 기댈 생각 하지 말고. 청우 선인을 끌어내겠다는 빌어먹을 이유로 최 노야가 진가촌 사람들을 위협하려 한다면 내가 막아서겠소. 목숨을 걸고 막을 것이오. 덤빌 테면 지금 덤비시오!"

휘오오!

그저 소맷자락을 펄럭거리는 정도에 불과하던 바람은 어느새 작은 회오리로 변해 있었다. 그저 살기를 일으킨 것뿐인데 담우소는 그 모습을 일신한 것이다.

'이 정도였나?'

자신에게로 밀려오는 압력에 대항하기 위해 급히 열화기를 끌어올린 최고봉의 눈빛이 검붉게 물들었다. 극에 달한 열화기의 영향이었다. 그 역시 뒤로 물러설 생각은 없었다.

파직!

두 사람 사이에서 거센 회오리가 일어났다. 회오리 속에서는 빛의 방전도 있었다. 그저 기세를 일으킨 것만으로 두 사람은 내력을 겨루는 지경으로 빠져들었다. 서로 상대방이 전개한 신공을 피하려 하지 않았기에 벌어진 자연스런 전개였다.

'이런!'

'잘못됐다!'

흥분됐던 기분이 가라앉자 담우소와 최고봉은 동시에 아차 한 심정이 됐다. 이와 같은 신공 대결은 초식과 초식을 겨루는 것보다 훨씬 위험했고, 설혹 이긴다 해도 후유증이 컸다. 중요한 일을 앞둔 두 사람이고 보면 아주 좋지 않은 상황이 된 셈이었다.

'그렇지만 지금 오행지기를 되돌릴 수는!'

'열화기를 되돌렸다간 내가 통구이가 된다!'

두 사람은 일시 이러지도 저러지도 못하는 지경이 됐다. 둘 중 한 사람이 죽어야만 끝나는 막다른 골목에 몰린 것이다. 그야말로 최악의 상황이었다.

그런데 그때였다. 팽팽하게 당겨진 실처럼 긴장하고 있던 두 사람의 얼굴 표정이 찰나간에 바뀌었다. 그리고 몇 차례 빠른 눈빛 교환이 있었다. 거의 동시에 근처로 다가오는 익숙한 발자국 소리를 간파해 낸 것이다.

파앗!

처음 시작할 때의 살기는 어디 가고 두 사람은 눈 깜짝할 새 신공을 거둬들였다. 서로 간의 암묵적인 합의가 이뤄졌다곤 하나 이심전심을 뛰어넘는 놀라운 모습이었다. 조금이라도 무공을 아는 사람들이 봤다면 기적이라 평해도 부족하지 않을 일을 그들은 단숨에 해냈다.

"승부는 끝난 게 아니다!"

"당연한 말씀을."

차가운 시선을 주고받은 담우소와 최고봉은 삽시간에 평소의 모습을 회복했다. 아무렇게나 땅바닥에 주저앉은 그들의 얼굴엔 고난과 시름의 표정이 완연히 떠올라 있었다.

거친 숨결을 토하며 산길을 달려온 청효가 그들을 발견하곤 활짝 웃어 보였다.

"선인님을 봤습니다!"

"뭣?"

청효에게 달려들려는 본능을 억지로 찍어 누른 담우소의 목소리가 가늘게 떨렸다.

"청우 선인을 봤다는 거냐?"

고개를 끄떡인 청효가 말했다.

"두 분을 모셔오라고 하셨습니다."

최고봉은 더 이상 참지 못했다. 벌떡 신형을 일으켜 세운 그가 담우소에게 명령하듯 말했다.

"공자님, 가시지요."

"어?"

잠시 떠오른 떨떠름한 표정을 감추고 몸을 일으킨 담우소가 청효에게 질문을 잊지 않았다.

"청우 선인께 우리들의 얘기를 한 건 꼬마도사 너였냐?"

고개를 가로저은 청효가 밝게 웃었다.

"선인님은 모르시는 게 없거든요."

"그렇구나."

고개를 끄떡이는 담우소를 바라보는 최고봉의 얼굴에 일시 차가운 한기가 스쳐 갔다. 얼마 전 담우소에게 강요할 때 보였던 모습과는 조금쯤 차이가 있는 표정 변화였다.

'이분이……'

계피학발(鷄皮鶴髮)이란 말이 이처럼 어울리는 사람이 있을까? 청우 선인은 하얗게 서리가 내린 머리와 수염에 불그스름한 안색을 하고 있었다.

비록 남루한 초막 안이지만 사람을 편안하게 해주는 눈빛을 마주 보고 있자니 담우소의 입가에 저절로 웃음이 번져 나왔다. 초막으로 안내된 후 한참이 지나도록 한마디 말조차 나눌 수 없었으나 그의 얼굴엔 만족감과 포만감이 번져 나왔다.

아기와 같은 얼굴로 청우 선인이 빙긋이 미소 지었다.

"원로에 고생들이 많았소이다."

약초를 달인 물이라 했다. 쓴맛이 나는 건 당연한데 담우소는 군말 없이 자신 몫으로 주어진 찻물을 꿀꺽꿀꺽 마셨다. 옆에서 온갖 인상을 다 쓰고 앉아 있는 최고봉이나 청효와는 전혀 다른 모습이었다.

슬그머니 자신 몫의 찻물을 담우소의 잔에 부으려던 청효가 헛바닥을 깨물었다. 그의 행동을 말없이 바라보고 있는 부드러운 노안을 느낀 탓이었다.

"…죄송합니다."

청효가 고개를 숙여 보이자 청우 선인이 담담히 웃어 보였다.

"먹기 싫은 건 안 먹으면 된다. 어째서 눈치를 보는 것이냐? 아이는 눈치를 보는 게 아니란다."

청효의 눈이 동그래졌다.

"어? 누군가한테 들었던 말이랑 비슷하다!"

청우 선인이 고개를 끄떡였다. 그리고 청효의 머리를 쓰다듬어 줬다.

"이젠 슬슬 가봐야지? 수련 시간에 늦으면 또 사부한테 혼날 테니까."

"아이쿠!"

청효는 벌떡 일어섰다. 뒷간을 간다고 빠져나온 게 벌써 한 시진이니, 지금쯤 난리났겠다는 생각이 들었다. 이런 곳에서 시간을 보내고 있을 여가가 없었다.

"그럼 가보겠습니다!"

꾸벅 고개를 숙여 보이곤 초막을 뛰쳐나가려던 청효가 잠시 발걸음을 주춤했다. 머뭇머뭇 뒤돌아보는 청효에게 청우 선인이 다시 웃음을 던져 줬다.

"내 알아서 할 테니, 너는 걱정할 것 없다."

"헤헤!"

담우소의 옆얼굴을 힐끔 쳐다본 청효가 휑하니 달려갔다. 언제나와 마찬가지로 초막을 나선 순간 기억이 지워질 테지만, 지금 중요한 건 그런 것이 아니었다.

"허허, 녀석도."

청우 선인은 청효를 향해 손을 흔들어 보였다. 마치 친손자를 배웅하는 듯 부드러운 미소가 입가를 감돌았다. 그런데 그때 담우소가 벌떡 일어섰다. 그리고 비장한 표정이 된 그가 얼른 청우 선인을 향해 큰 절을 올리기 시작했다. 옆에 있던 최고봉이 말릴 새도 없이 벌어진 일이었다.

'이 녀석이!'

어이없다는 표정이 된 최고봉의 안색이 곧 와락 일그러졌다. 놀랍게도 담우소가 대놓고 뻔뻔스런 소리를 늘어놓기 시작한 것이다.

"절 제자로 받아주십시오!"

"놈!"

하마터면 최고봉은 공력을 몽땅 발출할 뻔했다. 그만큼 그의 격노는 큰 것이었다. 그러나 청우 선인은 웃었고, 그 순간 담우소가 이글거리는 눈빛으로 소리쳤다.

"무림의 평화나 대의 따윈 제게 없습니다! 그저 누군가 해야만 할 일을 맡고 싶을 뿐입니다. 그러니 선인께서 제게 힘을 주십시오. 머리 숙여 부탁드립니다!"

"그게 말이나 되는 일이냐? 지금 와서 네 녀석이 선인의 제자가 된다 한들……."

"그럼 최 노야가 하실 테요?"

"그건 또 무슨?"

"최 노야가 폭주하는 명존을 막으실 테냔 말이오?"

"이 녀석이 미쳤구나!"

더 이상 참지 못하고 손을 쓰려던 최고봉의 어깨가 순간 후들하고 떨렸다. 딱히 어떤 압력을 느낀 게 아닌데도 온몸에서 힘이 빠지고 있었다. 불가사의한 경험이었다.

'역시?'

최고봉은 청우 선인을 바라봤다. 그의 평온한 눈길을 느끼자 어느새 들끓어올랐던 살기가 사라지고 마음이 크게 가라앉았다. 도저히 항거할 수 없는 기분이었다.

'그래서 녀석이…….'

느닷없이 최고봉은 담우소의 기분을 이해하게 됐다. 눈앞의 백설과 같고 갓 태어난 아기와 같은 노인에게 검을 쥐라 말한다는 건 괴로운 일이었다. 절대 그런 말 따위 할 수 없는 기분이었다.

망연자실한 표정이 된 최고봉을 향해 청우 선인이 부드럽게 말했다.

"과거의 허명이 무슨 소용이 있으리오. 이제 여러분 앞에 있는 이 사람은 그저 산인(山人)에 불과하다오. 검으로 일어선 자 검으로 망하리니, 여러분은 차향(茶香)이 끝나거든 떠나는 게 좋으리다."

"그, 그러나……."

최고봉은 입술이 달라붙은 듯 떨어지지 않았다. 평생 했던 어떤 일보다 지금은 입술을 떼는 것이 더 어려웠다. 그는 마음으로 압도당하고 감화되었으며 또한 좌절당한 것이다.

그때 여전히 머리를 조아리고 있던 담우소가 소리쳤다.

"저는 산인이 무언지 모릅니다! 하지만 산인이라 해도 할 수 있는 일이 있을 겁니다! 산인으로서 해야 할 일조차 노신선께서는 하지 않으실 작정이십니까?"

청우 선인이 슬며시 웃었다.

"이젠 제자가 될 생각을 버렸나 보오? 방금 전까지 벅차게 느껴지던 격정이 이젠 느껴지지 않는 걸 보니."

담우소의 입술이 튀어나왔다.

"노신선께서는 어차피 청효 같은 어린아이들 외엔 제자 따윈 맞이할 생각이 없으시잖습니까! 제가 실없는 말을 늘어논 셈치고 한 가지만 알려주십시오. 그것만 알려주시면 저는 바로 떠나겠습니다.”

“그렇구려.”

고개를 끄떡인 청우 선인이 손을 내밀었다.

“가져온 물건을 내시오, 내 천 년 전의 향기를 맡아볼 테니.”

“그런!”

최고봉은 입을 벌린 채 더 이상 아무런 말도 하지 못했다. 굳이 청우 선인이 모르는 건 없다던 청효의 말을 떠올리지 않더라도 이젠 놀랄 기력도 남지 않은 듯했다. 청우 선인을 곁에서 보는 것만으로 마인인 그는 완전히 탈진해 버린 것이다.

그러나 담우소 역시 놀랐을 텐데, 그는 최고봉보단 좀 덜했나 보다. 잠시 놀란 표정을 지어 보였을 뿐 그는 군말없이 품속에서 무명신공이 담긴 두 개의 죽간을 꺼내 들었다. 청우 선인이 천 년의 향기라 말한 물건이었다.

“노신선, 보시지요!”

“보겠네.”

담우소에게서 건네받은 죽간을 청우 선인은 그대로 펼쳐 들었다. 그리고 언제 축객령을 내렸냐는 듯 신중하면서도 진지한 표정으로 죽간을 더듬어 내려갔다. 일순 그의 얼굴에 고졸한 미소가 떠올랐다.

“두 사람… 시공(時空)을 뛰어넘어… 그 모습… 덧없고 덧없어라!”

청우 선인은 지그시 눈을 감았다. 죽간을 더듬는 그의 표정이 꿈꾸는 듯했다. 지켜보던 담우소 역시 노곤함을 느낄 정도였다. 실제로 그의 숨결은 평온해지고 있었다.

그런데 바로 그때였다.

"무슨!"

홀린 듯 청우 선인을 바라보고 있던 담우소의 얼굴이 와락 일그러졌다. 느닷없이 옆구리로 파고든 최고봉의 일격에 내장이 진동한 것이다. 무방비 상태에서 받은 일격의 상처는 컸다.

그러나 입으로 피를 꾸역꾸역 게워내면서도 담우소는 쓰러질 수 없었다. 자신과 마찬가지로 홀린 표정을 짓고 있던 최고봉이 눈 감은 청우 선인을 향해 돌진하는 걸 막아야 했다. 그의 본능이 연신 그러라 소리쳤다.

"그만둬!"

최고봉의 뒤를 쫓으며 담우소는 소리쳤다. 피를 토해내며 소리 질렀다. 그는 절규하고 있었다. 다가올 현실을 볼 수 없어서, 자신에게 그 현실을 막을 힘이 없기에, 그렇기에……

'초막이 박살… 난다!'

그 순간 요란한 굉음과 함께 초막이 폭발했다. 담우소가 기억할 수 있는 마지막 장면이었다. 흔들리다 못해 주저앉아 버린 육신이 붕 떠오르는 무력감과 더불어.

제94장 천 년 전의 두 사람

"커헉!"

핏덩이는 한 번으로 그치지 않았다. 연이어 입술을 뚫고 터져 나왔다. 처음에는 검은 피가 다음에는 붉은 피가 솟구쳐 올랐다. 내상이 심상치 않다는 걸 의미했다.

시체들을 쌓아 만들어놓은 밀교(密教)의 주술진(呪術陣)을 바라보는 눈길 속에서 섬뜩한 광기가 치솟았다. 이미 인간의 영역을 벗어나고도 패배를 맛본 자의 광기였다.

"우와아!"

주술진이 파괴됐다. 무려 천 인(千人)의 시체를 쌓아 만든 주술진이 한순간에 박살났다. 그만큼 광기에 찬 분노는 대단했다. 주술진의 경계를 지키고 있던 자들의 얼굴에 공포의 기색이 떠올랐다. 가장 충성심이 깊은 자들만을 뽑았음에도 그들은 공포를 견디기 힘든 것이다.

"히익!"

경계 구역 밖으로 한 명이 발을 뗀 순간이었다. 차디찬 검인이 그자의 머리를 베어냈다. 경계 구역에서 공포와 맞닥뜨리고 있던 경계 무사들의 발이 꽁꽁 얼어붙는 순간이었다.

"이곳을 지켜라! 지금 명존께서 이곳을 벗어나면 신교의 진(陣) 전체가 무너진다."

목소리는 무심했다. 과거완 달리 마음이 담기지 않은 무심함이었다. 명존이 폐관을 마치고 모습을 드러낸 이래 나타난 변화였다. 경계 구역에 얼어붙은 무사들은 모두 그러한 사실을 알고 있었다. 그리고 어째서 목소리의 주인이 그리 변했는지도.

'명존은 미쳤다! 미치지 않고서야……'

'자신의 아들을, 자신의 하나밖에 없는 후계자를……'

'광명소주는 정신 금제를 당했다! 명존에 의해!'

경계 무사들의 시선 속에는 공포와 더불어 연민이 담겨 있었다. 그들은 명존에게 충성하는 만큼 광명소주인 엄정하에게 충성했고, 그에 대해 잘 알았다.

그들이 아는 광명소주는 엄한 만큼 수하를 자신의 수족처럼 아는 사람이었다. 이렇게 쉽사리 수하를 벨 사람이 아니었다. 지금 그들의 눈앞에 서 있는 사람은 자신들이 알던, 그래서 믿고 따르던 광명소주일 리 없었다.

엄정하의 무심한 눈길 속에 명존의 광란은 상당 시간 지속됐다. 그의 무시무시한 손길이 휘몰아칠 때마다 주술진은 파괴되었고, 그 여파는 주변의 경계 무사들에게까지 미쳤다. 경계 구역을 사수하다 죽어나가는 자들이 시간이 갈수록 늘고 있었다.

그러다 어느 순간 미쳐 날뛰던 명존의 광란이 거짓말처럼 멈췄다. 주변에 더 이상 때려부술 주술진의 잔재조차 남지 않았을 무렵이었다.

주술진을 파괴하는 동안 핏덩이를 몇 사발이나 뱉어낸 탓인지 그의 안색은 백지장처럼 새하얗게 질려 있었다.

"…또 패했는가?"

휘청거리며 주술진의 영역을 빠져나온 순간, 명존의 무릎이 소리없이 꿇렸다. 아니, 꿇릴 뻔했다. 바닥에 쓰러지려는 그를 부축하는 손길이 있었다.

"쉬셔야 되겠습니다."

꺼져 가던 광기가 다시 살아났다. 명존은 조각같이 섬세하면서도 아름다운 엄정하의 얼굴을 피로 물든 손바닥으로 더듬었다.

"크크크, 여전히 예쁜 얼굴에 차가운 눈이구나. 그냥 사내로 남았다면 좋았으련만. 그랬다면……."

명존의 손이 자신을 부축한 엄정하의 손길을 밀어냈다. 그냥 슬쩍 손을 떨친 정도이나 엄정하의 신형은 순간적으로 오류 장이나 밖으로 튕겨 날아갔다. 잠시 진정됐던 경계 무사들 사이로 다시 공포가 스멀거리며 전염됐다.

자신의 두 다리로 몸을 세운 명존이 광기 어린 눈빛과 달리 차가운 목소리를 냈다.

"주술진의 쓰임새는 이미 끝났다. 방금 전 큰 소동을 벌였으니, 사천 무림맹 녀석들이 경동했을 것이다. 어차피 주술진을 이뤘던 시체들은 대부분 소멸됐으니 근처의 숲에 불을 붙이고 본진으로 물러난다."

"존명!"

머뭇거리는 경계 무사들 중에서 담담한 목소리의 복명이 흘러나왔다. 어느새 신형을 추스르고 일어선 엄정하는 허리를 숙여 보이고 있었다.

그러나 그런 엄정하에게 일별도 주지 않고 명존은 신형을 하늘로 뽑아 올렸다.

만월의 밤, 하늘로 솟구치는 거대한 그림자는 공포와 더불어 묘한 외경을 느끼게 했다. 결코 쫓을 수 없고, 쫓을 수도 없는 것에 대한 외경이었다.

＊　　　＊　　　＊

담우소는 벌떡 몸을 일으켰다. 악몽을 꾼 듯 그의 전신은 땀으로 뒤범벅되어 있었다. 평소 그답지 않을 뿐더러 앞으로도 이런 날이 드물 한심한 아침이었다.

"…이래서 땡초들이 사는 절은 질색이다. 킁킁, 몸에 향 냄새가 뱄는가? 냄새 한번 구역질나는군."

담우소는 벌떡 자리에서 일어났다. 그가 일어나길 기다린 듯 밖에서 나직한 인기척이 들려왔다.

"시주께서는 기침하셨습니까?"

담우소는 대뜸 승방의 문을 발로 걷어차고 나왔다. 작은 툇마루 쪽에 소반을 들고 서 있던 소사미가 놀라 뒤로 물러섰다. 소사미의 앞을 초로의 청년승이 자연스레 가로막아 섰다.

"아미타불! 아침 공양을 준비했습니다. 절밥이지만, 사양치 말아주십시오."

담우소의 입가로 묘한 조소가 흘러나왔다.

"이 같은 절 안에 어찌 피 냄새가 나는 녀석이 있는 것이냐?"

청년승의 얼굴이 움찔 놀란 표정이 됐다.

"피 냄새라니요?"

담우소는 곧 시큰둥한 표정이 됐다. 그는 청년승의 질문에 대답할 생각은 않고 코를 벌름거렸다.

"귀한 손님이 어려운 걸음을 했으니, 닭이라도 잡았느냐? 본래 내 고향에서는 중한 손님이 온 경우 닭을 잡아주는 게 전통이니라. 아니, 그건 사위가 왔을 때뿐이던가?"

혼잣말을 지껄이며 담우소가 하하 대소를 터뜨리자 청년승 뒤에 숨어 있던 소사미가 미적거리며 볼멘 목소리를 냈다.

"불가는 본래 살계(殺戒)를 지키는데, 어찌 닭을 잡겠습니까? 죄받을 소리는 하지 마십시오."

담우소의 시선이 소사미를 향했다. 얼굴에 분한 표정이 완연한 그 모습을 본 담우소가 냉소를 터뜨렸다.

"그렇다면 불가에서 남과 겨루려는 호승심은 허락하더냐?"

"그게 무슨……."

청년승이 소사미에게 고개를 흔들어 보였다. 담우소와 다투려 하지 말라는 의미였다.

억울한 표정으로 고개를 반쯤 숙인 소사미가 소반을 담우소에게 내밀었다. 슬쩍 훑어보니, 소반에 담긴 밥그릇에는 몇 가지 소채와 쌀밥이 수북이 담겨 있었다.

'뭐, 일단 주는 밥은 사양하는 게 아니지.'

소사미의 손에서 소반을 뺏어 든 담우소는 툇마루 밑에 놓인 네모반듯한 돌 위에 엉덩이를 걸쳤다. 그는 남이 보든 말든 전혀 상관치 않는 자세로 식사를 하기 시작했다. 세상의 이치나 도리 같은 게 그에겐 전혀 힘을 발휘하지 못하는 듯했다.

청년승이 가벼운 한숨을 입가에 담았다.

"시주께서는 이제 그만 돌아가시지요? 대사님은 절대 두 번 말하는 분이 아니십니다. 이미 대사님께서 졌다고 하셨거늘 어찌 절까지 찾아와 억지를 부리시는 겁니까?"

담우소가 입 안에 밥을 잔뜩 쑤셔 박은 채 중얼거렸다.

"내 고향에서는 밥 먹을 땐 강아지 새끼도 안 건드리느라. 네 녀석 눈에는 내가 개새끼만도 못해 보이더냐?"

내내 못마땅한 표정을 짓고 있던 소사미가 킥 하고 웃었다. 천하에 명성을 떨친 것과는 달리 조그만 사찰에 불과한 이곳에서 홀로 큰 소사미에게 담우소 같은 사람은 대단한 별종으로 비춰졌으리라.

"흐!"

소사미를 향해 이를 드러내 보여 다시 뒤로 물러서게 만든 담우소가 다시 식사에 집중했다. 평소 시간에 큰 구애를 받지 않는 편이긴 하나 고리타분한 절에 며칠씩 기거할 생각은 없었다.

"식사 끝!"

소반을 옆으로 물리고 몸을 일으킨 담우소가 퉁명스레 말했다.

"달마는 지금 어디에 처박혀 있느냐?"

청년승의 얼굴이 가볍게 변했다. 옆에 서 있던 사미승도 마찬가지였다. 이곳 숭산(嵩山)에 위치한 소림사에 달마 대사가 기거하기 시작한 지도 벌써 십수 년이 지나고 있었다.

그동안 옛사람들은 떠나고 새로운 사람들이 들어왔으나 달마 대사의 명성은 나날이 천하로 퍼져 나가고 있었다.

남조(南朝)의 양왕(梁王:무제)은 천하에 수천 개나 되는 사찰을 지은 왕으로 달마 대사의 명성을 듣고 국사(國師)로 모시려 했으나 뜻을 이루지 못했을 정도였다.

'그러나 눈앞의 시주 역시 무림 중에 오랫동안 명성을 떨친 사람인지라 대사님을 쉬이 인정하진 않는구나. 보기엔 그저 중년을 갓 넘긴 나이로 나와 별 차이가 없는 연배로 보이거늘.'

내심 항상 경계하던 호승심이 치솟는 걸 느끼며 청년승이 나직이 불호를 외웠다.

"아미타불! 대사님께서는 소실봉(少室峰)에 올라 새벽 참선 중이십니다. 지금 가신다 해도 시주님을……."

담우소는 더 이상 청년승의 말을 듣지 않았다. 그는 큰 걸음으로 소사미의 옆을 스쳐 지나갔다. 그냥 걷는 것에 불과한데, 그 앞을 가로막으려던 청년승은 한줄기 바람밖엔 붙잡을 것이 없었다.

'어떻게?'

담우소는 소실봉으로 향했다.

소실봉은 숭산의 칠십이 봉우리 중 제일봉이 아니다. 바로 앞에 더욱 크고 늠연한 태실봉(太室峰)이 자리 잡고 있었다. 천하에 명성을 드높이고 있는 달마 대사라면 태실봉으로 거처를 옮길 만도 한데, 그는 여전히 소실봉의 소림사에 머물러 있었다.

그의 제자 되기를 자처한 뭇 소인배들이 묻자 달마 대사가 말하기를 자신은 앞에 나서는 걸 좋아하지 않는다 했다. 태실봉에 거처하여 자신을 드러내기보다는 소실봉의 작은 숲에 세워진 소림사에 안거(安居)하겠다는 뜻이었다.

'건방진 놈! 앞으로 나서길 좋아하지 않는다는 녀석이 황하(黃河)를 갈대 잎을 타고 건너고一葦渡江], 양왕에게 헛소리를 지껄여서 자신의 명성을 높인단 말인가? 어리석은 자들은 서역에서 살아 있는 부처가 왔다고 난리지만, 내 보건대 그저 못생긴 민대머리에 불과하거늘.'

담우소는 걸음을 바삐 했다. 이미 귓전으로 바람이 쌩쌩 스쳐 갈 정도의 빠르거나 이상하게 마음에 차지 않았다. 꽤 오랜 세월을 풍진 속에 보낸 그로선 사뭇 만나기 힘든 일이었다.

소림사를 떠난 지 일 다경도 되지 않아 소실봉의 정상이 보였다. 그리고 마치 하늘의 천부(天斧)가 찍어 내린 듯 반듯한 바위 위에 좌정해 있는 험상궂은 얼굴의 서역승이 보였다.

달마 대사였다.

스윽!

한줄기 바람이 이러할까? 좌정한 달마 대사의 면전에 신형을 멈춘 담우소의 수장이 하늘로 쳐들렸다. 그가 그냥 수장을 내치기만 하면 달마 대사는 생을 마감할 판이었다.

'이 자식! 그냥 죽여 버리고 뜰까?

담우소는 잠시 고민했다. 자신의 명성을 생각하자면 절대 행해선 안 될 일이었으나 또 생각해 보면 그런 고민을 하는 자체가 귀찮았다.

사문인 묵가(墨家)를 등진 후 누군가에게 이처럼 무시당한 일이 있었던가!

생각을 거듭할수록 담우소는 달마 대사의 머리를 일장에 으스러뜨리고 싶은 충동을 느꼈다. 스스로 대적하지 않겠다고 했으나 과연 자신의 머리가 박살나는 순간에도 반항하지 않을지 궁금했다.

"마음의 번민이 사라졌다면 어찌 망설임을 보이시는지요?"

움찔!

"빈승은 시주와 다투고 싶지 않으니 하고 싶은 바를 행하시기 바랍니다."

일시 담우소의 눈에 떠올랐던 살기가 크게 급증했다. 그의 쳐들린 수장으로 주변의 대기가 폭풍처럼 몰려들었다. 그저 피를 토하게 하는 정도로 끝내려던 생각이 살심(殺心)으로 바뀐 것이다.

그러나 그것도 잠시, 일순 담우소의 수장을 중심으로 회오리치던 기운이 흔적도 없이 사라졌다. 눈 깜짝할 새 벌어진 변화였다.

스륵 수장을 내린 담우소가 털썩 주저앉았다. 여전히 눈을 반개한 채 좌정해 있는 달마 대사의 바로 앞 자리였다.

"이봐!"

"말씀하시지요."

"사람이 말씀하시면 눈은 뜨는 게 도리다."

달마 대사가 그제야 눈을 떴다. 가을 하늘처럼 맑고 푸른 눈동자가 담우소의 선이 가늘고 준미한 얼굴을 비췄다.

"시주께서는 본시 세상의 통념이나 도리와 무관한 분이 아니십니까? 어찌 빈승과 도리를 논하려 하십니까?"

담우소가 하늘을 바라보며 대소했다.

"하하하, 역시 중답게 말은 잘하는구나. 우매한 자들에게 추앙을 받을 만해."

달마 대사의 입가에 벙긋한 미소가 떠올랐다.

"처음에는 말이 통하지 않아 많이 고생했지요. 황하를 건널 때는 배를 태워달란 말을 할 수 없어 갈대를 의지하기도 했고요."

"그런데 지금은 말이 꽤나 유창하구나?"

"매일 참선(參禪) 전에 연습했습니다. 설법을 강론해서 선종(禪宗)을 알리려면 사람들을 깨우쳐야 하니까요."

"사람들 몰래 노력했다는 뜻이냐? 이 땡초녀석이 알고 보니 꽤나 재밌는 녀석이구나. 하하하!"

더욱 크게 웃음 짓기 시작한 담우소를 향해 달마 대사는 그저 미소할 뿐이었다. 그는 이미 담우소에게서 처음 소림사를 방문했을 때의 호승심이나 살기가 눈에 띌 정도로 사라졌음을 느꼈다. 상대가 마음을 돌렸으니 미소하지 않을 까닭이 없었다.

그러다 문득 마음이 동했으리라. 담우소를 향해 달마 대사가 슬며시 화제를 돌렸다.

"천축국(天竺國)에서 수행하던 때였습니다. 빈승을 사사하신 선사께서 중원에 한 명의 기인이 있다 하셨습니다. 선사께서 먼저 중원에 선종을 전파하시려다 그분을 뵙고 뜻을 접었다고 하시더이다."

담우소가 웃음을 멈췄다.

"발타(跋陀)를 말하는 거냐? 네가 발타의 제자였다니 뜻밖이구나. 으음, 그는 요즘 어떻게 지내더냐? 만나지 못한 지 꽤나 세월이 흘렀는데……."

달마 대사가 합장해 보였다.

"선사께서는 빈승이 중원으로 건너오기 전 입적(入寂)하셨습니다. 중원과 시주를 입적의 순간까지 그리워하셨더랬지요."

담우소의 얼굴에 일시 침울한 기운이 떠올랐다.

"그랬군. 또 나도 모르는 새 한 세상이 흘러간 것이야."

홀로 고개를 끄떡이던 담우소가 벌떡 몸을 일으켰다. 그의 얼굴은 소림사를 찾아왔던 때와 조금쯤 달라져 있었다. 이미 그의 안중에 눈앞의 달마 대사는 존재하지 않는 듯했다.

한마디 말도 없이 뒤돌아 떠나려는 담우소를 달마 대사가 붙들었다.

"시주, 잠시만 기다려 주시지요."

담우소가 뒤를 돌아보며 눈살을 찌푸려 보였다.

"왜, 갑자기 마음이 바뀌기라도 한 것이냐?"

달마 대사가 좌정을 풀고 일어섰다.

"시주께서 마음을 돌리셨으니, 빈승 역시 마음을 돌린다 한들 그리 큰 허물이 되진 않겠지요."

담우소의 표정이 변했다.

"나와 한판 붙자는 거냐? 아니면 또 선문답이라도 하겠다는 거냐?"

"선문답 따윌 좋아하는 시주가 아니잖습니까?"

"크하하! 그건 그렇다!"

크게 웃은 담우소의 전신으로 서서히 회오리가 일기 시작했다. 좀 전 수장에 모였던 것보다 약하나 달마 대사가 움찔 놀라 뒤로 한 걸음 물러설 정도로 강한 기운을 품은 회오리였다.

담우소가 물었다.

"여기서 바로 붙을까?"

달마 대사가 슬며시 합장해 보였다.

"시주께서 정하신 대로 따르겠습니다."

"좋다!"

담우소의 신형이 하늘로 날아올랐다. 일학충천식으로 곧바로 솟아오른 게 아니라 소실봉의 맞은편에 위치한 태실봉으로 날아갔다. 소실봉에서 싸울 경우 밑에 위치한 소림사에까지 피해가 미치리라 판단한 것이다.

"아미타불! 이미 묵공 시주의 마음속에 부처가 자리 잡았으니, 걱정할 게 무엇이랴!"

달마 대사 역시 태실봉으로 날아올랐다. 그의 명성을 천하에 알린 일위도강이 무색할 정도인 담우소의 어풍비행(御風飛行)에 전혀 뒤지지 않는 축지성촌이었다. 그것도 땅을 접는 것이 아니라 하늘을 접어 달리는 신기였다.

태실봉에서의 격전은 일 주야를 넘겨 계속됐다. 하늘에서 벼락이 떨어지고 돌풍이 집채만한 바위를 굴리고 쪼갰다. 뇌성벽력이 몰아치고 태풍이 일어나니 숭산 근처에 터를 잡고 살던 사람들이 모두 두려움에 벌벌 떨었다.

시간이 흐르자 태실봉 부근에 살던 짐승들까지 천재(天災)라도 만난 듯 산을 빠져나가기 시작했다. 숭산에는 암운만이 가득하여 다시는 햇빛이 비추지 않을 것만 같았다.

아직 법명조차 받지 못한 청년승을 비롯한 소림승들은 태실봉으로 달려왔다 몰아치는 기세를 감당치 못하고 되돌아가길 반복했다.

그러다 일 주야가 지나자 거짓말처럼 태실봉을 뒤흔들던 굉음과 소란은 사라졌다. 태실봉에서 시작되어 숭산 전체를 휘감았던 먹구름도 걷혀 햇빛이 다시 비추기 시작했다. 지난 일 주야간의 암운이 모두 꿈인 것만 같았다.

달마 대사와 묵공 간의 격전이 끝을 맺은 것이다.

"면벽 구 년이라……."

패배를 자인하고 면벽 굴로 향하는 달마 대사의 뒷모습을 바라보며 담우소는 나직이 중얼거렸다. 지난 일 주야, 평생 본 적도 없고 들은 바도 없는 신공괴초(神功怪招)를 써가며 싸웠던 상대인데 묘하게 뒷모습이 시리다고 느꼈다.

평생 처음으로 느껴본 충족감 때문일까?

담우소는 아니라고 중얼거렸다. 기억도 나지 않는 과거를 제외하곤 처음으로 전력을 기울이긴 했으나 지금 느껴지는 감정을 정당화할 순 없었다.

지금 그가 달마 대사의 뒷모습을 보며 느끼는 감정은 충족감이라기보다는 슬픔이었고, 견딜 수 없는 자조였다. 졌으되 진 것 같지 않은 달마 대사와 이겼으되 승자의 얼굴이 아닌 자신이 대비되어 그는 슬펐고 괴로웠던 것이다.

"내가 원한 건 이런 것이 아니었다! 내가 원한 건 이런 것이 아니란 말이다!"

하늘을 향해 부르짖는 담우소의 두 눈에서 줄줄 눈물이 쏟아져 내렸다. 참을 수 없는 외로움과 참을 수 없는 고독이 그의 영혼 전체를 짓누른 채 내리누르고 있었다. 이대로 조금만 지나면 그는 숨이 막혀 죽을 것 같았다. 아니, 그냥 죽어버리고 싶었다.

그런데 그때였다. 고독감에 짓눌려 괴로워하는 담우소에게 다가오는 계피학발의 노인이 있었다. 만신창이가 된 태실봉과 달리 여전히 숲이 우거진 소실봉의 숲 속에서 걸어나온 노인은 담우소의 곁으로 다가와 털썩 옆에 주저앉았다.

"괴로워 보입니다?"

언제 괴로워 죽을 것 같은 얼굴이 됐었냐는 듯 담우소의 얼굴에 한기가 떠올랐다.

"내가 괴롭거나 말거나 네 녀석이 무슨 상관이더냐?"

노인이 빙긋이 웃었다.

"사실 선배에게는 그다지 상관하고 싶은 생각이 없다오. 다만 관심 있는 아이가 하나 있어서 이렇게 실례를 무릅쓰고 찾아왔습니다."

담우소의 핏발 선 눈에 이채가 떠올랐다.

"관심있는 아이?"

노인이 고개를 끄떡였다.

"거칠지만 좋은 아이지요."

"……."

전광석화와도 같은 변화였다. 잠시 망설이는 얼굴이 된 담우소의 인당혈을 노인의 손이 벼락같이 찍었다. 그리고 빛으로 자신을 물들이며 목소리를 높였다.

"돌아갈 시간이다!"

'돌아갈 시간?'

"널 기다리는 사람들의 곁으로."

'날 기다리는 사람들?'

"그래, 잠시만 자고 일어나면 된다."

노인에게 인당혈을 제압당한 담우소의 눈이 진짜 스륵 내리 감겼다. 달마 대사와 일 주야나 되는 격전으로 크게 지친 상태가 아니었다면 감히 상상도 못할 일이었다. 그러나 인당혈을 제압당하고도 담우소는 오히려 편안한 표정이 됐다.

'그랬었군!'

언제 절망에 빠졌었냐는 듯 담우소는 슬며시 입가에 미소를 담았다. 노인에 의해 눈을 감은 짧은 순간, 그는 절대 깰 것 같지 않던 잠에서 깨어나고 있었다. 길고 긴 천 년 전의 꿈속에서.

*　　　　*　　　　*

꿈틀!

눈을 뜨자마자 담우소는 얼굴로 쏟아져 내리는 햇빛에 눈살을 가볍게 찌푸렸다. 그가 누운 곳은 지붕이 없을 뿐더러, 가을 하늘은 푸르름과 더불어 따가운 햇살을 동반하고 있었다.

"으윽!"

몸을 일으킨 담우소는 반사적으로 옆구리를 더듬었다. 빠르게 재생되기 시작한 기억의 단편 속에 옆구리를 얻어맞은 아픔을 떠올린 것이다.

"…별 이상이 없군."

그랬다. 구멍이 뚫렸으리라 여겨졌던 옆구리는 전혀 이상이 없었다. 얻어맞았던 부근의 옷자락이 펄럭거리며 찢겨져 있지 않았다면 아예 꿈을 꿨다고 착각할 지경이었다.

한숨과 함께 고개를 돌리던 담우소의 얼굴에 흠칫 놀란 기색이 떠올랐다. 그의 옆 자리에 죽은 듯 누워 있는 최고봉의 존재를 그제야 눈치챈 것이다.

"어찌 이런!"

벌떡 담우소가 몸을 일으키자 그의 뒤에서 삐걱 하는 소리가 들려왔다. 힐끔 뒤돌아보니 죽 그릇을 든 청우 선인이 들어서고 있었다.

"벌써 일어났는가?"

담우소의 얼굴에 왈칵 반가움의 기색이 떠올랐다.

"무사하셨군요!"

자신에게 다다드는 담우소에게 죽 그릇을 들려주며 청우 선인이 여전한 표정으로 고개를 끄떡거렸다.

"자네 덕분에 나는 무탈했다네. 자네도 별 탈이 없어 보이니 다행일세."

"선인님!"

담우소는 청우 선인의 손을 꼭 잡았다. 따뜻한 기운이 흘러넘쳤다. 과거 서툰 솜씨로 머리띠를 만들어줬던 사부의 손길을 그는 청우 선인에게서 다시 느낄 수 있었다.

그런 담우소의 손을 청우 선인은 몇 차례 토닥거려 줬다. 그는 꿈에 대한 이야긴 일언반구 내비치지 않았다. 이미 상단전이 통한 담우소에게 설명이란 무용한 것임을 알고 있었던 것이다. 대신 그는 최고봉이 누운 자리로 다가갔다. 한때 마도의 절정고수이자 천하제일 경공대가로서 행사에 거칠게 없던 최고봉은 죽은 듯 눈을 감고 있었다. 한 점의 생기도 느껴지지 않는 것이 당장이라도 숨을 거둘 듯 보였다.

'그래서 나는 최 노야의 기척을 전혀 눈치 챌 수 없었다.'

신중히 최고봉의 맥혈을 짚고 있는 청우 선인을 바라보던 담우소가 자신도 모르게 중얼거렸다.

"천마해체대법(天魔解體大法)! 목숨이 경각에 이른 자라도 일순 몇 배나 되는 힘을 발휘할 수 있다. 하지만 대법을 사용한 자는 곧 몸속의 정기를 모조리 소진시키니, 산다 해도 산 것이 아니고, 죽는다 해도 죽은 것이 아닌 상태가 되리라!"

청우 선인이 담우소를 바라봤다.

"묵공 선배가 생각해 낸 수법은 참으로 독날하구나. 그런데 거기다 사람의 의지를 마음대로 조종하는 밀교의 사악한 술법을 펼쳐 자신의 마력(魔力)마저 더했으니, 이번 일에 얼마나 많은 사람들이 애꿎은 목숨을 잃었겠느냐?"

문득 제정신을 차린 담우소의 표정이 간절해졌다.

"최 노야는 살 수 있겠습니까?"

청우 선인의 얼굴에 언뜻 그늘이 떠올랐다.

"네가 말했다시피 어렵구나. 일단 가사 상태에 빠뜨렸으나 이미 몸속의 정기가 대부분 소진되었을 뿐더러, 주술로 전이된 마력이 폭주하여 체내의 골격과 세맥을 죄다 부숴놨다. 이런 상태라면 가사 상태를 벗어난 즉시 고통에 몸부림치다 죽을 테니 이대로 잠들게 하는 게 좋으리라."

"그런……."

담우소는 손으로 이마를 짚었다. 청우 선인을 보고 있는 동안 평안하게 가라앉았던 마음이 격한 파도를 맞고 있었다. 바로 명존에 대한 분노였다.

퍼억!

애꿎은 방바닥에 화풀이를 한 담우소가 말했다.

"그렇지만 최 노야께도 당부하고 싶은 일이 있을 겁니다. 이대로 죽으면 고통은 덜할지 몰라도 원통한 마음을 풀 수 없을 겁니다."

청우 선인이 담우소를 바라봤다.

"깨워달란 말이더냐?"

담우소가 이를 악문 채 고개를 끄떡였다.

"저는 선인님의 인도를 받아 과거를 다녀온 덕분에 최 노야가 지금 어떤 지경에 빠졌는지 잘 알고 있습니다. 어쩌면 지금 최 노야를 깨운다는 건 제 어리석은 욕심에 불과할지도 모릅니다. 하지만 저는 최 노야를 믿고 있습니다."

"믿고 있다?"

"예, 그렇습니다."

청우 선인은 담우소의 눈을 지그시 응시했다. 과거 한때는 사람의 얼굴만 봐도 그 생각을 읽을 수 있던 시절이 있었다. 자신의 의지와는 상관없이 무분별하게 흘러 들어오는 상념에 떠밀려 상처받고 고민도 많이 했으나 지금은 그렇지 않았다. 애써 정신을 집중해야만 사람의 마음을 읽을 수 있게 된 것이다.

그러나 청우 선인은 군이 담우소의 내심을 읽을 생각이 없었다. 그저 한차례 흔들림없는 눈을 바라본 그는 담담히 웃어 보이며 말했다.

"대략 사흘을 내리 잤으니, 손에 든 죽으로 배부터 달래게나."

"아!"

담우소는 그제야 조금 전부터 울리기 시작한 꼬르륵 소리를 듣고 안색을 붉혔다. 광명신교에 입교한 후 나날이 뻔뻔스러워진 그에게도 청우 선인은 남달리 다가오고 있었다.

"칵!"

가사 상태에서 깨자마자 최고봉은 힘껏 소리 질렀다. 한껏 벌어진 입에서 피가 튀어나왔다. 온몸이 다 뭉개진 아픔은 상상을 불허하는 것일 터였다.

얼른 그에게 다가앉은 담우소가 소리쳤다.

"아직 죽지 마쇼!"

담우소의 다급함이 묻어나는 목소리에서 알 수 있듯 최고봉은 해파

리처럼 온몸을 꿈틀거렸다. 한 번의 비명으로 몸 안에 남았던 최후의 정기마저 소멸한 그의 눈에서 급격히 힘이 사라지고 있었다. 죽음은 이미 코앞이었다.

쫙!

그 순간 담우소는 최고봉의 손을 쥐었다. 그의 손을 타고 벼락같은 오행지기가 방전을 일으키며 최고봉에게 파고들었다.

"끄윽!"

최고봉의 몸이 튀어 올랐다. 그는 다시 극단적인 고통을 느꼈다. 급격히 생명의 빛이 소멸하고 있던 눈에 원독의 기운이 넘실거리며 일어났다. 안식을 방해하는 자에 대한 본능적인 분노였다.

그러나 담우소는 아랑곳없이 소리쳤다.

"난 이대로 최 노야를 보내지 않을 테요! 이대로 죽을 거였다면 명존의 꼭두각시가 되어가며 목숨을 연명했을 당신이 아니잖소!"

담우소는 소리 질렀다. 그의 손을 통해 최고봉의 체내로 파고드는 오행지기의 힘이 점차 강해지고 있었다. 최고봉은 죽고 싶어도 죽을 수 없는 상황으로 내몰렸다.

그때 원독이 넘실거리던 최고봉의 눈빛이 일시 변했다.

"그, 그만 해라!"

"최 노야?"

담우소의 손을 통해 미약하지만 최고봉의 원기가 느껴졌다. 회광반조(廻光返照)라 불리는 현상이 분명했다.

"그, 그만 하면 됐다!"

"하지만 최 노야!"

최고봉이 힘겹게 고개를 가로저었다. 그리고 입술을 달싹이니 담우소가 얼른 그에게 다가갔다.

담우소가 입술에 귀를 들이밀자 최고봉이 떠듬떠듬 말했다.

"내, 내 말 잘 들어라. 마, 만약 못 들으면, 지옥에서 네 녀석을 두고 두고 워, 원망할 거다."

담우소는 고개를 끄떡였다. 그가 자신의 손을 강하게 쥐어주자 최고봉의 입술이 다시 달싹였다.

"며, 명존에게 죽지 않은 자들은 대, 대부분 보, 본산의 흑천에 감금되어 있다. 처, 철혈대의 수, 수뇌진과 처, 천지풍뢰 사, 사대문파의 수, 수장들. 과, 과거 마, 만마천에 몸담았던 고, 고수들 중 상당수가……."

최고봉은 숨을 헐떡였다. 금방이라도 숨이 끊어질 것 같았다. 그러나 담우소는 더 이상 오행지기를 주입하지 않았다. 이미 최고봉이 한계에 도달했음을 직감했기 때문이다.

"허, 허헉, 그, 그들만 있으면 시, 신교는 다시 부흥할 수 있다. 그, 그들과 과, 광명소주만 있으면……."

담우소의 손에 다시 힘이 들어갔다.

"내 약속하겠소! 내 약속하겠소! 그들은, 그들은 내 반드시 구해내겠소!"

최고봉의 일그러진 얼굴에 가는 웃음이 번져 나왔다.

"그, 그리고 명존과 과, 광명소주는 불쌍한……."

"예?"

마지막 말을 끝맺지 못하고 최고봉의 얼굴에서 급격히 기운이 사라졌다. 얼른 입술에 바짝 귀를 가져다 댔지만 담우소는 끝내 그의 마지막 말을 들을 수 없었다. 천하를 호령하던 광명신교의 오산인 최고봉은 그렇게 무당산 자락에서 귀천(歸天)했다.

광명신교(光明神敎) 오산인(五山人) 최공지묘(崔公之墓).

그리 잘 쓴 글씨는 아니었다. 명존에게 꽤나 여러 가질 배웠지만 서예만은 예외였다.

그래도 정성껏 쓴 비목(碑木)을 무덤에 꽂으며 담우소는 조용히 예를 갖췄다.

'돌이켜 보면 최 노야 당신은 나에겐 참 좋은 스승이었소. 아직도 내게 사부님은 오직 한 분뿐이라 생각하지만, 내심 난 당신 또한 사부라 생각했던 듯싶소. 청해성의 곤륜에서 처음 당신을 만나지 않았다면 지금쯤 나는 어떻게 되어 있었을까?

담우소는 굽혔던 허리를 세우며 입가에 고소를 머금었다. 과거 사부의 죽음 앞에 목 놓아 통곡했던 것과는 상반된 모습이나 그때와 마음이 달라진 건 아니었다.

'그래도 사부님 때완 달리 최 노야 당신은 임종이나마 곁에서 지킬 수 있어서 다행이었소. 만약 당신의 죽음마저 지키지 못했다면 마음속의 한(恨)을 주체치 못할 뻔했소이다. 그러니 잘 가시오. 당신의 마지막 염원은 내 반드시 이뤄줄 테니, 조그만 미련도 남기지 말고 떠나시오.'

다시 한 차례 허리를 굽혔다 편 담우소가 작은 목소리로 말했다.

"고맙습니다, 사부님……."

발길을 돌려 무덤가를 떠나는 담우소의 눈가로 물기가 조금 번들거렸다. 울지 않겠다 했으나 번져 나오는 슬픔마저 막을 순 없었다.

타탁! 탁! 탁!

잔뜩 끌어 모아진 낙엽 속에서 무언가 타오르고 있었다. 기름종이로 둘둘 말려 시원스레 타오르는 물건은 광명신교의 지보(至寶) 무명신공 비급이었다.

최고봉을 매장하고 돌아오는 길에 그 모습을 본 담우소가 자신도 모르게 입을 딱 벌렸다.

"어! 어어어어!"

담우소를 바라보며 청우 선인이 미소 지었다.

"자네 왔는가?"

청우 선인은 나뭇가지로 불붙은 죽편 조각들을 이리저리 흐트러뜨렸다. 나뭇가지의 도움을 받아 죽편들은 더욱 잘 타 들어갔다. 이미 희대의 기서이자 무공서라 추측되던 두 개의 죽간은 그 원형을 찾을 수 없는 지경에 이르고 있었다.

잠시 딱딱하게 굳어 있던 담우소가 간신히 안색을 풀었다.

"아직 낮에도 불을 피울 만큼 춥지는 않습니다만?"

청우 선인이 모른 척 딴청을 피웠다.

"늙으면 추위를 많이 탄다네."

담우소가 말 돌리길 포기했다.

"왜, 그걸 없애신 겁니까?"

"남에게 보이기 위해 쓴 물건이 아니니 태우는 게 마땅하지 않겠는가?"

"남에게 보이기 위해 쓴 물건이 아니다?"

담우소의 뇌리로 순간 천 년 전 묵공이 됐던 때의 상념들이 주마등처럼 지나갔다. 확실히 그 같은 사내가 자신의 무공비급 따윌 남겼을

리 없다는 생각이 들었다.

'게다가 내게 전달된 묵공의 무공관은 결코 비급 따위로 전달될 만한 게 아니었다. 선인님도 그걸 알았기에 날 천 년 전으로 날려보내 묵공의 삶을 체험하게 한 것일 테고. 그건 분명 나의 전생이었겠지?'

일시 복잡해졌던 안색을 푼 담우소가 다시 물었다.

"그럼 그 죽편들은 무엇인 겁니까?"

마지막 죽편 조각이 불타오르는 걸 보며 청우 선인이 대답했다.

"자신의 삶에 대해 쓴 일기가 아니겠는가?"

"…일기?"

넋 잃은 표정이 된 담우소에게 청우 선인이 불가에 쪼그려 앉아 손짓했다.

"이리 와보게. 콩이 제법 잘 익었다네."

"콩이요?"

담우소가 다가가니, 불가 근처에 시커멓게 그슬린 콩 줄기들이 잔뜩 쌓여 있었다. 누가 보더라도 명백한 콩 서리의 현장이었다.

어린 시절 누구보다 각종 서리에 도통했던 담우소는 자신도 모르게 손을 뻗어 콩 줄기 하나를 집어 들었다.

"훅!"

검댕이를 불어내니 노랗게 잘 익은 콩알들이 후드득 떨어졌다. 얼른 손으로 받아 몇 차례 굴리기를 끝낸 담우소가 털썩 그 자리에 주저앉았다.

오독! 오독!

콩알을 씹어 먹는 담우소에게 청우 선인이 웃어 보였다.

"잘 익지 않았는가?"

담우소가 고개를 끄떡였다.

"자알 익었습니다. 선인님께서는 콩 서리도 제법 하시네요?"

"어렸을 때부터 많이 했다네."

"그러시군요."

담우소와 비슷한 방법으로 콩알을 손바닥에 떨군 청우 선인이 뜬금 없이 말했다.

"알고 보면 명존도 불쌍한 사람이야."

"저도 압니다."

"그래도 가려는가?"

"구해야 할 사람들이 있습니다. 일단은 그들부터 구해놓은 후 다른 일은 그때 생각해 보렵니다."

"그렇구먼."

청우 선인은 고개만 몇 차례 끄떡여 보였다. 검댕이가 묻은 채인 콩 알을 먹느라 그의 파뿌리 같던 수염이 온통 시커멓게 변하고 있었다. 방금 전 무당파의 장문인인 적양 진인과 팔대장로 앞에서 일장 연설을 하고 온 사람이라곤 절대 생각할 수 없는 모습이었다.

제95장 검(劍)에 죽다!

한때 맹공으로 사천 전역을 전란으로 몰아넣은 광명신교의 공세는 시월을 넘어서며 주춤해졌다.

처음 기마 군단 열화기가 선공을 맡고 그 뒤를 막강한 금혼기와 수룡기가 받쳤지만, 재빨리 무림맹을 결성한 사천의 저항이 만만치 않았다.

열화기는 천서평원으로부터 시작하여 금천(金川), 감자(甘孜), 흑수(黑水) 등의 거점을 점령했으나 곧 전진을 저지당했고, 금혼기 역시 마찬가지였다.

그들 이 기의 앞을 막아선 건 당가 최정예 암전대와 점창파, 아미파의 주 전력이었다. 지리적 이점을 등에 업고 몇백 년 만에 처음으로 힘을 합한 사천삼강의 힘은 결코 무시할 수 없는 것이었다.

반면 황하를 따라 신룡(新龍)과 단파(丹巴)를 거쳐 소금(小金)까지 진출했던 수룡기는 전혀 다른 이유로 발이 묶였다.

그들에게 군량을 조달해 줘야 할 금혼기가 열화기의 뒤에서 발목이 잡힌 덕분에 추위가 찾아왔다. 물질과 수공(水功)의 고수들인 수룡기라 할지라도 얼음처럼 찬 물속을 자유롭게 배회하긴 힘들었다.

그러나 사천무림맹의 힘이 아무리 막강하더라도 명조 자체와 싸울 힘을 비축했던 광명신교를 상대할 수 있다는 건 말이 안 됐다.

아직 사천대전에 참가한 광명신교의 전력은 채 삼 할이 안 됐다. 정작 호호탕탕 사천으로 넘어온 광명신교의 본진이 천서평원에서 발을 멈춘 건 다른 이유가 있었다.

"쿨럭!"

속을 긁어내는 듯 답답한 기침과 함께 시커멓게 죽은 핏덩이가 터져 나왔다. 벌써 오늘만도 다섯 번째 내뱉는 핏덩이였다. 나날이 토해내는 핏덩이의 양은 늘어날 뿐 줄어들 줄을 몰랐다.

'생각했던 것보다 몸의 괴사가 빨리 진행되고 있다. 이 겨울이 가기 전까지 몸이 버텨줄 수 있을지 모르겠다.'

명존의 눈빛이 가늘게 떨렸다. 자신이 뱉어낸 핏덩이를 바라보는 그의 얼굴에는 평소 보이던 광기 대신 짙은 허무와 좌절이 자리해 있었다.

호교 육대신공의 마지막인 삼원천신기는 저주받은 마공이었다. 인성을 말살하거나 피를 갈구하게 만들어서 마공이 아니라 사람의 생명을 갉아먹기에 마공이었다.

보통 신공이라 불리는 종류의 무공들이 수련하면 수련할수록 몸을 건강하게 만들고 정신을 맑게 만드는 데 반해 삼원천신기는 그 성질이 달랐다.

삼원의 기운을 따로 연마하는 것까진 상관이 없으나 왕성해진 세 기운을 하나로 합칠 경우 문제가 발생했다. 일시 막강한 절대의 신공을 성취하는 것의 반대급부로 몸속의 생명력이 강대한 기운에 깎여 나가게 되는 것이다.

'절대 완성할 수 없는 신공, 절대 완성해선 안 될 마공이란 그 점 때문에 전해진 말이었다. 필시 역대 명존들 중에도 나와 같은 실수를 범한 사람이 있었던 것이겠지.'

명존은 자조 섞인 조소를 터뜨렸다. 그동안 자신의 병을 숨기기 위해 보인 광기로 인해 그의 막사에는 사람의 그림자도 보이지 않았다. 자신의 후계자마저 정신 금제해 버린 지배자의 공포란 그토록 무서운 것이었다.

그런데 그때였다. 조소를 터뜨리는 것과 반대로 어둠이 깃든 얼굴을 잔뜩 일그러뜨리고 있던 명존의 눈에서 신광이 일어났다. 평소에 보인 광기와 달리 맑고 강력한 힘이 담긴 눈빛이었다.

'풀벌레 소리마저 숨을 죽였다. 세상에 이런 일이 가능한 것인가?'

명존은 한 사람을 떠올렸다. 과거 스스로를 천하제일이라 믿어 의심치 않았던 자신의 오만을 처절히 박살 냈던 사람, 보는 것만으로 심혼을 떨리게 만들었던 청우 선인이라면 이러한 일이 가능하리란 생각이 들었다.

그러나 곧 그는 고개를 가볍게 흔들었다.

'아니다. 그분이라면 풀벌레들이 숨을 죽일 이유가 없다. 그분은 이미 천지자연과 하나가 된 분이시니까. 그러니 이만한 기도를 풍길 사람은 한 명밖에 없는 것인가?'

명존은 조용히 신형을 일으켰다. 그의 얼굴에 떠돌던 자조의 기색은 이미 흔적조차 찾아볼 수 없었다. 어떻게 광명신교의 본진 한가운데까지 적이 침투할 수 있었는지 궁금했으나 지금 중요한 건 그런 것이 아니었다.

막사를 빠져나온 명존의 눈에 이채가 떠올랐다. 막사 밖 너른 공터에 서 있는 한 명의 검인(劍人)을 보자니, 침잠됐던 몸속에서 혈기가 끓어오르는 기분이었다.

"노인은……."

한 자루 검과 같은 눈을 빛내며 검인이 대답했다.

"무당 제자 석검이 삼가 광명신교의 명존을 뵈오이다."

"역시!"

명존은 피식 입가에 미소를 담았다. 모습은 보이지 않고 오직 한 자루 검의 형상만을 연상시킬 정도의 검인이 그 외에 더 있을 리 없다는 미소였다.

석검 노야의 눈빛이 다소 변했다.

"얘기 들었던 것과는 좀 다르시오?"

"얘기 들었던 것과 다르다?"

"귀 교에서 사천무림맹에 간자를 보낸 것과 마찬가지로 본 맹 역시 눈과 귀는 있소이다."

명존이 하늘을 향해 대소했다.

"흐하하! 하긴 만은 그렇겠군."

석검 노야가 허리에 매달려 있던 장검을 빼 들었다.

스릉!

검명은 맑았고 검신은 투명했다. 그저 검을 빼 들었을 뿐인데, 자신을 압박해 오기 시작한 섬뜩한 검기에 한 걸음 옆으로 물러선 명존의 눈이 차갑게 가라앉았다.

"나이도 적지 않은 양반이 성질도 급하군 그래."

석검 노야가 자연스레 검결(劍訣)을 지어 보였다. 그의 눈빛은 이미 딱딱하게 굳어 있었다.

"귀 교나 본 맹이나 이미 많은 죽음이 있었소. 살아 있었으면 인생을 아름답게 꽃피울 수 있었던 귀중한 생명들이 덧없이 산화한 것이오."

"……."

"그런데 오늘 명존과 노부가 만났으니 이제 무얼 더 망설이겠소? 내 체면 차리지 않고 먼저 가리다!"

처음 완만하게 자리를 잡은 석검 노야의 검이 바람처럼 움직였다.

파팟!

이미 모양을 갖추고 있던 검기였다.

투명한 아지랑이를 형성하며 달빛을 가른 검기는 처음 용처럼 꽈리를 틀더니 금세 범이 되고 사자가 되어 거센 으르렁거림을 보였다.

그러다 하나의 커다란 흐름 속에 모여든 검기는 정통적인 무당검법과 전혀 맞지 않는 패도를 일으키며 명존의 전신을 압박해 들어왔다.

'흡사 태산이 무너지는 것 같군.'

얼굴과 드러난 피부에 바늘로 찌르는 듯한 통증을 느끼며 명존은 내심 고개를 끄떡였다. 천하제일검의 명성은 과연 틀린 것이 없었다.

하지만 그는 이미 과거에 천하제일마라 불린 사람이었다. 이만한 검기에 주눅 들 까닭이 없었다.

이미 지척까지 다가선 태산과 같은 검기!

자신을 찍어 누를 듯 밀려드는 검세를 향해 수장을 뻗은 명존의 신형이 느리지만 묵직히 앞으로 나아갔다.

파앗!

처음은 검의 예기를 꺾는 차가운 백색 장력이었다. 그리고 뿜어낸 장력의 힘이 다하자 수장은 곧 권(拳)으로 바뀌었다. 벼락같은 후수는 흔들린 검세를 때려냈다.

천붕!

태산과도 같은 석검 노야의 검기를 명존은 똑같은 강맹함으로 맞섰다. 절대 힘에서 밀리지 않겠다는 심산이었다. 아니, 밀릴 생각 자체가 없었다.

한동안 두 사람은 일진일퇴를 반복했다. 한 사람은 검을 들었고, 다른 한 사람은 적수공권인데 둘 사이에 차이란 조금도 보이지 않았다.

그러다 명존을 압박하며 연신 검기를 쏟아내던 석검 노야의 검세가 바뀌었다. 하늘에서 벼락이 떨어지듯 쏟아놓던 강맹한 검기가 순간 돌변했다.

강함에서 유함으로, 그리고 빠름에서 느림으로.

명존의 천붕이 일으키는 권풍을 검기는 유유히 흘려 넘기기 시작했다. 무당검법 특유의 면면부절함과 끈질기면서도 부드러운 기질이 그 본색을 드러낸 것이다.

'이 늙은이가! 단번에 승부를 가릴 수 없자 장기전으로 나가기로 마음을 바꾼 것인가?'

자신의 눈앞에서 빙글거리며 돌고 있는 검기를 바라보는 명존의 눈빛이 무심히 가라앉았다. 아무래도 상황은 그가 내심 예상하고 있는 쪽으로 흘러가는 듯 보였다.

'하지만 그렇다면 더욱 뜻대로 되게 해주어선 안 될 터!'

이번엔 명존이 먼저 움직였다. 그는 연달아 세 차례나 권력을 뻗어내 실처럼 줄기줄기 뻗어 나오고 있던 검기의 그물을 뒤흔들었다.

그리고 바로 그때를 노려 한 걸음 앞으로 나선 명존의 다리가 소리없이 땅바닥을 내디뎠다.

쾅!

마음일보의 강점은 사람으로 하여금 전혀 방어할 틈을 주지 않고, 그 파괴력이 꽤나 멀리까지 이른다는 점이다.

일시 충격을 받은 석검 노야가 검기를 물리며 뒤로 물러선 순간, 막사 주변의 이곳저곳에서 숨죽인 신음이 흘러나왔다. 금일 석검 노야와 더불어 명존을 도모하기 위해 숨어든 결사대들이 터뜨린 신음임에 분명했다.

'숨어 있는 건 그들뿐은 아닐 것이다!'

명존의 눈에서 광기가 일어났다. 혹시나 했던 일이 사실로 드러나자 분노가 그의 온몸을 불타오르게 만들었다. 그의 분노는 곧 눈앞의 석검 노야에게 몽땅 집중됐다.

"카악!"

검은 불꽃! 명존의 몸에서 일어난 검은 불꽃이 광풍처럼 밀려들자 석검 노야는 일시 몸을 피하려 했다. 절대 지금은 피해야 할 때라 여겼다.

하지만 그때 그의 몸을 꽁꽁 묶어놓는 투명한 기운이 있었다. 그는 일시 몸을 움직일 수 없었다. 마치 쇠사슬에 얽매인 것이나 다름없었다.

'이게 무슨?'

대적과의 건곤일척(乾坤一擲) 중이었다. 조금의 방심도 용납될 수 없었다.

쩌적!

잠시 마음이 흔들린 석검 노야의 검기의 틈을 비집고 명존의 천붕이 파고들었다. 이미 석검 노야의 검기는 검은 불꽃에 막혀 힘을 발휘할 여력이 없었다.

비틀!

석검 노야의 장대한 신형이 휘청거렸다. 억지로 검을 대지에 꽂아 넣자 간신히 쓰러지는 것만은 면할 수 있었다. 천붕에 의해 내부가 몽땅 부서진 상황임을 생각하면 초인적인 의지력이라 할 수 있었다.

자신의 갈라진 옆구리를 내려다보며 명존이 문득 말했다.

"…내 옆구리를 벤 검법의 이름이 무엇이지?"

석검 노야의 입술이 달싹였다.

"태, 태극혜검!"

명존이 옆구리를 손으로 가렸다. 그의 압도적인 내력이 움직이자 옆구리에선 더 이상 피가 흘러내리지 않았다.

"훌륭한 검법이었다."

"그, 그러나 그대의 권법이 위였다."

석검 노야는 그대로 무너져 내렸다. 천하제일검이 무릎 꿇는 순간이었다. 그리고 그때!

"노야!"

"죽어라, 마왕!"

어쩌면 석검 노야가 명존과의 일 대 일 승부를 자청한 건 정파인의 마지막 자존심이었을지도 모른다. 믿었던 석검 노야가 쓰러진 순간,

주변에 은신해 있던 자들이 일제히 달려들었다.

천하제일검을 쓰러뜨린 자에 대한 공포, 상처를 입은 지금밖엔 기회가 없으리란 생각, 그리고 자신과 다른 길을 걷는 자에 대한 증오!

그동안 명존이 뿜어냈던 광기에 버금가는 살기를 뿜어내며 십수 명의 절정고수들은 일제히 달려들었다.

당가주밖엔 펼칠 수 없다는 만천화우가 펼쳐졌고, 점창 장문인밖엔 펼칠 수 없는 사일검의 최후 초식 후예사일(后羿射日)이 달빛을 갈랐다.

이 밤 광명신교의 본진 한가운데에 사천무림맹에 속한 절정고수 중 태반이 몰려와 있었다. 내상에 외상까지 당한 명존으로선 절체절명의 위기였다.

그런데 문득 달빛 아래 드러난 미소는 무언가?

악에 받쳐 자신을 향해 달려드는 암습자들을 바라보며 명존은 하얗게 웃었다. 석검 노야를 상대하며 보였던 모습과는 다른 음침하면서도 사악함으로 가득한 표정 속에 숨은 건 견딜 수 없는 유쾌함이었다.

"그렇지 않아도 하나하나 찾아갈 시간이 없어 고민했거늘."

가장 먼저 덮쳐 든 수백 개나 되는 암기들을 튕겨내며 명존은 하늘로 날아올랐다. 달빛 아래 하늘로 솟구치는 그의 모습은 그대로 밤의 마신(魔神)이었다.

그리고 후일 정파인들의 가슴속에 피의 공포란 이름으로 아로새겨진 혈사의 주인공답게 명존은 이 밤을 자신의 색깔, 비명으로 물들이기 시작했다.

피를 피로 씻는 혈로는 사흘간 계속됐다.

손가락을 타고 떨어져 내리는 핏방울을 바라보며 명존은 지친 몸을 들판에 맡겼다. 혈로를 뚫느라 그는 기진맥진한 상태였다. 그의 예상보다 반란에 참가한 사람의 숫자는 많고 그 면면 역시 상당했다.

'하긴 정하 녀석이 주도한 일인데 어찌 빈틈이 있겠는가. 정파 녀석들과도 손을 잡았다는 건, 아니, 그들을 이용한 건 예상 밖의 일이었지만, 녀석도 단단히 각오한 듯하니 앞으로 반란은 재밌는 형태로 전개될 것이다.'

지친 것과는 별도로 명존의 입가엔 얼핏 미소가 떠올라 있었다. 기분 좋은 미소였다.

비록 마음이 다급하여 몇 가지 허점을 노출하긴 했으나 자신을 이정도까지 몰아넣은 엄정하를 생각하면 유쾌하지 않을 수 없었다. 그가 걱정했던 후계자는 예상보다 훨씬 단단했고, 강하게 성장해 있었다.

'하지만 아직은 쓰러질 때가 아니다. 그동안 앞으로 신교에 적이 될 자들과 위험 분자들을 많이 정리하고 타격을 입혔다곤 하나 아직도 위험 요소는 남아 있다. 지금 내가 여기서 쓰러져선 안 된다.'

명존은 신형을 일으켜 세웠다. 너덜너덜해진 묵빛 장포 사이로 검붉은 혈흔이 군데군데 보였다.

반란이 일어났음에도 사천 깊숙이 진출한 오행기나 청해성을 지키고 있는 천지풍뢰 사대문파의 병력을 부르지 않은 결과였다. 그들은 광명신교의 초석이 되는 핵심이니 결코 타격을 받아선 안 된다는 판단이었다.

'이미 오행기와 사대문파의 수장들에겐 따로 명령을 내려놨다. 그들을 걱정할 필요는 없다. 나는 이대로 청해 쪽으로 추격대를 끌어들여 뜻을 이룰 것이다. 그래서……'

왈칵!

명존은 피를 토했다. 이젠 특별할 것도 없는 각혈이었다. 몸속을 도는 피가 점차 썩어가고 있으니 죽은 피를 토해내는 건 당연한 일이었다. 삼원천신기의 합일이 진척될수록 무공은 급격히 늘어났고, 피의 괴사 역시 빠르게 진행됐다.

'삼원기가 완벽하게 하나로 합일될 때 나는 죽을 것이다.'

스윽!

입가에 묻은 핏물을 닦으며 불현듯 명존이 목소리를 높였다.

"나와라!"

피를 토하는 순간이었다. 명존에겐 일상화된 일이나 숨어 은신하고 있던 자들에겐 놀라운 일이었으리라.

일시 기가 흐트러져 명존에게 숨은 장소를 들키자 비슷하면서도 상반된 기질의 두 사내가 모습을 드러냈다.

그들은 준미한 얼굴의 훤칠한 미남자와 추괴하리만치 얼굴에 칼자국이 가득한 중년인들이었다.

"너희들……."

두 사내 중 잘생긴 얼굴의 중년인이 먼저 허리를 숙여 보이자 추괴한 중년인 역시 허리를 숙여 보였다.

"삼가 신교의 광명좌사 고엽풍이 명존을 뵈옵니다."

"충천마검 여만경이 명존을 뵈오이다."

뒤에 대답한 사람은 한때의 광명우사로 고엽풍과 더불어 광명신교의 쌍두마차라 불리던 자였다. 그러나 고엽풍과 달리 여만경의 얼굴엔 불손한 기색만이 가득했다. 이미 자신을 광명우사라 생각하지 않는 게 분명했다.

'여만경은 탁월한 재능을 지닌 기재로 능력 면에서 고엽풍을 능가했으나 항상 그의 아래에 위치했다. 그의 기재가 지나치게 탁월한 것을 염려한 조치였다. 그런데 오늘날 내 앞에 모습을 드러낼 줄이야. 꼭꼭 숨어만 있었어도 후일을 도모할 수 있었을 것을.'

명존은 내심 흡족한 기색이 됐다. 사흘 전 처리한 석검 노야를 비롯한 정파의 절정고수들보다 더욱 큰 후환이라 생각했던 두 사람이 제 발로 죽으러 온 것이다. 마음이 흡족하지 않을 까닭이 없었다.

"여태까지 본좌를 암습했던 자들의 배후가 바로 너희들이었더냐?"

"……."

"내 너희들을 총애했거늘 어째서 반역을 도모한 것이냐?"

묵묵부답인 고엽풍과 달리 여만경은 입술을 꿈틀거렸다. 그는 평소 무심함만을 보이던 눈에 활활 타오르는 불길을 담은 채 소리쳤다.

"도대체 뭘 총애했다는 거요!"

"네놈이?"

"나는 어차피 교를 떠난 몸이었소. 황조찬탈이란 되지도 않을 꿈만 꾸며 궁벽한 청해성에 처박혀 사는 건 도저히 참을 수 없는 일이었소. 그런데 정파의 늙은이한테 한번 패했다고 교를 버리고 숨어들었던 명존이 폐관을 끝마치자마자 한 일은 내가 피땀을 흘려 이룩한 중원의 천지이단을 괴멸시키는 것이었소! 내 평생을 바쳐 이룩한 세력을!"

명존의 입가에 차디찬 비웃음이 걸렸다.

"평생을 바친 세력이더냐? 그렇게 평생을 바친 세력 중 태반을 남궁세가와 금산상회에 잃어버린 네 녀석이 그런 말을 하다니 가소롭구나."

"하지만 결정타를 먹인 건 명존이었잖소!"

여만경의 온몸에서 살기가 뭉클거리며 일어났다. 당장이라도 명존과 생사를 다투려는 기색이 완연했다.

그러나 명존은 더 이상 여만경을 바라보지 않았다.

그는 평생 후계자 엄정하를 제외하곤 가장 총애했던 고엽풍을 바라봤다. 여만경과는 다른 이유로 그에게 마지막 변명의 기회를 준 것이다.

고엽풍이 다시 허리를 숙여 보였다.

"명존께서 속하에게 내려준 은혜는 머리칼을 잘라 신을 만든다 해도 다 갚지 못할 정도로 깊습니다. 스스로 자진하여 은혜를 배반한 죄를 받겠습니다."

"대답하지 않겠단 말이냐?"

"죄송합니다."

고엽풍은 수장을 들어 올렸다. 여만경이 자신의 별호이기도 한 충천마검을 빼 든 것과 동시였다. 광명신교 최강의 양대고수가 한 사람을 합공하는 전무후무한 일이 이제 막 벌어지려 하고 있었다.

'확실히 과거의 나 같았으면 녀석들의 합공을 막아낼 수 없었을 것이다. 두 녀석 사이의 경쟁심을 유발시켜 서로 반목하게 한 데는 그 같은 이유가 있었으니까. 하지만 지금이라면!'

두근!

명존은 다시 목구멍까지 치밀어 오른 핏덩이를 꿀꺽 삼켰다. 석검노아와 대결할 때와 똑같았다. 위기의식을 느낄 정도의 압력을 느끼자 체내에 잠들어 있던 삼원기가 격렬히 융화하기 시작했다. 치밀어 오른 핏덩이는 삼원기의 합일이 거의 임박했음을 의미하고 있었다.

'그래, 지금이라면 녀석들의 합공이라도 이길 수 있다!'

깊숙한 어둠, 명존은 마음속 깊숙이 잠들어 있던 마신을 깨웠다. 피를 갈구하는 마성을 이제 억누르고 있을 필요가 없었다. 스스로 제물이 되기 위해 온 희생양들이 지금 눈앞에서 살기를 뿜어내고 있었다.

"와라!"

어둠에 물든 눈빛, 마성의 목소리!

명존의 기세는 가을 하늘을 진저리치게 만들었다. 방금 전까지 맑던 하늘이 회색 빛으로 물들었다. 한 인간에게서 뿜어지는 기운이 풍운마저 변색하게 만든 것이다.

그러나 눈앞의 초자연적인 모습에도 고엽풍과 여만경은 전혀 망설이지 않았다. 그들 역시 이미 마성을 발산하고 있었다. 다시 두 개의 초자연적인 힘이 모습을 드러냈다.

카아아!

지이잉!

고엽풍의 흑야환상과 함께 여만경의 충천마검은 붉은 검강을 삼 장이나 뿜어냈다. 일시 주변을 암흑으로 물들인 흑야환상의 마력 속에서 여만경의 혈검강은 정확히 명존을 노리고 파고들었다. 두 사람이 사전에 합벽진을 연마하지 않았다면 보일 수 없는 완벽한 합공이었다.

"건방진!"

명존은 처음으로 감정을 드러냈다. 자신의 뺨을 스쳐 간 여만경의 혈검강에 자극받은 것이다. 순간 그는 발을 굴렀다. 마음일보가 흑야환상의 어둠을 진동시켰다. 진동은 주변의 사물을 일그러져 보이게 만들었다.

그러나 그뿐이었다. 흑야환상은 곧 더욱 강력해졌다. 지독한 사기를 동반한 어둠은 천근만근이 되어 명존의 어깨를 짓눌러 왔다.

일시 명존의 발이 무릎까지 땅속에 처박혔다. 그만큼 흑야환상이 주는 압력은 막강했다. 게다가 명존이 상대해야 할 것은 고엽풍의 흑야환상만이 아니었다.

여만경의 혈검강은 시간이 갈수록 맹위를 떨치며 명존의 전신사혈을 파고들었다. 그저 스치는 것만으로도 목숨이 위태로울 게 분명한 위력의 혈검강이 한차례씩 스치고 지나갈 때마다 명존의 몸에는 상처가 늘어났다.

이미 명존은 혈인(血人)이나 다름없었다.

그런데 그때 갑자기 명존의 표정이 변했다. 별다른 표정 없이 흑야환상과 혈검강을 막아내던 그의 얼굴에 환희에 가까운 묘한 기색이 떠올랐다.

처음 쾌락을 느낀 소년의 얼굴이 이러할까? 느닷없이 의식이 무한정으로 확장되는 걸 느낀 것과 동시에 명존은 아직 모습을 드러내지 않은 한 사람의 기척을 간파해 냈다. 기척을 간파했다기보다는 그냥 알았다는 표현이 옳을 터였다.

단숨에 흑야환상과 혈검강 모두를 퉁겨내 버린 명존의 얼굴에 한없는 기쁨이 떠올랐다.

'크하하! 이대로 가다간 몸속의 피를 몽땅 짜내고 죽을 판이었다. 만약 삼원기가 순간적으로 합일되지 않았다면 분명 그랬을 것이다. 그런데 녀석은 그 순간에도 움직이지 않았다는 것이지?

흑야환상과 혈검강은 다시 파고들었다. 좀 전보다 더욱 강력해진 것이 고엽풍과 여만경이 전력을 다 쏟아낸 것임에 분명했다.

흑야환상의 사기에 대기가 진동했고, 혈검강은 무려 수백 개나 되는 검영을 쏟아내고 있었다. 천지를 진동시킬 만한 위력이었다. 만약 의

식이 확장되기 전의 명존이었다면 절대 감당할 수 없을 합공이었다.

그런데 명존이 가볍게 내저은 일수에 또다시 두 사람의 합공은 깨졌다. 천지를 양단하듯 달려들던 두 기운은 너무도 힘없이 밀려났다.

"어찌!"

"이럴 수가!"

고엽풍과 여만경의 얼굴에 당혹한 기색이 떠올랐다. 그들로선 도저히 명존의 변화를 짐작조차 할 수 없었다. 명존 자신조차 자신의 변화를 이해하지 못하고 있는 것이다.

'그래도 끝은 봐야겠지?'

명존은 슬며시 웃었다. 보일락 말락 한 미소였다. 죽음을 눈앞에 둔 두 사람에 대한 조소였고, 자신의 생각보다 더욱 대단하게 성장한 엄정하에게 보내는 미소였다.

만약 마지막 순간마저 참지 못하고 달려나왔다면 크게 혼을 내줬으리라!

파앗!

여태까지와 달리 삼원기는 조용히 움직였다. 삼원기가 구체화된 검은 불꽃은 아예 보이지도 않았다. 한줄기 미풍처럼 일어난 한 가닥 백색 광채는 찬연한 빛의 뇌전으로 변해 고엽풍과 여만경을 꿰뚫었다.

"커억!"

"크윽!"

귓전으로 들려온 짤막한 신음에 명존은 귀 기울이지 않았다. 그는 이미 대붕처럼 하늘로 날아올라 단숨에 십여 장을 가로지르고 있었다. 목표는 수백 장에 걸쳐 잔뜩 늘어서 있는 소나무 숲이었다.

그리고 잠시 후, 소나무 숲을 벗어나는 명존의 품에는 한 명의 준미한 젊은이가 안겨 있었다. 광명소주 엄정하였다. 혈도를 짚인 듯 축 늘어진 엄정하의 얼굴엔 비애와 절망이 가득했다. 그는 아직 명존의 참된 진의를 모르고 있었다.

*　　　　*　　　　*

청해성으로 향하는 길은 험난했다. 반란의 배후자인 좌우광명사자가 죽고 엄정하가 붙잡힌 것으로 더 이상 명존을 암습하는 신교도들은 없었다.

명존과 마찬가지로 엄정하 역시 반란이 실패할 경우를 대비한 듯 사천을 침공했던 신교의 병력들은 정해진 길을 따라 청해성으로 회군하고 있었다. 합당한 판단이었다.

명존을 지속적으로 괴롭힌 것은 사천무림맹의 계속되는 암습이었다. 혈월의 밤이라 일컬어진 대습격에서 수뇌의 절반을 잃어버린 정파군웅들의 울분은 대단했다. 어떻게든 명존을 죽여야만 그들은 만족할 터였다.

하지만 그런 정파군웅들의 노력도 삼원합일을 이룬 명존의 앞을 가로막을 순 없었다. 마음껏 사천무림맹을 들쑤셔 놓은 다음 명존은 사천을 떠났다. 오만을 뛰어넘어 광기라 해도 과언이 아닐 행보는 아직 계속되고 있었다.

그렇게 명존이 청해성을 넘어 곤륜의 초입에 이르렀을 무렵이었다. 내내 명존의 품에 안겨 천릿길을 온 엄정하가 부드러운 목소리로 물었다.

"아버님, 어째서 홀로 곤륜에 오신 겁니까?"

곤륜의 산봉은 어느 하나 만만한 것이 없다. 이름 모를 산봉에 올라 끝없이 펼쳐진 곤륜산맥을 바라보던 명존이 품의 엄정하에게 눈길을 던졌다.

"어찌 아비를 죽이려 했던 네가 질문 따윌 하는 것이냐?"

엄정하가 입가에 달콤한 미소를 배어 물었다.

"하나도 화나신 표정이 아닙니다."

"그러냐?"

"예, 당장 맞아 죽을 줄 알았는데, 지금껏 살려두시니 마음을 놓았습니다."

"흥, 여전히 말은 잘하는구나. 언제부터 화심인의 정신 금제를 풀 수 있게 됐지?"

"금안공을 극성까지 익히자 자연적으로 풀 수 있었습니다."

"대단한 기재가 났구나."

"모두 아버님께서 가르치신 겁니다."

명존의 얼굴에 얼핏 웃음이 떠올랐다. 일평생 무공을 닦고 세력을 쌓는 것만이 전부였던 그의 일생에 이처럼 마음이 흡족했던 때는 별로 없었다. 좋은 후계자를 키워냈기 때문이라 우기고 있으나 실제론 그냥 엄정하와 함께 있는 시간이 즐거운 것일 뿐이었다.

그런 명존의 웃음을 물끄러미 바라보던 엄정하의 얼굴에 미묘한 흔들림이 떠올랐다.

"여위셨습니다."

"다 큰 자식을 안고 풍찬노숙하다 보니 이렇게 됐다."

엄정하가 나직이 웃었다.

"훗, 내려달라고 해봤자 들어주지도 않으실 거면서?"

"널 내려줬다가 또 무슨 꼴을 당하려고 내려주겠느냐? 나는 이대로 널 안고 본산까지 가련다."

"본산인가요?"

일순 명존의 표정이 변했다. 그냥 일반적인 감정의 변화가 아니라 마치 땅 위에 발을 딛고 사는 사람이 아닌 듯한 표정의 변화였다.

망연히 엄정하를 바라보다 다시 곤륜산맥을 향해 시선을 던진 명존이 조그맣게 중얼거렸다.

"…어쩌면 본산까지 갈 수 없을 것 같다. 생각보다 빨리 기운이 커지고 있어."

"무슨?"

명존은 다시 엄정하를 바라봤다. 이때 그의 표정은 본래대로 돌아와 있었다. 방금 전 엄정하가 본 표정의 변화는 아예 처음부터 없었던 것만 같았다.

"그런데 넌 어째서 날 죽이려고 했느냐?"

느닷없는 질문이었다. 그러나 이미 각오하고 있던 질문이었다. 자신을 바라보는 명존과 시선을 맞춘 엄정하가 당당한 표정으로 말했다.

"이대로 가다간 신교가 패망할 것 같아 결단을 내렸습니다."

"신교가 패망해?"

"그렇습니다. 근 몇백 년 내 최강의 전력을 구축한 정파무림은 물론이거니와 명조 역시 성조의 북방정벌 이후 이제는 완전히 자리를 굳혔습니다. 신교의 전력만을 가지고 천하를 쟁패하는 건 시기상조였습니다."

"단지 그뿐이더냐?"

"뿐만 아니라 아버님께서 폐관을 끝마치고 나온 이후 다시 통합된

신교는 꽤나 오랫동안 자중지란(自中之亂)에 빠져 있었습니다. 불만 세력이 그토록 많은 상황에서 천하를 도모할 순 없다고 봤습니다."

명존은 씁쓰레한 미소를 입가에 담았다. 엄정하의 대답이 오로지 자신이 원할 뿐인 모범 답안임을 눈치 챈 것이다. 과거였으면 기뻐했을 것이나 지금은 전혀 그렇지 못했다. 심원기를 합일한 후 명존은 짧은 새 크게 변해 있었다.

"그럼, 병력을 회군시킨 지금 신교를 위해 가장 좋은 일은 무엇이겠느냐?"

일순 엄정하의 안색이 어두워졌다. 그는 여태까지와 달리 바로 대답하지 못했다. 그것만으로 충분하다는 얼굴이 된 명존이 담담한 목소리로 말했다.

"이번 사천 침공으로 교 내의 불순 세력은 일소됐고, 정파의 위세 역시 많이 꺾였다. 가장 센 놈들을 몇이나 때려죽였으니, 한동안 길길이 날뛰곤 곧바로 세력 다툼이 벌어질 것이다. 신교를 재정비하기엔 충분한 기간 동안."

"……"

"그동안 너와 함께 다닌 것 역시 의도한 바가 있었다. 네가 날 죽이려 한 사실은 이미 천하에 모르는 자가 없는 만큼 정파 녀석들도 너와 신교에 빚을 받고자 하진 않을 것이다. 그러니 안심하고 본산으로 돌아가거라!"

"아!"

일순 엄정하의 고운 얼굴이 일그러졌다. 명존이 땅바닥에 그를 내동 댕이친 것이다.

"감히 아비를 죽이려 한 벌이다!"

"……."

말이 뜻하는 바와 달리 엄정하를 바라보는 명존의 눈빛 속엔 평소 보인 적이 없는 부드러움이 넘실거렸다. 뭔가 절실한 기분이 된 엄정 하와 그의 마음은 순간 공명을 일으켰다. 입만 떠듬거릴 뿐 침묵하는 엄정하에게 명존이 말했다.

"정하야, 널 사내로 키운 걸 나는 후회한다. 계속 후회해 왔어. 아무 리 네 자질이 뛰어나고 신교에 후계자가 필요했다 해도 그래선 안 되 는 것이었어. 네가 예운을 보고 스스로 자신이 여성임을 자각했을 때, 그때 끝냈어야만 했다. 하지만 정하야, 내 널 위한 마음이 죽은 네 어 미보다 못했던 건 아니었다. 그저 한번 잘못된 길을 걸어간 후 나는 돌 아올 용기를 낼 수 없었을 뿐이다. 그뿐이었어."

"그건 아버님의 잘못이……."

명존의 눈빛이 다시 변했다.

"그래서 지금 내 마음은 더욱 아쉽구나. 좀 더 너와 시간을 보내려 했는데, 아직 네게 해줘야만 할 얘기들이 많이 남았거늘."

"그게 무슨?"

"내가 생각했던 것보다 빨리 때가 찾아왔구나. 이젠 이 아비는 가봐 야 한다. 그러니… 잘 있거라!"

"아, 아버님!"

엄정하의 목소리엔 다급함이 깃들어 있었다. 다시 찾은 부친을 잃을 것을 두려워하는 다급함이었다.

그러나 엄정하의 부름에 명존은 대답하지 않았다. 그는 엄정하를 한 차례 돌아보곤 그대로 곤륜산맥으로 신형을 날렸다. 좀 전까지 바라보 고 있던 눈 덮인 그곳이었다.

시간이 지날수록, 그래서 삼원합일이 완벽해질수록 천지합일의 경지에 가까워진 명존의 확장된 시야가 자신과 상극을 이루는 기운이 다가왔음을 알려온 것이다.

"오랜만입니다."

명존은 하늘을 바라보며 한숨을 토해냈다. 확장된 시야를 좇아 무려 십여 개나 되는 설봉을 뛰어넘어 온 그의 앞에는 꽤나 낯익은 얼굴의 사나이가 서 있었다.

육 척의 키에 약간 마른 듯하나 알맞게 근육이 붙어 보이는 몸집, 다소 말라 좀 날카롭지만 다시 보면 준수해 보이기도 하는 얼굴은 낯익은 정도가 아니었다.

자신을 압도하는 무시무시한 기운을 느끼고 찾아온 산봉에 먼저 자리 잡고 앉은 사내는 무당산에서 이미 죽었으리라 믿었던 담우소였다.

"어떻게?"

담우소는 주저앉았던 자리에서 몸을 일으켰다. 이미 겨울로 접어든 산봉에서 불어오는 강풍에 머리가 제멋대로 날렸으나 그는 딱히 정리할 생각이 없어 보였다.

그저 얼굴을 가린 머리를 치우는 것으로 눈빛을 드러낸 담우소가 이를 드러내 보이며 웃었다.

"신교의 본산에 들렀다 오는 길입니다."

꿈틀!

명존의 얼굴에 가벼운 경련이 스쳐 갔다. 그러나 그는 곧 언제 마음의 동요가 있었냐는 듯 평온한 얼굴이 됐다. 엄숙하다 못해 경건해 보일 정도의 변화였다.

"청우 선인께서는 강령하실 테지? 네가 굳이 이곳에서 날 기다렸던 건 복수를 하기 위함이더냐?"

담우소가 어깨를 으쓱해 보였다.

"선인님은 여전히 무탈하시고, 확실히 내게는 복수할 의향도 있었소만, 마음을 바꿨습니다."

명존의 눈에 이채가 떠올랐다.

"어째서지?"

"흥, 당신이 지금 원하는 게 죽음이기 때문이오. 죽음이란 건 죽기 싫어하는 자들에게 필요한 거지 죽고 싶어하는 사람에겐 필요없는 거니까."

"단지 그 때문에?"

담우소의 눈에 가벼운 분노가 떠올랐다.

"단지?"

그는 명존에게 손가락질했다.

"죽기 싫어서 울부짖은 사람이 있었소. 죽은 사람 때문에 울부짖은 사람도 있었고. 그런 세상 모든 것을 다 깨달았다는 얼굴을 하고서 그딴 말을 지껄이지 마시오!"

"······."

명존의 변함없는 얼굴을 잠시 더 응시한 후 담우소는 발길을 돌렸다. 더 이상 명존과 함께 있고 싶지 않았다. 그와 좀 더 있으면 설득당할 것만 같았다.

그런데 그때 명존이 갑자기 버럭 소리 질렀다.

"담우소!"

발길을 돌린 담우소의 표정이 변했다. 자신을 바라보는 명존의 눈빛

속에서 타오르고 있는 불꽃을 본 것이다.

"난 무인이고 죽어가고 있다! 어차피 죽음을 피할 수 없다면 검에 죽고 싶다!"

"그래서 나더러 죽여달라는 거요?"

"그냥 지금 당장 한판 붙자는 뜻이다!"

담우소의 얼굴에 얼핏 웃음 비슷한 게 떠올랐다. 이게 바로 광명신교의 본산을 박살 내고 강문호와 빙예운 등을 구한 후 홀로 이곳으로 달려온 그가 바랐던 상황이었다.

"이미 알고 있겠지만 먼저 한마디 하자면 나 굉장히 세졌습니다."

"잔소리 말고 덤벼라!"

명존은 이미 수장을 들어 올리고 있었다. 선공도 불사하겠다는 모습이었다. 그런 명존의 모습에 슬쩍 안색을 굳힌 담우소가 역시 수장을 들어 올렸다.

"그럼 갑니다!"

"와라!"

신정 안에서 백전을 치를 때와 똑같았다. 담우소와 명존은 서로를 노려보다 상대방을 향해 달려들었다. 힘 대 힘, 어느 누구도 말려줄 사람이 없는 대결이 시작된 것이다. 천하무림의 어느 누구도 알지 못하고 알려질 필요도 없는, 오직 단 두 사람만을 위한 대결이.

제96장 뒷이야기

땅! 땅땅땅!

망치질 소리가 울려 퍼지는 곳은 그리 크지 않은 대문의 맨 윗자리였다. 크지 않은 대문과 어울리지 않게 화려한 현판에 못질을 한 후 이리저리 눈대중을 해보는 중년인은 풍뢰문의 총관이자 대사형인 왕대보였다.

한 달 전까지 꽤나 커다란 주루의 총관으로 항시 주판만 튕기던 손으로 익숙하지 않은 목수 일에 매진한 탓에 그의 열 손가락은 지금 상처투성이였다. 낡은 풍뢰문의 이곳저곳을 보수하느라 벌써 사흘간 집에 못 들어간 것과 무관하지 않은 상처였다.

'오늘쯤은 집에 돌아갈 수 있으리라!'

안정된 생활을 포기하고 절강성의 풍뢰문으로 돌아온 자신의 결정을 묵묵히 따라준 부인을 떠올리며 왕대보는 슬그머니 웃음 지었다.

얼마 전 본 막둥이도 보고 싶었으나 쉴 새 없이 잔소리를 늘어놓으면서도 중요한 결정에는 반드시 따라주는 부인이 꽤나 그리웠다.

퍽!

역시 익숙지 않은 일을 하는 동안 잡생각은 금물이었다. 아직 절반밖엔 박히지 않은 못이 아니라 자신의 손가락에 망치질을 한 왕대보의 표정이 와락 일그러졌다. 얼마 전 망치에 얻어맞아 이미 부어올라 있던 곳이기에 통증은 여태까지와 비교가 되지 않을 정도였다.

미간을 찌푸린 채 연신 손가락에 입김을 불어넣고 있던 왕대보의 뒤통수로 퉁명스런 목소리가 들려왔다.

"대사형, 삐뚤어졌잖아요! 현판 하나 제대로 못 답니까?"

'이크, 담 사제가 왔구나!'

고개를 돌린 왕대보의 얼굴에 어색한 웃음이 매달렸다.

"현판이 삐뚤어졌나? 이거 사부님을 닮아 내겐 영 손재주가 없어서. 담 사제가 위치 좀 정해주게나."

"없는 게 손재주뿐은 아니잖수!"

한마디로 딱 잘라 말한 담우소가 왕대보에게 몇 차례 손짓해 보였다. 툴툴거리면서도 제대로 못 박을 자리를 지정해 주는 것이다.

담우소에게 몇 차례 고개를 끄떡여 보인 왕대보가 다시 망치질을 시작했다. 과거야 어쨌든 타관에서 몇 년간 고생고생해 번 돈으로 마련한 자단목으로 된 현판을 다시 풍뢰문의 문 앞에 달 사람은 그밖에 없는 게 당연했다.

그런 왕대보의 얼굴로 흘러내리는 땀방울을 바라보는 담우소의 눈길은 처음 천하를 돌며 사형제들을 붙잡아올 때보다 조금쯤 부드러워져 보였다. 풍뢰문과 시비가 붙은 자는 절대 용서치 않는다는 천하제일권(天下第一拳) 뇌운 담우소가 장가를 간 후 변한 모습이었다.

'그런데 벌써 태양이 머리 위까지 치솟아올랐는데, 시장에 간 예운은 언제 오려나? 나날이 풍뢰문의 입이 늘고 있으니 시장거리가 많을 텐데, 시장까지 마중이나 나가볼까?'

두들겨 맞을까 봐 입을 다물고 있으나 사형제들 사이에서 공인된 팔불출이 생각할 만한 일이었다. 담우소는 그저 빙예운을 한시라도 빨리 보고 싶은 마음에 문 앞을 나서 서성거리고 있는 것이리라.

'하긴 달리 신혼이라던가?'

은근슬쩍 담우소의 모습을 훔쳐보며 왕대보는 슬그머니 미소 지었다. 다른 일에는 무능한 그이지만, 부부 생활에 있어선 인생의 선배를 자처할 만했다.

그때 풍뢰문이 들어선 와호장룡지로 올라오는 섬연한 몸매의 여인이 보였다. 양손에 장바구니를 한 아름이나 든 빙예운이 모습을 드러낸 것이다.

기다렸다는 듯 횅하니 빙예운에게 달려간 담우소가 얼른 그녀의 손에서 장바구니들을 빼앗아 들었다.

"이런 일은 사제나 꼬맹이들을 시키거나 날 시키시오. 홀몸도 아닌 사람이……."

탓하는 듯 말하나 담우소의 무뚝뚝한 얼굴엔 정이 가득했다. 한때 정파의 공적 내지는 악귀라고까지 불렸던 사람으론 절대 보이지 않는 모습이었다.

담우소를 역시 부드러운 정이 듬뿍 담긴 표정으로 바라보며 빙예운이 빙긋이 웃었다.

"장은 본래 여인이 봐야 하는 거예요. 그래야 물건 값을 깎을 수도 있고 좋은 재료를 구할 수도 있잖겠어요?"

"하하, 하긴 당신이 미인계를 쓰면 어떤 장사꾼인들 물건 값을 속여 부르진 못할 거야."

슬쩍 웃어 보인 담우소가 다시 팔불출의 본성을 드러냈다. 주변의 시선 따윈 아랑곳 않고 살짝 부풀어 있는 빙예운의 배에 귀를 대고는 히죽거리기 시작한 것이다.

"우리 화영(花穎)이 장에 잘 다녀왔느냐?"

"무작정 아이 이름을 정하면 어떡해요. 나중에 사내애가 태어나면 어쩌려고?"

담우소가 단호하게 말했다.

"사내라도 화영이다!"

"그러다 사내애가 계집애처럼 되면 어쩌려고 그래요?"

"내 아들이 그럴 리 있나? 영웅호색이라면 몰라도!"

"어휴!"

빙예운은 슬그머니 담우소의 등을 때렸다. 일 년 전의 이맘때는 상상도 하지 못했을 정도로 행복한 한때였다. 무엇도 담우소와 빙예운 부부의 얼굴에서 미소를 떠나게 할 순 없어 보였다. 느닷없이 풍뢰문에서 몰려나온 냄새 나는 사내들과 한 떼의 아이들을 제외하곤.

"와! 형수! 형수!"

"사모! 사모!"

"배고픕니다!"

"밥 주세요! 밥이요!"

담우소는 얼른 빙예운에게서 떨어졌고, 그녀는 한 떼의 아귀들을 바라보며 입가를 손으로 가렸다. 슬슬 점심을 준비하지 않으면 천 년을 이어온 문파 하나가 난장판이 될 판이었다. 눈앞의 광경은 누가 보더라도 그와 같은 결과를 예감케 했다.

"예예, 곧 식사 준비할게요."

여전히 삐뚤게 달려진 현판이 달린 대문 안으로 빙예운과 담우소는 손을 잡고 들어갔다. 물론 한 떼의 아귀들과 왕대보가 뒤를 따랐음은 물론이었다. 강남의 돌로 되어 떠오르지 않는 배, 풍뢰문의 한 때였다.

'이대로 교로 돌아가야 하는가?'

붉은 입술, 절세의 용모, 화려하기까지 한 백색 궁장과 어울려진 갖가지 장신구조차 여인의 미모에 비하면 빛을 잃을 정도였다. 경국지색(傾國之色)이란 말은 여인을 위해 만들어진 게 분명했다.

그러나 한동안 풍뢰문이 내려다보이는 와호장룡지의 서쪽 언덕 위에 서 있던 여인의 표정에는 한 가닥 처량함이 배어 있었다. 여인이 되기 위해 돌아온 강남이나 그곳에 이미 그녀의 자리는 존재하지 않았던 것이리라.

여인이 결국 발걸음을 돌리자 뒤에 도열해 있던 흑의무객들 사이에서 문사 차림의 사내가 빠져나와 권하듯 말했다.

"뇌운 담우소는 마정대전 후 전력이 크게 약화된 신교에 큰 힘이 될 사내입니다. 그건 바꿔 말하면, 적이 될 경우 신교에 가장 큰 타격을 입힐 자란 뜻이기도 합니다. 언제 정파에서 손을 뻗을지 모르는데 이대로 놔둘 작정이십니까?"

여인이 슬쩍 시선을 사내에게 던졌다.

"그대는 담우소와 절친한 사이이지 않은가? 어째서 그런 말을 하는 것이지?"

사내가 대답했다.

"속하는 현재 광명신교의 광명좌사입니다. 과거의 인연 따위에 연연할 순 없지요. 물론 그를 신교에 받아들일 수 있다면 제 직위를 우사로 낮춘다 해도 결코 불만을 갖지 않을 테지만요."

여인의 얼굴에 씁쓸한 미소가 매달렸다.

"그렇군. 나나 좌사나 악귀와 같은 길을 선택한 사람들이었어."

사내가 말했다.

"결단을 내려주십시오."

여인이 고개를 흔들었다.

"과거 담우소 역시 우리들과 마찬가지로 악귀의 길을 걸었던 사람이야. 이곳에 찾아올 땐 아직도 그러리라 생각했었어. 하지만 아닌가 보네. 모두 나의 착각이었던 거야."

"그러니 더 더욱……."

"아니, 담우소를 본 교에 영입하려던 계획은 지금 이 순간 포기하겠어. 그리고 그와 풍뢰문에 제재를 가하는 것도 마찬가지야. 그는 건드리기엔 너무 위험한 인물이고, 그동안 지나칠 정도로 많은 고생을 했어."

여인의 마지막 목소리에는 가는 떨림이 보였다. 마음의 동요가 그대로 나타나고 있었다.

그러나 그뿐, 여인의 표정이 곧 평소의 무심함을 회복하자 내심 가벼운 한숨을 터뜨린 사내가 화제를 바꿨다.

"그럼 다음 보고로 들어가겠습니다. 사천삼강은 예상하셨다시피 마정대전 당시 전대 명존께 얻은 피해를 회복하기 위해 봉문(封門)에 들어간 거나 진배없는 상태이고, 무당파를 위시한 사파연합은 마정대전의 뒤처리 이후 움직임이 없습니다. 아마도 청우 선인의 입김이 작용한 듯 보입니다."

"다행스런 일이로군."

"예, 그렇습니다. 신교는 짧지 않은 정비 기간을 얻을 수 있을 것 같습니다. 하지만 아직 황실의 천외천이 건재하니 안심해선 안 될 것입니다."

"대책은 마련됐겠지?"

사내가 슬쩍 고개를 숙여 보였다.

"사천과 중원의 상황이 긴급히 돌아가는 바람에 선조치 후보고합니다. 강북에 진출한 금산상회와 남궁세가의 연합으로 황실에 압력을 넣고, 사천 하오문을 일통한 천면호 주서안을 신교의 중원 총책으로 임명했습니다. 주서안을 앞세워 하오문을 일통할 수 있다면, 앞으로 신교의 커다란 힘이 될 것입니다."

"그건 과거 담우소에게 사천대탈주 계획을 전해줬을 때부터 염두해뒀던 일이겠지?"

"책사란 인간들은 본래 그렇습니다."

여인이 고개를 끄떡였다.

"그대로!"

"존명!"

사내가 복명하자 뒤에 도열해 있던 흑의무객들 모두가 역시 따라 했다. 여인이야말로 그들이 목숨을 바쳐 복종해야 할 영혼의 주인이었던 것이다.

'하지만 내가 가장 가지고 싶었던 건 얻을 수 없었다.'

여인은 다시 한 차례 풍뢰문 쪽을 바라보곤 발걸음을 돌렸다. 스스로 말했던 악귀의 길, 여인임을 포기해야만 하는 강호무림이라는 아수라장 속으로.

외전(外傳) 묵공편

—춘추전국시대(春秋戰國時代) 발원한 묵가는 겸애(兼愛)와 교리(交利)를 내세우며 비공(非攻)을 주장했다.

사람들은 날 이름 대신 묵공(墨公)이라 부른다.

내가 사람들에게 이름을 가르쳐 주지 않기 때문이 그 첫째 이유고, 둘째로는 과거 내가 묵가(墨家)의 오대(五代)째를 이었기 때문이다.

나는 평범한 무술 도장에서 무술교두를 맡고 있던 부친과 현숙하지만 좀체 말이 없던 어머니 사이에서 태어났다.

왜 아버지는 부친이라 존칭하면서 어머니는 그냥 어머니냐고? 그야 무술교두답게 성격이 화끈한 부친께 유년 시절 내내 괴롭힘을 당했기 때문이지 달리 이유가 있는 것은 아니다.

그래서 부친에 대해선 솔직히 말하고 싶은 생각이 없다.

지금이야 천하에 두려운 게 없는 사람이지만, 어렸을 때만 해도 꽤나 약골이었다. 태어날 때부터 유모를 홀렸을 정도로 곱상한 얼굴에 피부는 새하얗고 골격 또한 연약했다. 만약 놀이패 같은 데 태어났다면 천하의 명배우가 되었을 것이다.

그러나 앞서 말했다시피 부친은 무술교두였다.

어머니와 혼약한 후 십수 년 만에 본 독자가 생겨먹기는 계집애 같은 데다 근골 또한 연약하자 그분의 낙담은 이루 말할 수 없었다. 공처가인지라 어머니께 말은 안 했지만, 오랫동안 무술 도장을 이어받을 근골 좋은 사내자식을 바랬음에 분명하다.

때문에 어려서부터 나는 부친의 엄격한 통제 하에 배우기 싫은 기본 무공을 하루도 빼놓지 않고 익혀야만 했다.

정자(丁字)를 하고 서는 법과 양다리를 어깨 넓이로 벌린 채 다리를 구부리는 마보(馬步)!

아침을 먹은 후 시작된 수련은 종종 점심을 넘겨 저녁에 이르기까지 멈추지 않았다. 본래 몸이 허약한 아이들이 으레 그렇듯 나는 머리가 좋았다. 아니, 그냥 좋다는 말로는 부족하다. 나는 세상에 보기 드문 천재였다.

그저 곁눈질로 훔쳐보는 것만으로도 부친이 하루도 빼놓지 않고 시전하곤 하던 권법 따윈 몽땅 외울 수 있었다. 만약 부친이 자신의 자식을 제대로 된 눈으로 바라봐 주었다면, 분명 나는 그분을 기쁘게 할 수 있었을 것이다. 한 점의 흠도 찾을 수 없는 권법의 투로를 그분 앞에서 펼쳐 보이는 걸로.

그러나 부친은 대부분의 아버지들이 그렇듯 꽤나 고집이 세고 독선적인 분이셨다. 권법가로서 자신의 기준을 벗어난 자식을 제대로 된 시선으로 바라보려 하지 않았다. 하나밖에 없는 아들에게 눈을 맞추며 '애야! 이 아비가 하는 동작이 마음에 들지 않느냐?' 라 물어보지 않았다.

때문에 나는 침묵을 선택했고, 종종 그분에게 끊임없이 정강이를 걷어차이며 권법을 수련하는 아이들을 보며 한심한 기분을 느낄 따름이었다. 어째서 부친이 저런 머리까지 근육으로 되어 있는 멍청이들을 붙잡고 끙끙거리는지 도통 알 수가 없는 것이다.

그렇게 내 유년은 빠르게 지나갔다.

부친은 체력이 약해 종종 정자 서기와 마보만으로도 혼절하는 일이 많던 나에게 그 이상의 권법을 가르치려 하지 않았다. 자식이 쓰러지든 말든 아침부터 밤까지 계속 정자 서기와 마보만을 고집스레 반복시킬 뿐이었다.

지금 와서 생각해 보면, 그분은 워낙에 근골이 약하고 계집애 같은 얼굴을 한 자식에겐 기본을 충실히 가르치는 것밖엔 다른 도리가 없다고 생각한 게 분명하다.

덕분에 다시 몇 해가 흘러 십여 세가 된 나는 여전히 권법가의 아들답지 못했다. 뙤약볕을 내리쬐며 한 고련은 나의 근골을 바꿔놓지 못했고 피부 역시 여전히 백옥 같은 흰빛이었다.

그래도 꾸준한 하체 수련은 확실한 효과를 가져다 줬다. 그대로 놔뒀다면 구부정하게 변했을 내 척추 뼈는 이때에 이르러 쭈욱 펴지게 됐다. 같은 또래보다 훨씬 훤칠한 모습을 만들어준 것이다.

때문에 난 잘생긴 얼굴과 훤칠한 몸 매무새로 인해 곧 근처 동리의 소녀들에겐 우상과도 같은 존재가 되었지만, 그만큼 뭇 소년들의 주적이 될 수밖에 없었다.

지금도 마찬가지지만, 그 당시 내가 그저 의미없는 눈웃음만 쳐도 소녀들은 낯을 붉히며 열렬한 사랑의 눈빛이 되곤 했다. 아직 동정의 몸이었던 나로선 꽤나 거북할 정도로 저돌적인 애정 표현이 다수 있었음은 물론이다.

따라서 대도와는 도통 거리가 먼 벽지의 몇 안 되는 미소녀들이 모조리 날 사랑하게 됐으니, 어찌 떠꺼머리총각들이 분을 참을 수 있었겠는가!

처음에야 근처 동리에선 어느 누구도 감히 덤빌 수 없는 부친의 위명에 눌려 가슴만 치고 있었으나, 어느 날 한 미친놈이 날 두들겨 팬 이후론 상황이 달라졌다.

그날은 내가 처음으로 입술을 빼앗긴 날이었다.

언제나와 같이 마보를 끝마치고 장에 나가 어머니께서 부탁한 몇 가지 물건을 사가지고 돌아오던 와중이었다.

멋을 부리지 않아도 자연스레 맵시가 우러나오는 내 모습을 멀리서 훔쳐보고 있던 한 소녀가 벼락처럼 달려들었다.

'엇!' 나는 놀란 신음을 발했다.

부친과는 달리 아들의 머리 좋음을 익히 알고 있던 어머니셨다. 그분이 부친 몰래 구해다 준 죽간(竹簡)을 보며 글을 배운 나로선 이런 일을 만나리라곤 꿈에도 상상치 못했음이 당연하다.

그래서 얼떨결에 입술을 빼앗긴 내가 황당한 기색을 보이자, 화들짝 뒤로 물러선 소녀가 낯을 붉히며 '이제 넌 내 거야!' 라 소리쳤다.

아직 입술에서는 풋내가 감돌고 있었다.

소녀로서는 아마 부끄러움을 무릅쓰고 한 말임에 분명하나, 앞서 말했다시피 나는 어머니께 글공부를 배우고 있던 처지였다.

지금에 와서야 일소(一笑)할 가치도 없다고 여기지만, 그 당시만 해도 유학(儒學)의 뿌리를 세운 공자(孔子)와 맹자(孟子)를 우상으로 여기던 시기였다.

　일시 당황하긴 했으나 나는 곧 얼굴을 딱딱하게 굳히며 '본시 남녀란 유별하여, 형수가 물에 빠져서야 시동생이 손을 내밀 수 있다고 했다. 어찌 그대는 이리 방자한 행동을 보이는가!' 라 꾸짖었다. 참으로 지금 생각해 보면 낯이 간지럽다 못해 온몸이 다 근질거릴 만한 말이었다.

　그러나 사랑에 빠진 소녀였다. 요즘에 들어선 그런 일을 만나기 쉽지 않으나—내 사내로서의 매력이 줄어들어서가 아니라 그 당시처럼 여인의 마음을 모르는 멍청이가 아닌 까닭으로—소녀는 내 앞에서 와락 울음을 터뜨렸다. 그리고 날 보며 '바보, 멍청이' 라 소리치고 달려가는 건 소녀의 당연한 권리였다.

　덕분에 나로선 얼빠진 꼴이 된 상황이었으나, 일은 그것으로 끝나지 않았다. 앞서 말했다시피 작은 동네였다. 부끄러움을 참을 수 없게 된 소녀가 목을 매달자 소문은 일파만파로 퍼졌다. 처음만 해도 부친의 눈을 피해 쉬쉬하던 말들이 조금 지나자 사람을 아주 못된 인간으로 만들어놓기 시작했다.

　따라서 며칠 후 느닷없이 달려든 떠꺼머리의 주먹질을 내가 그냥 감내한 건 어디까지나 마음속의 가책 때문이었다. 그때까지만 해도 사람에 대한 기대를 잃지 않던 시기였기에 가능한 일이었다.

　그러나 그날 떡이 되도록 얻어맞고 온 아들을 바라보던 부친의 눈빛을 어찌 내가 잊을 수 있을까.

　마침 무술 도장은 정기적으로 대련을 하는 때였다.

문을 열고 집 안으로 들어서자 고만고만한 두 녀석이 기를 쓰며 먼저 상대방을 거꾸러뜨리기 위해 용을 쓰고 있었다. 부친께서 가장 중요하게 생각하는 게 하체 수련인만큼 두 다리의 건실함이 승부를 좌우할 터였다. 만약 부친의 위치에 내가 있었다면 당장 두 놈 다 농사나 지으라고 떠다밀었을 터이지만.

어쨌든 그러한 까닭으로 다른 사람의 눈을 피해 안채로 들어가려던 나의 기도는 수포로 돌아갔다.

비좁은 도장에서는 제대로 된 실력으로 대련을 할 수 없다며 부친이 제자들을 집 앞의 너른 마당으로 몰고 올 줄 어찌 알았으랴!

삐그덕 하고 대문이 열리는 소리에 고개를 돌린 부친의 미간이 꿈틀하고 경련을 일으켰다. 이때 부친의 연세는 오십 대에 가까웠다. 슬슬 노인 소리를 들을 연배인데 아직도 튼실한 육체는 철탑을 연상시켜, 날 내려다보는 눈빛은 무시무시할 정도였다.

따라서 '아아, 오늘도 또 한소리를 듣겠구나!' 하는 생각에 내가 움찔한 표정을 지어 보이자 부친은 말없이 고개를 돌렸다. 그의 입에서는 평소 수련하다 혼절한 아들을 안아 들며 곧잘 내뱉곤 하던 '못난 놈!' 이란 말도 흘러나오지 않았다. 그때 나는 완전히 외면을 받은 것이다.

자신의 비무 순서를 기다리며 잔뜩 긴장해 있던 놈팡이 몇이 내 쪽을 바라보곤 얼굴이 빨갛게 변했다. 사내 녀석들이 내게 반했을 리 없으니, 터져 나오려는 웃음을 참기 위함이 분명했다. 떡이 된 얼굴과 함께 가슴속에서 울화가 치밀지 않을 수 없는 일이었다.

그러나 여전히 나는 공맹의 맹신자였다. 주춤거리며 내 쪽은 쳐다보지도 않고 있는 부친을 향해 고개를 숙여 보인 나는 안채 쪽으로 발길을 돌렸다.

부친과 같이 내 입에서는 아무런 말도 흘러나오지 않았지만, 마음은 결코 그렇지 못했다.

나는 안채로 들어가는 내내 '난 상처받았다, 난 상처받았다'를 중얼 거렸다. 그리고 그날 밤이었다.

밤새 내 병간호를 해주던 어머니께서 잠시 뒷간에 간 틈을 타 나는 펑펑 눈물을 쏟았다. 맞은 자리가 아파서가 아니었다. 부친의 차가운 눈빛이 심장을 관통한 때문이었다.

이때의 상처는 꽤나 오래갔다. 지금까지 내 도피처가 되어주었던 죽 간 속의 내용이 하나도 들어오지 않을 정도였다. 그리고 그 때문에 밖 으로 나돌기 시작한 난 곧 심심치 않게 구타를 당하기 시작했다. 이유 야 몇 가지를 들 수 있겠지만, 확실한 건 부친께서 날 두들겨 팬 떠꺼 머리 녀석에게 아무런 제재도 가하지 않았다는 사실이 크게 작용했다 는 것이다.

돌이켜 보면 참 멍청한 짓이었다. 권위적인 부친에 대한 반항심을 품는 건 그만한 나이의 사내라면 당연한 일이었다. 나의 경우가 그리 특별한 것도 아니었다. 적당히 부친의 비위를 맞출 수도 있는 문제였 다.

자신의 몸을 그런 식으로 혹사하는 게 사태의 해결에 무슨 득이 될 것인가!

물론 철이 들다 못해 이젠 약간쯤은 쉬어버린 지금이니까 할 수 있 는 말이다. 그 당시 나는 상처받아 있었다. 만약 묵묵히 날 바라보고만 있던 어머니가 없었다면 정말 크게 비뚤어졌을지도 모른다.

때문에 그로부터 일 년이 흐른 만월의 밤, 내가 집을 떠날 때 가장 마음이 아팠던 건 이미 늙어버린 어머니의 품을 떠난다는 것이었다. 모순이라 할 만하지만, 그 당시 내가 그렇게 미워했던 부친의 철탑 같은 모습이 없었다면 감히 떠날 엄두를 내지 못했을 게 분명하다.

하지만 그때 나의 나이는 벌써 십오 세였다. 더 이상 내게 맞지 않는 부친의 가르침을 받고 있을 수만은 없었고, 어머니가 구해다 준 죽간 역시 모두 외워 버린 상황이었다.

하늘의 푸르스름한 달빛을 한차례 응시한 후 나는 부모님이 잠들어 계실 방 쪽을 향해 배례(拜禮)했다. 뜻을 세웠으니 성취가 없이는 돌아오지 않을 생각이었다.

부디 불효자를 용서하시길…….

눈물 한 방울과 함께 막 담을 넘으려는데, '애야, 잠시만 기다려 보거라!' 하며 날 부르는 소리가 있었다. 어떻게 아셨는지 어머니께서 맨발 그대로 뛰어나오신 것이다.

고개를 돌려 어머니를 바라보니, 참고 있던 눈물이 왈칵 솟았다. 이대로 발길을 돌려 그분 품에 안겨 용서를 빌고 싶었다. 그때만 해도 난 유약했다.

그러나 어머니는 장성한 아들을 붙잡을 생각이 없으셨던가 보다. 내게 다가온 어머니는 품속에서 누런 비단 조각 하나를 꺼내더니 내 손에 쥐어주시는 것이다.

'이게 무엇이지요?' 하고 내가 물으니, 어머니가 쓸쓸히 웃으며 '네 아비와 어미가 고향에서 가져온 유일한 물건이란다' 라 하셨다. 아마 정상적이었다면 장가를 가서야 받아 들 수 있는 물건이었을 게 분명하다.

집안의 가보 비슷한 것이라 생각한 내가 손을 펴 보니, 누런 비단에는 '대쥬신국(大朝鮮國)'이란 글귀가 수놓아져 있었다. 그때는 아마도 수없이 많이 명멸한 춘추의 국가들 중 하나가 아닌가 생각할 뿐이었다. 지금에 와서는 그것이 중토의 화하족과는 다른 동쪽 왕국의 이름이란 걸 알게 되었지만.

어쨌든 그것으로 어머니의 내심은 충분히 알 수 있었다.

마음 한 켠이 후련하면서도 섭섭해진 나는 그분의 손을 한차례 쥐어 보이곤 대문을 열고 밖으로 나섰다. 처음과 달리 이제 집을 떠나는 건 어머니께 허락을 받고 당당히 출가하는 것이란 생각에서였다. 그날 어머니는 한 번도 고개를 돌리지 않고 걸어가는 독자를 가슴이 미어지는 심정으로 지켜보셨으리라.

나는 유랑걸식하며 중원을 떠돌았다. 협소하던 세상을 보는 눈을 키우기 위함이었고, 유약하기만 한 날 이끌어줄 스승을 찾기 위함이었다. 앞서 말했다시피 천재였던 나는 그동안 느꼈던 부친의 가르침에 대한 의문을 풀어줄 사람을 간절히 바라고 있었다.

고진감래(苦盡甘來)라고, 내가 스승을 찾은 건 중원의 뭇 왕국들을 거의 일주했을 때였다.

여느 때와 같이 잦은 국가 간의 분쟁에 끼어들었던 나는 한 이름 모를 토성(土城)의 피난민 신세가 되어 있었다.

지금은 기억조차 나지 않는 두 국가―둘 다 지금은 망해 버린 상황이니 내가 기억한다 한들 무엇 하랴!―간의 국경 분쟁으로 토성 안은 피난민 천지였다.

피난민들이 대부분 그렇듯 노약자와 부상자가 태반인데다 성을 맡고 있던 태수마저 도망간 상황이었다. 그저 몇백 명의 병사들만 달려들어도 토성은 아수라장이 될 것이 분명했다.

중원을 정처없이 떠돌아다녔던 나로선 이와 같은 일이 전혀 처음은 아니었다. 피난민 중 한 명인 처지로 어떻게 살 방도를 궁리하고 있는데, 떠오르는 태양과 함께 토성에 도착한 한 사람을 보았다. 스승이었다.

평생 부친보다 단단한 외형을 지닌 사람을 나는 그날 처음으로 보았다. 스승은 신장이 거의 칠 척에 달하는 거인인데다 부친조차 비교가 되지 않을 듯한 강철 같은 모습을 하고 있었다. 그의 온몸에는 그동안의 험난한 여정을 말해 주듯 수많은 상처가 종횡하고 있었다.

무엇을 보건 내가 냉소하며 고개를 돌릴 요소들을 스승은 너무 많이 가지고 있었다. 그런데 나는 쥐새끼처럼 구석에 몸을 숨긴 채 스승에게서 눈길을 뗄 수 없었다. 그의 부리부리한 호목이 내뿜고 있는 강렬한 눈빛에 완전히 매료된 까닭이다.

그러나 토성에 들어선 스승이 개중 상태가 괜찮은 사내들을 불러 모으고—물론 나는 그 속에 끼지 않았다—사람들을 설득해 저항군을 만드는 과정을 바라보는 내 얼굴엔 불신이 가득했다.

왜 그렇지 않겠는가! 세상은 전란의 시기였다. 수없이 많은 사람들이 소나 돼지보다 값없이 죽어가고 있었다. 전략적 요충지가 아닌 이곳 토성에 모인 백여 명가량의 피난민들을 염두에 둘 위정자는 어디에도 없었다. 지원군은 전혀 기대할 수 없다는 뜻이다.

그런데 그런 상황에서 스승은 사람들에게 희망을 주고 있었다. 자신을 따르면 살 수 있다 말하는 것이다. 아무리 내가 반한 사람이라 해도 도저히 납득할 수 없었다.

하지만 몇 차례의 전투가 있었고, 나는 기적을 보아야만 했다. 단 한 사람—내 스승이다—의 힘에 의해 토성은 연전연승했고, 급기야 수천이나 되던 적군을 물러나게 만들었다. 어느 틈에 스승의 휘하에 들어가 있던 내가 태어나 처음으로 열광을 느꼈음은 물론이다.

따라서 전쟁이 끝난 후 피난민들에게 몇 가지 지시를 하곤 홀연히 토성을 떠나던 스승의 뒤를 나는 맹목적으로 좇았고 곧 묵가에 입문하게 됐다.

그러나 스승이 묵가의 사대 종주임을 안 건 그 후로도 한참이 지났을 때였다. 스승은 언제나 나에겐 스승일 뿐 다른 어느 누구도 아니었던 것이다.

그렇게 세월이 흘러 내 나이 서른이 되었을 때 스승은 묵가를 맡긴 채 임종했고, 나는 졸지에 수천이나 되는 묵가인(墨家人)들을 다스리는 위치에 오르게 됐다.

묵가인들은 하나같이 소규모 전투와 무공의 달인들이었다. 가르침 중 하나인 비공(非攻)을 지키기 위해선 남들 이상으로 강해져야 하기 때문이다.

실로 나로선 아직 혈기방장한 나이에 웬만한 국가의 왕이 부럽지 않은 무력을 떠안은 셈이었다. 그러나 나는 스승의 가르침을 잊지 않았다. 권력을 탐하는 순간 묵가는 묵가가 아니게 될 게 뻔했다.

과거 스승이 그러했듯 진시황(秦始皇)의 정복 전쟁으로 어지러운 세상에 묵가인들을 내보낸 나는 그때서야 집을 찾을 생각을 했다. 묵가의 비술로 이미 과거의 유약한 몸이 아니었고, 부친에 대한 미움 역시 흐릿해진 지 오래였다. 집으로 돌아가지 않을 까닭이 없었다.

그러나 피로 피를 씻는 전장의 나날을 뒤로하고 고향으로 돌아간 나는 목석이 되어야만 했다.

도대체 세상의 권력이나 물질과는 전혀 연관이 없던 고향에서 그동안 무슨 일이 벌어진 것일까.

그림 같던 고향은 전란의 발톱이 할퀴고 지나간 뒤였다. 마을은 불탔고 전답은 황폐화됐다. 이런 상황에서 우리 집만 무사하리란 건 너무 무책임한 생각이었다.

오랜만에 뛰기 시작한 가슴을 억누른 채 찾은 집은 주춧돌 하나 남아 있지 않았다. 몇 남지 않은 노인들을 붙잡고 물어보니, 요즘 천하를 제패했다는 진군(秦軍)이 지나가며 마을을 불태웠다 했다.

'일국의 정예병들이 어째서 이런 조그만 마을을 불태웠지요?' 하고 내가 물으니, 노인들 중 하나가 '황제가 그리하라고 시켰다더구먼. 우리네야 무얼 알겠어' 하며 울었다. 옛날 부친에게 자식을 맡겼던 사람이었다.

그에게 물어 마을을 위해 마지막까지 싸우다 돌아가셨다는 부친과 어머니의 묘소를 찾은 나는 그날 하루 해가 다 지나도록 주저앉아 있었다.

돌이켜 보면 어린 시절 그토록 미워했던 부친과 장성한 모습으로 가슴을 터놓고 얘기하지 못한 것이 원통했다. 또한 가슴이 메이도록 사랑했던 어머니를 다시 만나지 못한 것 역시 한이 됐다. 돌이킬 수 없어 더욱 애달픈 마음이었다.

그렇게 하루가 가고 떠오르는 태양을 바라보며 나는 칼을 들어 손목을 그었다. 기다렸다는 듯 피가 튀어 올랐다. 어떠한 전장에서도 자신의 피를 보지 않은 나로선 초유의 일이었다.

핏빛은 피로…….

스스로의 피로 얼굴을 물들인 채 나는 묵가로부터 자신을 파문시켰다. 지금부터 행할 일이 묵가의 정신에 위배되는 일이었고 개인적인 일이었기 때문이다. 그것이 숱한 전쟁 끝에 통일된 중원을 다시 도탄에 빠뜨리고 피로 얼룩지게 만들 일일지라도. 그래서 나 자신이 황제 암살자에 더러운 살인자의 오명을 받게 될지라도.

그러한 이유로 나는 천하에서 가장 오만한 인간을 죽였다. 그가 자신의 창검으로 통일시킨 중원을 나들이할 때를 노린 암살이었다. 자랑스런 묵가의 전통을 훼손시킨 대죄인이자 진정한 파문제자가 된 것이다.

게다가 나는 암살을 계획하던 중 우연찮게 먹은 불사약(不死藥) 때문에 자신도 모르는 새 늙지 않는 몸이 되었다.

자신이 정복한 천하를 영세토록 지배하려던 오만한 인간이 남긴 저주였다. 아니, 어쩌면 그것은 개인적인 원한으로 말미암아 사문을 등진 내게 내려진 하늘의 벌인지도 모르겠다.

나란 인간은 그 후 많은 세월이 흘렀고 무수히 많은 일들을 경험했으나 진시황처럼 오만한 자라 여겼던 달마란 땡초에게 마음으로 패하고서야 다른 방법이 있었을지도 모른다 생각하게 되었으니까.

그래, 분명 다른 방법이 있었을지도 모른다. 내가 파문제자가 되지 않고, 천하를 혼란으로 몰아넣지 않고도 복수를, 아니, 마음속의 울화를 풀 수 있었을 방법이.

그래서, 그래서……

나는 굳이 은거지로 돌아가지 않았다. 달마가 미소하며 내 마음속에 남긴 찌꺼기를 털어낼 곳을 찾아야만 했다. 그래서 스스로에게, 사문인 묵가에게, 돌아가신 부모님께 떳떳할 수 있는 자신을 찾으리라 마음먹은 것이다. 그리고 그때 변화는 찾아왔다.

─하하! 드디어 내 얼굴에도 주름살이 생기고 머리 역시 하얀 서리를 보이기 시작하는가!

땡초 달마의 말대로였다. 소를 잡던 칼을 놓으니 마음은 이미 부처가 되어 있었다.

〈제8권 최종권 끝〉